서로안고
크니까 러
그렁지

서로안고
크니까
그렇지

초판발행   2020년 5월 1일

발행인   안건모
책임편집   유이분
독자사업   정인열
디자인   김선영

펴낸곳   (주)도서출판 작은책
등록   2005년 8월 29일(서울 라10296)
주소   서울 마포구 동교로 114 태복빌딩 5층
전화   02-323-5391
팩스   02-332-9464
홈페이지   http://www.sbook.co.kr
전자우편   sbook@sbook.co.kr

© 작은책, 2020

ISBN   978-89-88540-21-3
        978-89-88540-15-2(세트)

서로 안고 크니까 그렁지

작은책 엮음

작은책

월간 〈작은책〉이 25주년을 맞이해서 단행본 두 권을 출간합니다. 2010년에 '일하는 사람들의 글쓰기' 시리즈로 1~3권이 나온 뒤 10년 만에 나오는 책입니다. 시리즈 3권에 이어 이번에도 그동안 〈작은책〉에 실렸던 생활글을 모은 책입니다. 코로나19 사태로 전 세계가 고통받고 있는 이때, 책을 내는 게 얼마나 가치 있는 일일까 하는 회의도 했지만 진작 계획했던 일이라 용기를 냈습니다.

책을 내면서 1995년에 처음 발행했던 월간 〈작은책〉을 찾아봤습니다. 64쪽짜리에, 가운데를 스테이플러로 찍은 책입니다. 그 얇은 책 안에는 공장 노동자들이 쓴 글들이 많았습니다. 차광주 발행인이 쓴 글을 보면 '일하는 사람들'이 쓴 글을 실은 책이 과연 월간지로서 살아남을 수 있을까, 걱정하는 분들이 많았다고 합니다.

그리고 25년이 지났습니다. 〈작은책〉은 그동안 노동자들의 생활글쓰기를 선도해 왔습니다. '일하는 사람들이 글을 써야 세상이 바뀐다'는 고 이오덕 선생님의 말씀을 길잡이 삼아 평범한 사람들이 글을 쓸 수 있도록 모임도 만들고 노동자들이 쓴 글을 찾아 실었습니다. 지금까지 〈작은책〉에 실렸던 생활글을 다시 읽어 보면 서민들의 역사가 담겨 있습니다.

'일하는 사람들의 글쓰기' 시리즈 4권, 《서로 안고 크니까 그렇지》는 2010년부터 2014년까지 〈작은책〉에 실렸던 글입니다. 마트 노동자, 일용직 택배 노동자, 철물점 노동자, 도시가스 점검원 등 다양한 노동자들이 쓴 글이 있습니다. 2011년 9월에 최만선 씨가 쓴 글을 보면, 강원도에서 감자 농사를 짓는 누나와 10년 만에 전화통화를 하고는 어릴 적에 자신을 키워 줬던 누나를 회상합니다. 최만선 씨는 2020년 3월호 '작은책이 만난 사람'에서 인터뷰한 독자입니다. 현재 삼표레미콘 서부공장에서 차주회 회장, 노동조합으로 말하면 위원장 역할을 하고 있습니다.

택시 운전을 하다가 만난 여자 손님과 결혼한 이야기도 있습니다. 이 손님은 차비가 없다고, 다음에 준다고 하면서 택시 기사에게 삐삐 번호를 알려 줍니다. 그 택시 기사는 나중에 버스 기사가 되고 부산버스노동자협의회 회원으로 '노조 민주화 추진' 활동을 열심히 합니다.

2010년에 '하루에 열 시간만 일하고 싶어요'라는 글도 눈길이 다시 갑니다. 대체 얼마나 일을 하기에 '열 시간만 하고 싶다'고 할까요. 숙박업 노동자가 쓴 글입니다. 당시에는 월차도 없고, 명절 때 연차도 쓸 수 없다고 했습니다. 세상은 그때와 달라졌을까요?

'일하는 사람들의 글쓰기' 시리즈 5권, 《이만하면 잘 살고 있는 걸까?》는 2015년부터 2019년까지 〈작은책〉에 실렸던 글 중에서 뽑은 글입니다. 뜻밖에 귀농한 분들이 쓴 글도 많이 보입니다.

〈작은책〉 글쓰기 모임에 자주 나왔던 최성희, 최상천 부부는 어떻게 살고 있을까요? 최상천 씨는 퇴사하고 부인과 함께 캠핑카로 전국을 떠돌며 살고 있습니다. 지금은 제주도에 머물고 있죠. 가끔 카카오톡에 올라오는 사진을 보면 엄청 행복해 보입니다.

또 마트 노동자, 맥도날드 알바 노동자가 쓴 글도 있습니다. 이분들은 여전히 현장에서 일을 하고 있습니다. 그때는 과연 어떠했을지, 꼭 한번 읽어 보시기 바랍니다.

좋은 글이란 먼저 감동이 있어야 하고, 살아가는 데 도움이 되고 지혜를 얻을 수 있어야 합니다. '지금 알고 있는 것을 그때도 알았더라면' 하고 뉘우치는 것은 이제 그만! 우리 이웃들이 살아온 발자취를 되돌아보면 어떻게 살아가야 하는지 길을 찾을 수 있겠지요.

이 글을 쓰는 오늘은 2020년 4월 16일, 세월호 참사 6주기입니다. 어제는 21대 국회의원 선거일입니다. 참사 6주기를 맞이했지만 아직도 배가 침몰한 진실이 밝혀지지 않았지요. 세월호 참사의 진실을 은폐하고, 조사·수사를 방해하고, 유가족에게 막말을 했던 후보들이 또 당선되는지 궁금하더군요. 선거 결과는 민주당의 압승입니다. 세월호 참사 막말 후보들이 많이 떨어졌네요. 사필귀정이란 말이 떠오릅니다. 그런데 올해는 세월호 참사의 진상이 밝혀질까요?

여기에 실린 글은 글쓴이들에게 일일이 허락을 구하지 못했습니다. 혹시나 여기 실린 글이 거북하시다면 〈작은책〉에 연락해 주시기 바랍니다. 고맙습니다.

월간 〈작은책〉 발행인 안건모

| 차례 |

글모음 셋 **하루에 열 시간만 일하고 싶어요**

글모음 넷 **스뎅미스도 비혼한다!**

글모음 다섯   **낙엽은 어디로 흩어졌을까**

엄마는 아빠가 몇 번째 남자야?

아빠~앙, 사랑해~앵

여느 때처럼 학원을 마치고 집으로 가는 버스를 탔다. 뒷좌석에 자리를 잡고 앉아 창가에 시선을 뒀다. 창밖에는 아침부터 내리던 비가 여전히 거세게 내리고 있었다. 비가 와서 그런가. 사람이 그리운 날이다. 혼자 객지 생활을 하다 보니, 가끔 향수병으로 울적한 날이 있다. 오늘이 바로 그날인 것 같다.

한 정거장을 지나 버스가 정차하자, 사람들이 빗물에 젖은 몸을 털어 내며 올라탔다. 각자 빈자리를 찾아 앉은 그네들 가운데 유독 눈에 들어오는 사람들이 있었다. 부녀로 보이는 중년의 남자와 젊은 아가씨(?)였다. 버스에 자리가 하나 비어 있었는데, 아버지는 딸한테, 딸은 아버지한테 서로 앉으라고 권하는 것이었다. 흐뭇한 모습에 미소가 절로 번져 나왔다. 그 뒤에도 내 시선은 여전히 비가 오는 창밖을 향해 있었지만, 내 귀는 이미 그네들의 대화에 집중하고 있었다.

"아빠~앙, 저녁 뭐 사 줄 거야~앙?"

"신촌에 가면, 아빠 친구가 하는 아귀찜 집이 있어. 거기서 아빠가 맛있는 아귀찜 사 줄게."

"웅! 우리 아빠~앙, 사랑해~앵!"

"나도 우리 딸 사랑해~앵!"

문득 아빠가 생각났다. '나도 아빠 있다, 뭐! 너만 아빠 있냐. 쳇!'

평소 같으면, 혀 짧은 소리가 들리는 순간 손발이 오그라들거나 아니면 낯간지러워 속이 울렁거렸을 텐데, 왜 그때는 '나도 아빠 있는 사람'이라는 논리로 오기 아닌 오기가 발동했는지 모르겠다. 그 때문에 가족사에 남을 만한 사건이 하나 생겨났다.

버스에서 내리자마자 아빠한테 전화를 했다. 그리고 버스에서 본 그이가 했던 것처럼 혀 짧은 소리로 "아빠, 사랑해요~"라고 말하고는 후다닥 끊어 버렸다. 전화를 끊고 나니 갑자기 홍당무처럼 얼굴이 빨개졌다. "미쳤어! 나 분명 뭘 잘못 먹었을 거야" 하며 방방 뛰었다. 분명 음주도 안 했는데, 제정신이었는데, 어디서 그런 용기가 나왔던 것일까.

초등학교 때 이후로 아빠한테 전혀 애교를 부리지 않았던, 대화를 많이 하지 않아 아빠와 마음의 벽이 있는 내가 왜 그랬는지, 나도 잘 모르겠다.

평소에는 투박한 제주도 말씨로 전화하던 딸이 혀 짧은 소리로 그것도 늦은 밤에 '사랑한다'고까지 하니, 아빠는 얼마나 당황스러웠을까. 분명 '이게 무슨 아닌 밤중에 홍두깨 같은 소리인가' 하고 생각했을 것이다. 나 또한 그 홍두깨 같은 소리에 그날 밤 쉽게 잠을 잘 수 없었다.

갑자기 문자 메시지 한 통이 왔다. 아빠였다. 문자 메시지를 보낼 줄 모르는 아빠가 보내니, 신기하기도 하고 어떤 내용인지 궁금했다.

"미치ㄴ노ㅁ..^^"

오늘 내 행동에 대한 아빠의 답문(?)이었다. 웃음 표시가 있는 걸 보니, 아빠는 딸의 애교가 싫지 않았던 모양이다. 기분이 좋다. 이번 기회로 아빠와 가까워진 것 같다.

다음 날, 아침 일찍부터 엄마는 내게 전화를 했다. 전화를 받자마자, 엄마가 말했다.

"섭섭해! 아빠한테만 사랑한다고 하냐. 다음에 또 술 한잔하면 1순위로 엄마한테 사랑한다고 해 주라."

까닭 모를 씁쓸함이 다가왔다. 앞으로 몇 번 더 제정신으로 부모님한테 애교를 부려야겠다. 그래야 이 의혹이 사라질 테니까.

| 박소정 취업 준비생, 2010년 11월 |

엄마는 아빠가
몇 번째 남자야?

나에게는 아주 소중한 보물인 16살 딸아이가 하나 있어요. 딸이랑 이런저런 이야기를 나누는데 그중 기억나는 성에 관한 이야기를 들려줄게요.

이야기 하나

보물이 초등학교 2학년 다닐 때 담임 선생님이 무서워서 학교 가는 것을 힘들어했다. 어느 날 아침.

"엄마, 나 이불에 오줌 한번 눠도 돼?"

"왜? 꼭 누고 싶나?"

"응."

"그럼 한번 눠 봐라."

"진짜 눠도 되나?"

"그라모 된다."

그랬더니 정말로 아기처럼 오줌을 누고는 아주 시원한 만족감의 표정을 지었다. 그리고 샤워하고 뒤처리(이불과 옷)를 하고는 학교를 갔다.

이야기 둘

초등학교 4학년 때 제사를 지내고 오는 차 안에서 나는 잠이 들었고 보물이

"아빠, 우리 반에 누가 자위를 한대."

깜짝 놀란 남편은 계속 아이가 하는 이야기를 듣기만 했고, 다음 날 나에게 이야기를 전해 주었다. 며칠 후

"엄마, 누구는 밤만 되면 자위를 하게 된대."

"밤이면 식구가 있을 꺼 아이가?"

"엄마 아빠가 일 나가시고 OCN(케이블 영화 채널) 보다가 자기도 모르게 그렇게 된대."

"그라모 느낌은 어떻다노? 그라고 니 느낌은?"

"걔는 좋다네. 짜릿하단다. 그란데 난 쪼끔 이상하면서도 신기하다."

그때 내 마음엔 그 아이가 싫었었다. 늘 아이들을 몰고 다니며 '짱' 노릇을 하는 그 아이가 내 딸과 친구라는 게 싫어서

"어여, 딸! 나는 네가 가랑 안 놀았으믄 좋겠다. 자꾸 그 아 영

향을 받으니깐 엄마는 싫다" 하며 이런저런 이야기를 주고받았고, 그 아이랑 놀지 않게 되면서 딸은 한동안 왕따를 당하게 되었다.

며칠 후 울면서 딸이 나에게 전화로

"엄마, 나 가랑 친구들 죽이고 싶다."

"와? 무슨 일 있었는데?"

"계속 나한테 시비를 걸고 왕따 시켜서 싸웠는데 억울하잖아" 하며 전화기에 대고 엉엉 우는 것이다. 어디서 배운 것은 있어 가지고.

"우짜노, 니 마이 힘들겠네. 그래 가지고…."

그랬구나, 그랬구나, 우짜노를 몇 번 주고받았더니

"엄마, 이젠 괜찮다. 나도 지한테 좀 미안한 건 있다. 그라고 나는 가가 안 놀아 주면 다른 친구가 없을 줄 알았는데 은주도 있고 주희도 있고 괜찮더라. 엄마 내 이야기 들어 줘서 고맙다. 사랑해" 하고는 전화를 끊었다.

그때 난 딸에게 내 생각을 너무 강하게 얘기해서 힘들게 했구나 하는 자책감과 아이에게는 끝까지 이야기를 들어 주고 이해해 주는 것이 최고의 방법이란 걸 절실히 느꼈지만, 그 뒤에도 그렇게 했나 하면… '아니올시다'다. 내 기분에 따라 "그만해라" 하고 말한 적이 많은 것 같다.

이야기 셋

보물이 초등학교 6학년 때 성인용품점 앞을 지나가는데

"엄마, 저기는 무얼 팔아?"

"응? 성적인 자극을 주는 물건들을 판다네."

"야동 비디오도 팔아?"

"응."

"근데 남자 거시기가 되게 크다던데 아빠 꺼도 커?"

뜨아! 우아한 목소리로 가다듬으며

"아, 그런 비디오에는 흥분을 하게 자극을 줘야 하기 때메 약물로 크게 부풀리는 거야. 실제는 그렇게 크지 않다. 아무나 다 그러면 우째 넣고 다니겠노?"

"아, 그렇구나. 근데 여자들은 아! 아! 하며 소리를 지른다고 하는데 아파서 하는 거야?"

'우~씨, 죽겠네' 생각하며 "흥분하면 그런 소리를 내는데 비디오는 자극적인 소리를 과장되게 더 내는 거야. 정말 사랑해서 관계를 하고 흥분을 하면 소리를 낼 수는 있지. 그래도 그렇게 크게는 안 되지."

"아, 다행이다. 나는 정말 아파서 소리 내는 건 줄 알고 깜짝 놀랐다."

이럴 때는 정말 난감해진다. 어떤 답을 해 줘야 할지….

이야기 넷 14살-중학교부터는 학교를 다니지 않아서 나이로

"엄마 아빠는 결혼하기 전 어디까지 스킨십을 했어?"

"어? 어, ○○까지 결혼을 앞두고."

"헐! 그럼 나는 어디까지 스킨십을 했으면 생각해?"

아빠 왈,

"20살까지는 손만 잡고 20살 이후는 뽀뽀까지."

"뭐라고? 키스도 아니고 뽀뽀? 말도 안 된다" 하며 기겁을 하는 딸.

"엄마는 언제 야동을 처음 봤어?"

"웅, 대학교 1학년 때 중간고사 공부한다고 친구들이 모여서."

"그때 어땠어?"

"처음엔 깜짝 놀랐지. 호기심도 생기고, 다시 돌려 보기도 하고, 그러면서 제대로 보니 조금 역한 느낌이 들더라? 그래서인지 찾아서 보고 싶다는 생각이 들진 않더라. 제목도 생각나. '레드글러브'. 흐흐."

이 질문의 배경엔 딸이 야동을 처음으로 봤다는 사실. 지금은 본다는 이야기를 안 해 잘 모름….

지금 생각해 보면 그때도 대답을 하면서 속으로 땀을 '삐질' 흘렸던 것 같다. 정말 당황스런 질문들. 이 딸이 내 딸은 맞구나 확인하면서도 난감하다. 아아아.

이야기 다섯 14살 때

〈서양골동양과자점 앤티크〉라는 영화를 같이 보러 갔는데 야한 장면(동성 간의 키스 장면)이 나오니 긴 손가락을 조금 벌리며 눈을 가리는 것이다. 다 보고 나서 물어봤다.

"만약에 엄마 아빠가 없었다면 니는 어떡할 낀데?"

"그야 물론 그냥 다 보지. 예의상 눈 좀 가려 줬다. 히히."

헐. 내 아이는 우리 부부의 머리 위에서 놀고 있구나….

이야기 여섯 15살 때

"아빠, 엄마. 내가 만약 남자를 데리고 왔어. '결혼을 할 거다' 하면 어떡할 거야?"

"야. 어떤 사람인지 알아봐야 뭐라고 하지."

"아주 사랑하는데 나이가 좀 많아. 50살. 그리고 아주 부자야. 어떡할 거야?"

아빠가 펄쩍 뛰며

"야! 그건 너무한다. 난 무조건 반대!"

"그럼, 아주 잘생겼고 젊은데 백수야…."

아빠 왈,

"니는 와 그런 사람만 데리고 오노? 싫다. 난 니 아무하고도 결혼 못 시킨다! 아까워서."

이런 질문과 대답들은 아직도 진행 중이다. 그것도 많은 조건의 남자들을 우리에게 데리고 온다. 원빈, 강동원, 빅뱅…. 고민이다. 난 이승기랑 결혼시키고 싶은데….

어느 날

"엄마는 아빠가 몇 번째 남자야?"

그래서 화려한 나의 과거를 이야기해 주면서 마지막으로

"그래도 엄마가 제일 사랑한 남자였고 대화가 되었고 믿음이 가는 멋진 남자였단다"라고 뻥을 좀 쳤다.

이야기 일곱 16살 때

도서관에서 DVD를 함께 보다가 툭 치면서

"엄마, 눈 감아라."

"와?"

"야한 장면 나온단 말이야."

참 기가 막힌다! 나는 눈 감고, 지는 다 보겠다니. 와아아.

이야기 여덟 16살 때

얼마 전 나는 계속 먹어도 허기가 지는 때가 있었는데 저녁을 먹은 후 떡볶이가 먹고 싶어졌다.

"어여, 우리 떡볶이 먹으러 가자. 응?"

남편이 "니 아 가졌나?" 하니,

딸은 "했나?" 한다.

"뭘?"

"섹스를."

"니가 있어서 못 했다."

　이렇게 성에 대한 이런저런 이야기를 나누면서 이중적이 된다. '우리 아이에게 혼전 순결을 강요하지는 말아야지. 만약에 어떤 일이 벌어지더라도 의논 상대가 되어야지' 하는 생각을 가져 왔는데 실제 그렇게 담담하게 될 수 있을까? 속으론 '야, 아무 일도 생기지 말고, 즉 하지 말고 즐겁게 생활해라'가 나의 본마음인 것인데 멋있는 엄마인 척하고 있는 것 같기도 하다. 그러나 난 딸과 이런 이야기를 나눌 수 있다는 자체가 너무 행복하다. 언제까지일진 모르지만 지금의 이 상황이 아직 즐겁고 행복하다는 내 마음은 진심이다.

　딸, 사랑해. 지금의 이 생활을 즐기렴. 호호호.

| **이서분** 경남 창원 독자, 2011년 7월 |

누나,
내가 감자 팔아 줄게

어느 날 내 카카오톡(스마트폰 메신저) 친구 목록에서 시집간 조카의 창을 보니 '감자 팔아요'라는 글이 보인다. 조카에게 전화했다.

"우종아, 엄마 감자 캤다니?"

"네."

"그런데 왜 네가 감자를 팔아?"

"엄마가 감자 캔 거를 도매상한테 모두 내놨더니 너무 싸게 가져가려고 해서요."

"얼마나 싼데?"

"삼촌, 지금 강원도는 한꺼번에 감자를 캐서 내놓기 때문에 감잣값이 안 좋은 데다가, 농협에 수매를 요청하면 그날그날 시세에 따라 다르고 여러 가지 수수료를 떼고 나면 얼마 안 되고요. 도매상에 넘기자니 그 사람들은 농협보다 더 거저먹으려 한대요. 농사지어서 상인들 좋은 일만 시킨다고 엄마가 속상해서 한숨만 쉬고 있어요. 그래서 엄마 도와주려고 카카오톡에 먼저 올린 거예요."

그리고 한 달 뒤에 지역에서 경매에 붙여도 25,000원 이상은 받을 수 있는데 굳이 지금 팔아야 하는 까닭은 엄마가 남에게 진 빚과 농협 대출 이자, 매형 병원비, 도지(땅세) 등 내야 할 돈은 많은데 가진 돈은 없기 때문이란다.

조카는 시집가서 저 살기도 바쁜데 내 땅 한 뙈기 없이 남의 땅 빌려서 오로지 농사로 먹고사는 제 부모가 얼마나 걱정이 되면 감자를 팔러 나섰을까?

내가 어떻게든 누나를 조금 도와줘야겠다는 생각에 조카에게 누나 전화번호를 물었다. 얼마 만에 누나에게 전화를 거는 걸까? 한 십 년은 족히 넘은 것 같다. 번호를 누르려고 하니 갑자기 옛날 내 어릴 적 생각에 가슴이 먹먹해지고 눈앞이 흐려진다. 전화 걸기를 잠시 미루고 있는데, 어린 시절 나 때문에 겪어야 했던 누나의 아픔들이 결국 눈물로 흐른다.

강원도 철원과 삼팔교가 경계로 있는 경기도 포천시 운천면 대회산리 산골에서 우리 엄마는 화전민으로 남편 없이 혼자 나를 낳아 길렀다.

나는 유복자로 태어나기는 했으나 무척 똘똘하고 첫돌 전에 뛰어다닐 정도로 건강했단다. 하지만 나는 두 살을 넘기지 못하고 소아마비성 관절염을 앓았다.

우리 엄마는 내가 까치발을 들며 잘 걷지를 못하자 발바닥에 가시가 박혀서 그러나 하고 발바닥만 자꾸 봤다고 한다. 그런데 날이 갈수록 점점 걷지를 못했고, 엄마는 멀리 있는 병원보다는 가까이 있는 무당과 미신에 기대어 굿을 하기 시작했다.

그렇게 일 년이 넘게 몇 번의 굿을 하는 동안 그렇지 않아도 없던 살림은 형편없이 기울어 나중에는 병원에 가려 해도 버스 타고 서울 갈 차비도 없더란다.

결국엔 내가 걷지 못하고 기어 다니자 가을에 추수해서 서울 큰 병원에 가 볼 요량으로 엄마는 아파서 보채는 나를 업고 화전을 일구러 다녔다.

하루는 잠든 나를 밭고랑에 눕혀 놓고 정신없이 일을 하던 중 우는 소리에 뛰어와 보니 내 얼굴이 햇볕에 타서 빨갛게 다 익었단다. 엄마는 가난하게 혼자 사는 서러움과 나에게 미안한 마음에 나를 안고 한참을 통곡했다.

그 뒤로 엄마는 홀로 밭으로 나가며 누나가 학교 갔다 점심때쯤에 돌아와서 배고프면 먹으라고 보리밥이랑 누룽지를 상에 차려 놓았다. 동생을 돌보기 위해 어린 누나는 동무들과 놀고 싶은 유혹도 뒤로 하고 부랴부랴 집으로 달려와 나를 챙기고 엄마가 밭에서 돌아올 때까지 집안 살림을 했다.

그러던 어느 날, 없이 살아도 인심 좋던 우리 엄마는 갈 데 없이 떠돌던 가난한 부부에게 "고생하지 말고, 우리 집 사랑채에 들어와 땅 사서 집 지을 때까지 그냥 살라"고 했다. 엄마는 그 부부에게 나보다 서너 살 더 먹은 아들이 하나 있어서 나랑 동무하고 놀면 마음이 덜 불안할 거 같아서 좋았단다.

내가 걷지를 못하니까 동생처럼 잘 데리고 놀라고 부탁도 했단다. 그런데 그 아이가 어느 날은 배가 고팠는지 우리 집 아궁이에서 불을 지피고 감자를 굽다가 그만 집에 불을 내고 말았다. 순식간에 우리 집은 불덩이로 변했고 걷지 못하는 나는 집에서 미처 나오지를 못했다. 그래도 내가 그때 죽을 목숨은 아니었는지 때마침 들에 나갔다가 집으로 돌아오던 동네 청년에 의해 겨우 목숨을 건졌다.

그 불로 우리 집은 숟가락 하나 건지지 못하고 전부 타 버렸다. 이제 더 살기가 막막해진 엄마는 먹고살기 위해 산으로 들로 다니며 새벽부터 밤늦게까지 죽어라 일을 해야만 했다.

그때부터 엄마는 이제 막 초등학교 입학한 누나에게 아침부터 나를 돌보게 했다. 처음에 누나는 나를 업고 학교도 가고 했지만, 1학년 여덟 살짜리한테 그게 어디 쉬운 일인가. 나를 운동장에 내려놓고 혼자 놀라고 할 수도 없고, 그렇다고 교실에 업고 들어가 공부를 할 수도 없고. 마지못해 학교를 오기는 왔지만 운동장만 서성이다가, 수업이 끝나고 노는 시간이면 짓궂은 아이들이 쫓아와 "누구누구는 애기 엄마래요" 하고 놀려 대는 바람에 매일같이 울면서 집으로 돌아왔다.

그렇게 아침마다 누나는 빨리 동생 업고 가라는 엄마의 호통에 싫다고는 못하고, 커다란 두 눈에 눈물만 뚝뚝 흘리고 섰다가 할 수 없이 나를 업고 책보를 들고 집을 나섰다.

누나는 가기 싫은 학교 대신 사람들이 잘 다니지 않는 먼 들로 나가 시간을 보내다가 한나절이 지나 허기가 밀려올 때쯤 집으로 돌아오곤 했단다. 그 뒤로 누나는 얼마 못 가 학교를 그만두고 그 어린 나이에 나를 등에 업은 채 집안 살림을 도맡아 했다. 그때부터 배울 기회를 잃어버린 누나는 내가 수술 후 걷게 된 뒤에도 끝내 학교를 가지 못했다. 나는 아홉 살에 학교를 들어갔고 누나는 어깨 너머로 내 책을 같이 보며 겨우 한글을 배웠다.

그리고 내가 열너덧 살 되던 무렵 사춘기가 왔다. 나는 신체적 결함을 비관하고, 집안의 내력을 원망하면서, 엄마에게 나를 왜 낳았냐고 갖은 포악질을 다 해 댔다. 그리고 그 순하고 착하기만 한 누나에게도 막말과 주먹질을 서슴없이 해 대는 구제 불능의 꼴통이 되었다. 밖에 나가서도 다른 아이들과 눈만 마주치면 위아래 가리지 않고 왜 쳐다보냐며 시비 걸어 주먹질을 해 댔다. 결국 나는 중학교도 잘리고 애들 엄마를 만나기 전까지 인생도 여러 번 잘릴 뻔했다.

내가 인생을 헤매고 사는 동안 누나는 스무 살 어린 나이에 11살 나이 차가 나는 매형을 만나 강원도 산골로 시집갔다. 누나는 강원도 산골에서 외아들인 매형의 대를 이을 아들을 낳으려고 딸만 내리 다섯을 낳고 여섯 번째에 아들을 낳았다. 그리고 얼마 후에 매형이 광산에서 일을 하다 큰 사고를 당했다. 매형의 긴병 간호에, 없는 살림에, 어린 조카들 키우면서 누나는 정말 고생을 많이 하며 살았다.

그런 누나에게 이제껏 말 한마디 따뜻하게 한 적이 없다. 나는 십여 년 전 조그맣게 하던 사업이 잘 안돼서 접고, 애들 엄마하고 이혼을 하고, 신용 불량자가 되는 등 여러 가지 복잡한 문제 때문에 내 둘레의 모든 인연을 끊고 살다시피 했다. 누나도 예외는 아니었다. 가끔 조카들을 통해 누나 얘기는 띄엄띄엄 들었지만 귀에 잘 안 들어왔다.

나는 요즘에야 다시 좋은 사람 만나 새로운 인생을 설계하면서 둘레를 둘러본다.

"여보세요? 누나, 나야."

"그래, 막내냐?"

"응."

"누나, 감자 캤어?"

"그래…."

"누나, 감자 수매 안 해?"

"어, 좀 있다 할라고."

"알았어. 내가 나중에 또 전화할게!"

"야! 니 잘 사나?"

"웅, 잘 살아!"

십 년 만에 하는 전화가 이랬다. 누나한테 드는 미안함과 죄책감 때문에 더 이상 말을 이어 갈 수 없었다. 눈물이 앞을 가린다. 누나는 나 때문에 자기 인생길이 갈리고, 그 고생을 했으면서도 한 번도 나를 원망하거나 미워한 일이 없었다. 그래서 나는 더 가슴 아프다.

희고 곱던 누나의 얼굴이 이제 근심과 주름이 자리 잡은 환갑 할머니가 되었다. 나는 지금 누나한테 해 줄 수 있는 것이 별로 없다. 겨우 이것밖에.

"누나, 이번에 내가 감자 많이 팔아 줄게!"

그리고 나와 동시대를 살았던 '누나들'에게도 말하고 싶다.

"정말 고생 많이 하셨습니다. 그리고 고맙습니다."

| **최만선** 화물 노동자, 2011년 9월 |

작은딸이 준
기발한 선물

몇 달 전 우리 부부는 결혼한 지 열네 번째 해를 맞이했다. 원래 내 남편은 기념일을 잘 챙기는 착한(?) 남편이다. 아주 자상하진 않지만 기념일을 그냥 잊고 넘긴 적은 없다. 하지만 그것도 벌써 14년을 지내고 나니 시들해졌는지 별다른 계획을 세우고 있진 않아 보였다.

그건 나 역시 마찬가지였다. 또, 이젠 남편이 특별한 계획이나 선물을 주지 않는다 해도 별로 서운할 것 같지도 않았다. 그러다 문득 두 딸들에게 물었다. "너희들은 엄마 아빠 결혼기념일에 어떤 선물 줄 거야?" 그랬더니 두 딸들은 며칠을 굉장히 고심하는 듯 보였다.

결혼기념일 이틀 전 초등학교 1학년짜리 둘째 딸이 "엄마는 먹는 것이 좋아? 아님 안 먹는 것이 좋아?" 하고 묻길래 난 웃으면서 "왜? 먹는 것 해 주려고?" 했더니 "응, 어른들은 무슨 날만 되면 맛있는 것 먹으러 가자고 하잖아! 그래서 나도 먹는 것 하려고." 딸은 이틀 전인 그날에 먹을 것을 만들어서 이틀 후인 기념일에 엄마 아빠에게 선물하려고 하는 것이었다. 그래서 나는 "어머! 우리 딸이 요리를 하려고? 우와! 기대된다. 그런데 먹는 것은 당일에 만들지 않으면 상해서 못 먹는데 어떡하지?" 하고 말했다.

그 소리에 딸은 실망한 듯 얼굴을 찌푸리다가 또 한참을 왔다 갔다 하며 생각하더니 갑자기 베란다로 나갔다. 얼마 후 무얼 열심히 쓱싹쓱싹 소리를 내며 닦고 물로 씻고 하는 소리가 들렸다. 그리고 난 뒤 한참 후에 베란다에서 나오며 얼른 문을 닫더니 절대 베란다로 나가지 말라고 당부했다. 무얼 하는지 대충 짐작은 갔지만 궁금하기도 하고 재미있기도 하고…, 웃음이 절로 나왔다.

잠시 후에 딸은 거실에 앉아 있는 나더러 눈을 감으라고 하더니 무언가를 들고 베란다에서 나와 안방으로 쏜살같이 들어가 문을 꼭 닫았다. 안방에서는 헤어 드라이기 소리가 요란하게 들려왔다.

안방에서 나온 딸은 "엄마, 이제 베란다는 가도 되지만 안방에는 절대 들어가면 안 돼!" "그럼, 엄마 잠은 어디서 자니?" 하고 말했더니 딸은 갑자기 빈 상자를 찾아 이 방 저 방을 뒤지고 다녔다.

그리고 이틀 뒤 특별한 이벤트 없이 우리 가족은 집에서 저녁 식사 후 남편이 사 온 꽃다발과 케이크를 식탁에 예쁘게 꾸미고 케이크 초에 불을 붙였다. 그때 작은딸이 커다란 상자를 나에게 건넸다. 열어 보니 그건! 끈도 풀지 않고 빤, 제대로 때가 가시지 않은, 마르지도 않은 상태로 상자에 담긴 내 낡은 운동화였다.

며칠 전부터 바쁘기도 하고 빨기 싫어 베란다 구석에 처박아 두었던 더러운 내 운동화! 누군가 날 위해 내 운동화를 빨아 준 것이 언제였더라? 정말 오래된 것 같다. 그래! 어린 시절 엄마가 빨아 주셨지. 점점 자라면서부터는 그렇지 않았지만…. 제대로 말리지도 않은 채 이틀 동안 상자에 넣어 둔 탓에 상자를 열자마자 냄새가 코를 찔렀다. 하지만 가슴이 찡해 오면서 뭐라 설명하기 힘든, 내가 정말 소중한 사람이 된 듯한 행복감, 고마움으로 가슴이 채워졌다. 딸에게 어떻게 이런 기발한 생각을 했냐고 물었다.

"엄마가 운동화 빠는 것 제일 싫어하잖아. 싫어하는 것 안 하게 해 주면 좋아할 것 같아서."

| **이경자** 주부, 2011년 10월 |

엄마의 역할은
어디까지일까?

저녁을 먹고 아이 방에서 뒹굴거리며 책을 읽고 있을 때, 큰아이의 휴대폰이 울린다.

"어, 오빠. 잠깐만."

전화기를 들고 방을 나간다. 남자 친구다. 옆에 있던 작은아이가 내게 묻는다.

"엄마는 언니가 나쁜 오빠하고 사귀는데 왜 가만둬?"

"네가 그 오빠 좋은 오빤지, 나쁜 오빤지 어떻게 아니?"

"담배도 피고 그런다며? 공부도 못하고 노는 오빠들이랑 어울려 다닌다면서? 그럼 나쁜 오빠 아니야?"

방문을 발칵 열고 큰애가 들어온다.

"나쁜 오빠 아니야! 니가 뭘 안다고 그래? 그 오빠가 무슨 나쁜 짓을 했는데? 누굴 때렸어? 괴롭혔어? 도둑질했어? 무슨 범죄라도 저질렀어? 뭐가 나쁜데!"

목에 핏대를 세우고 지 남자 친구를 두둔한다. 작은아이는 언니 기세에 눌려 "학생이 담배 피우고 학교에서 하지 말라는 거 하면 나쁜 학생이지, 뭘 그래" 하며 꼬리를 내린다.

둘이 티격태격 싸우는 걸 물끄러미 바라보다가 예낭이(큰아이)에게 말을 건넨다.

"예낭아, 솔직히 엄마 생각도 예영이랑 별로 다르지 않아. 네가 학생들이 하지 말아야 할 행동을 하는 아이들 틈에 있는 걸 적극적으로 말리지 않는 게 엄마로서 책임 방기인지, 딸을 존중해 주는 건지 헷갈려. 네 남자 친굴 만나 봐야 알겠지만, 우리 주변에는 편견이라고만 치부할 수 없는 부분도 많아. 군중 심리란 말 들어 봤지? 규제된 행동을 혼자서는 하기 힘들어도, 모이면 해 버리게 돼. 그게 좋은 일이든, 나쁜 일이든. 그래서 엄마는 여러 가지로 걱정돼."

"엄마, 나 못 믿어? 난 절대 엄마가 걱정하는 행동 안 해. 엄마는 너무 앞서 걱정해."

딸아이를 믿고 나름 솔직하게 대화를 나눈다고 생각하지만, 어쩌면 그것이 나만의 착각일 수도 있다. 그래도 어쩌누. 믿고 살아야지.

얼마 전 미술 치료 연수에서 강의하신 선생님이 문제를 가진 아이들을 상담해 보면 그 부모가 자신이 이른바 좋은 부모라고 착각하는 경우가 참 많다고 한다.

'아이를 사랑하는 마음에서 그랬다. 자신은 아이를 잘 알기 때문에 그렇게 아이를 대했다. 자신은 아이와 참 많은 대화를 하고 있으며 아이는 자신을 전적으로 믿고 솔직하게 다 말한다.'

이런 부모들의 생각이 자신만의 착각일 수도 있다는 것이다.

혹시 나도 그런 게 아닐까? 우리 딸들에게 나는 착각하는 엄마일까, 그나마 보통은 하는 엄마일까, 아니면 내 바람대로 아이들의 든든한 친구이자 보호자인 엄마일까? 큰아이와 작은아이의 교우 관계를 보면, 공부 잘하고 착하고 얌전한 이른바 모범생보다는 성적이 다소 떨어지고 거칠고 반항적인 아이들이 많은 편이다. '엄친아'나 '엄친딸'이 내 둘레에 없기도 하지만, 속물인 엄마 입장에서 좀 번듯하고 뭔가 배울 게 있는 친구를 사귀었으면 싶은데 아이들은 그렇지 않은가 보다.

혹시나 부부 교사인 우리가 너무 올바른 것만 보여 주고 말하고 행동하려 노력한 것이 오히려 아이들에게 빼딱한 것이 멋있고 자유로워 보이게 하진 않았는지 은근히 걱정도 된다. 굳이 변명을 하자면 사실 우리 부부도 주변에서 보는 평범하고 얌전한 초등 교사는 아닌 조금은 빼딱한 어른들인데, 아이들도 그런 우릴 보면서 정해진 틀이나 범생이들을 따분해할 건 당연하리라 생각한다. 그렇지만 집회나 강연에 데려갈 때면 가끔씩 겁이 나기도 한다.

혹시 내 양육 태도나 생활 방식과 사고방식 때문에 우리 아이들이 상처를 받거나 힘들어하진 않을까? 내가 옳다고 믿고 실천하는 게 아이에게도 옳고 바른 것으로 받아들여질까? 아무리 옳은 사회 정의의 이념이라 하더라도, 그것 또한 억압이고 압박일 때는 어떻게 될까?

이성적으로 생각해 아닌 건 아니라고 확실하게 선을 그어야 하는데, 요즘 세상에 아닌 것과 맞는 것의 경계가 참 애매모호하다.

나쁜 친구를 사귀지 말라는 것은 확실한 것이지만, 그 '나쁜'의 기준이란 게 헷갈린다. 사회가 규정한 나쁜 아이들을 만나면 만날수록 뼛속까지 나쁜 아이가 없다(그 상황에 벌어진 나쁜 행동이 있을 뿐이지).

모범생에 착한 아이들과 어울렸으면 좋겠지만 모범생이란 아이들은 성적에만 매달려 메마르고 이기적인 부분이 많기에 그 또한 어떤 면에서는 나쁜 친구다. 나에게 좋으면 선한 것이고, 나에게 나쁘면 악한 걸까? 지금의 교육 제도와 사회 제도에서 누가 나쁜 사람이고 누가 좋은 사람일까? 많이 배우고 높은 지위까지 올라간 사람들도 생명을 파괴하는 4대강 삽질에, 온갖 국회 파행에, 세금 탈루에 여념이 없으신데 많이 배우고 사회적으로 높은 지위에 올라가기 위해 애써야 할까? 경제적으로 안정되고 평안하기 위해 앞만 보고 치열하게 경쟁 대열에 끼여 '착하게' 살아가야 할까? 나도 이렇게 헷갈리는데 아이에게 어떻게 중심을 잡아 주어야 할까?

엄마의 역할을 어디까지 해야 할까?

아이는 신이 잠깐 맡긴 선물이자 십자가라고 한다. 그 아이는 내 소유물도 아니고 내 분신도 아니다. 내 몸을 빌려 세상에 태어났고, 스스로의 삶을 살아갈 동안 나는 도와주는 역할을 할 뿐이라고. 그러기에 내 기준대로, 내 바람대로만 아이를 휘둘러서는 안 된다는 걸 안다. 그렇다고 몸만 키우게 밥만 줘서 되는 것도 아니고 생각과 심성이 올바로 성장할 수 있도록 영적인 밥도 줘야 한다. 그 길은? 함께 성장하는 방법밖에 생각나는 게 없다. 함께 고민하고 아파하고 공부하고, 실수도 실패도 담대히 받아들이고 각자 제 삶을 살아갈 수 있도록 같이 애써 가는 길뿐인 것 같다.

며칠 뒤 큰아이의 남자 친구에게 데이트를 신청했다. 내가 그 친구를 잘 만날 수 있을지 나도 잘 모르겠다. 아이 말대로 괜히 '오바'하는 건 아닌지? 이런 내 행동과 걱정 또한 유별나 보이진 않을지? 그래도, 혼자 온갖 상상 다 하고, 앞서 걱정하고, 사소한 일에도 큰아이와 신경전 벌이고, 트집 잡는 것보단 오히려 그 친구를 직접 만나는 게 나을 것 같다는 판단이다. 큰아이도 데이트 잘하란다. 맛있는 거 사 주란다.

　세상의 모든 아이들을 내 자식 대하듯 믿고 대할 수 있으면 얼마나 좋을까? 내게 그런 용기와 사랑, 관대함이 아이들이 자라는 그만큼 자라나길 간절히 바란다.

| **김영란** 〈작은책〉 독자, 2012년 1월 |

이 웃음 그대로

누가 저리 재미난 이야기를 했는지,

사과를 한 입 베어 먹다 말고 뒤집어지게 웃네요.

무슨 꾸밈말이 더 필요하겠습니까?

이 아이가 어른이 될 20년 뒤에도

이 환한 웃음을 다시 볼 수 있기를 바랍니다. 아니, 다짐합니다.

| 사진 **땅의 사람** / 글 **최규화** 2010년 2월 |

달래야,
안녕!

 예정일이 얼마 안 남았는데도 새벽같이 나가느냐는 아내의 성화를 뒤로 한 채 현대차 사내하청지회 출근 선전전에 결합했다. 그러던 중에 아내에게서 전화가 왔다.

 "자기야, 배가 너무 아파. 화장실에 갔더니 이슬 비쳤어."

 평소 아내의 엄살을 아는 터라 하늘이 노랗지 않으면 좀 참으라며 무심하게 대꾸했다. 옆에서 듣고 있던 선배가 이슬이 비치면 감염의 위험이 있으니 예정일이 안 되었어도 병원에 가 보는 게 좋다고 조언을 한다.

 아내에게서 또 전화가 온다.

 "나 너무 아파. 뭐가 계속 나와."

 "알겠어, 선전 다 끝났으니 곧 갈게. 병원 갈 채비하고 기다리고 있어."

이때 섭섭한 건 평생 간다는 말을 익히 들은 터라 사근사근하게 대답했지만, 볼일 다 보고 9시가 넘어서야 집에 들어갔다.

바닥에 엎드려서 말도 제대로 못 하는 아내를 보니 아차 싶었다. 부랴부랴 챙기고 부축해서 다니던 산부인과로 향했다. 병원에 가는 길에 아내는 언제 아팠냐는 듯 평온해 보였다.

"으이구, 이 엄살 대왕아!"

"아냐, 아깐 정말 아팠단 말야."

아내 먼저 올려 보내고, 주차를 한 뒤 쫓아 올라갔더니 유재은 님 보호자면 분만 대기실로 가라고 한다. '오잉, 진짜네!'

간호사 설명에 따르면 진통이 시작된 게 맞고 이미 30퍼센트 진행되었단다. 첫 출산이니까 밤늦게나 내일 아침에 아기가 나올 거란 설명도 친절하게 곁들여 줬다.

"어젯밤부터 배가 싸르르했거든. 난 가진통인 줄 알았지."

"바보야, 어떻게 진통이 시작됐는지도 모르냐? 하긴 몸이 둔하면 오히려 덜 아파서 좋긴 하겠네."

예정일이 20일인데 과학이 정말 대단하고 신통방통하게 잘 맞는다며 감탄을 하기도 하고, 19일생쯤 되겠다느니, 오랜만에 아내랑 오붓하게 이런저런 얘기를 나누던 중, 11시 30분쯤 되었을까. 슬슬 배가 고팠다.

"자기야, 초산이라 밤늦게나 내일 아침에 나올 거라며. 그렇게 되면 장기전이잖아. 장기전에 대비해서 체력을 보충해야 하지 않을까? 정작 중요할 때 배고파서 쓰러지면 어떡해?"

아내는 한참이나 아무 말 없이 날 위아래로 훑어본다. 그러더니 한심하다는 듯, 하지만 또렷하게,

"다녀와."

거듭 묻지 않았다. 행여 말이 바뀔까 무서워 병원에서 나와, 밥집에 가서 장기전을 대비해 2인분을 뚝딱 해치웠다. 밀려드는 포만감으로 여유롭게 이를 쑤시며 병원에 들어서는데, 간호사가 기다렸다는 듯, 그리고 불만이라는 듯 말을 건넨다.

"인제 오셨어요? 어서 분만실로 들어가세요."

부리나케 가 보니 아내는 어느새 분만대 위에 누워 신음하고 있었다. 예상보다 진행이 빠르다며, 이렇게 되면 오늘 저녁쯤에는 나올 거란다. 아내의 진통 간격도 매우 짧아졌고 강렬했다. 그 와중에 아내가 한마디 한다.

"밥 잘 먹었어? 간호사 언니들이 나 되게 착하대. 어떻게 신랑 밥 먹으라고 보낼 수 있냐고."

"……."

분만실은 가정집 거실처럼 아늑하게 잘 꾸며져 있었다. 텔레비전도 있고, 소파와 탁자도 있었다. 오디오에서는 클래식이 흘러나왔다. 요즘 유행한다는 가족 분만실이다. 특히 이 병원 원장님이 이름 붙인 '참분만'이라는 방식으로 분만을 할 건데, 분

만이란 엄마의 몫이 아니라 가족이 함께하면서 사랑을 나누고 생명의 소중함을 나누는 일이라는 취지라 한다.

진통이 심해지자 아내의 요구도 많아졌다. "갈증 난다. 물 달라", "등 주물러라", "팔 주물러라", "다리 주물러라". 물론 아내 앞에서 할 말은 아니지만 너무 힘들었다. 몸을 부지런히 놀리기엔 배가 너무 불렀고, 땀이 삐질삐질 났다.

세상은 아빠들이 힘든 방향으로 바뀌어 간다는 생각을 했다. 아내의 진통하는 모습을 보며 문득 《지킬 박사와 하이드》 생각이 났다. 그냥 생각만 하면 될 걸 굳이 내뱉었다. 기분 전환하라는 의미였는데, 아내는 씁쓸해했다. 입이 방정이다.

오가던 간호사들 세 명이 모두 상주하기 시작했다. 매우 능숙한 솜씨로 각자의 역할을 분담하고 있었다. 그중에서 아내 배 위에 올라 진통 때마다 배를 누르던 분이 특히 인상적이었다.

"오늘 밤 늦게나 나온다면서요?"

"그러게요, 진행이 예상보다 빠르네요."

점심 식사 하러 갔던 원장님이 호출을 받고 불려 왔다. 아내는 고통에 몸을 비틀고 소리를 지른다. 몸을 비틀면 아기가 다친다고 못 하게 한다. 소리를 내면 힘이 빠지니 못 하게 한다. 온갖 안 되는 것 속에서 아내는 분투하고 있다. 열심히 아내의 몸을 주물러 보지만 갈수록 미안한 마음만 가득하다. 잘못한 것도 없는데.

아내의 손을 꼭 잡았다. 그리고 힘내라고 했다. 반복했다. "자기야, 힘내!" 그것밖에 해 줄 수 있는 게 없었다.

1시 47분. 모든 힘을 쥐어 짜내는 아내. 압축팩에서 뭐가 튀어나오듯 아기가 튕겨져 나왔다. 어안이 벙벙한 속에 손에 가위가 쥐어졌고, 밀 듯이 자르라는 말대로 탯줄을 잘랐다. 아기는 세상이 낯선 듯 연신 울어 댔다. 간호사 한 분이 아기를 저쪽으로 데리고 가서 뭐라고 뭐라고 소리를 질렀다. 지금 생각해 보니 몸 구석구석 살펴보며 외친 소리였던 것 같다. "손가락 발가락 다 열 개고요." 계속 어안이 벙벙했다. 아내의 손을 더욱 꽉 잡았다. 아내 손에 힘이 맥없이 풀린다.

"잘했어, 잘했어, 애썼어, 끝났어, 힘들지, 아팠지, 잘했어, 잘했어, 사랑해, 잘했어, 잘했어…."

나는 아내를 향해 끝없이 중얼거렸다.

간호사가 아기를 싸개에 싸서 우리에게로 데리고 온다.

"엄마 한번 안아 보세요."

아내가 아기를 받아 안았다. 놀랍게도 아기가 울음을 그쳤다. 그래, 네 엄마다. 아내의 얼굴에서 찬란한 미소가 흐른다. 나의 마음도 뭉클하다.

"달래야, 안녕!"

| 진영하 충남 글쓰기 모임 회원, 2012년 4월 |

아버지와
보청기

일곱 남매 중에 셋째 딸인 나는 외모도 성품도 아버지를 가장 많이 닮았지만, 아버지가 두렵고 싫었다. 아버지는 언제나 엄하게 자식들을 훈계하는, 다정함이라고는 찾아볼 수 없는 분이었다. 무엇이 그리 못마땅한지 늘 화를 내거나 트집을 잡았다. 칭찬은 거의 들어 본 일이 없었다. 외출했다 돌아오시는 아버지의 기침 소리만 들어도 나는 가슴이 벌렁거렸다.

그런 아버지도 활짝 웃는 날이 아주 없었던 건 아니다. 약주를 거나하게 잡수신 날이면 핫도그며 붕어빵을 누런 종이봉투에 한가득 사 들고 들어와 "야들아, 아버지가 맛난 거 사 왔다. 다 오니라!" 하시며 우리 형제들에게 다정히 대해 주셨다.

그러나 그런 날이 자주 오지 않았다. 어쩌다 약주를 하신 날을 빼면 아버지는 늘 화를 내거나 엄숙한 얼굴로 《명심보감》에 나오는 문자를 들어 가며 우리를 훈계할 뿐이었다. 그런 유교 관습에 얽매인 아버지가 나는 정말 싫었다. 어떤 날은 대들다 호되게 종아리를 맞기도 했다.

아버지 기대에 못 미치는 성적표를 받아 오는 날은 "바보 같은 것이! 남의 학비나 대 주러 다니는 게, 나가 죽어라!" 했다. 아버지의 따뜻한 사랑을 기대하는 일은 애초에 포기했던 나는 늘 주눅이 들어 있었고, 누가 조금만 언성을 높여도 극도로 긴장을 했다. 그런 아버지와 평생을 사신 엄마는 늘 어둡고 우울했다.

나는 아버지의 그늘을 벗어날 그날만을 기다렸다. 그러다 남편을 만났고 단칸방을 얻어 서둘러 결혼을 했다. 결혼을 한 뒤로는 다른 형제들만큼 친정에 자주 가지 않았다. 가끔 아버지를 만나도 여전히 어렵기만 했다. 10년 전, 갑자기 엄마가 뇌출혈로 쓰러져 돌아가신 후로는 아버지 때문에 마음고생만 하다 돌아가신 것만 같아 아버지를 더욱 미워하게 됐다.

이태 전 여름, 이제 그 성성하던 기운도 다했는지 아버지가 장이 꼬여 며칠 병원에 입원을 했다. 퇴원한 후 입맛을 잃은 아버지는 눈에 띄게 수척해진 얼굴로 우리 집에 오셨다. 귀가 잘 들리지 않아 답답하다며 보청기를 맞추러 멀리 태백에서 대구로 내려오신 것이다. 어쩌다 하룻밤 우리 집에 묵은 적은 있지만 여러 날 머무신 적은 없었는데, 보청기를 맞추고 시험해 보느라고 나흘을 묵었다. 마침 나는 여름 방학을 맞아 하던 일에 여유가 생겨 아버지와 많은 시간을 보내게 되었다.

보청기를 맞추러 가기 전, 이비인후과에 들렀다. 거기서 나는 너무나 오래된 놀라운 사실을 알게 되었다. 아버지는 35년 전, 광산에서 석탄 전차를 운전하던 중 엄청난 발파 소리에 귀청을 다쳤는데 그때부터 귀에서 작은 매미 소리가 나기 시작했다는 것이다. 지금 아버지는 농사를 짓고 있지만 그전에는 십여 년을 광부로 일하셨는데 그때 그 일을 겪은 것이다.

아버지는 그 이야기를 엄마한테도 한 적이 없다고 했다. 어떻게 그 긴 세월 동안 한마디 말도 안 하고 사셨느냐 물으니, "그래도 다른 사람 말소리는 잘 들렸으니까 그냥 살았지, 뭐" 하고 대수롭지 않게 대답하신다. "한번 다친 귀는 회복이 되지 않고 점점 상태가 나빠져 언젠가는 청력을 잃게 될 것이다. 노인성 난청까지 와서 그 증상이 더 심해졌다"는 게 의사의 진단이다.

나는 망치로 머리를 한 대 얻어맞은 기분이었다. 그것이었을까. 그동안 아버지를 그토록 조급하게 만들고 가족들까지 힘들게 하며 괴팍한 성격으로 살게 한 요인이? 어떤 사람은 아주 작은 스트레스로도 극심한 긴장 상태에 놓인다는데, 아버지는 어떻게 반평생 그 날카롭고 높은 소리의 물리적 스트레스를 견디며 사셨을까. 이런 생각이 들어 마음이 너무 아팠다.

생각해 보니 아버지는 자식들에겐 늘 호통만 치고 무서운 분이었지만 없는 사람, 불쌍한 사람을 보면 가진 것을 다 내주는 사람이었다. 가족보다는 남을 더 챙기는 아버지가 싫었지만 어느새 우리 형제들도 그런 아버지를 닮아 있다. 아버지는 어려서 부모를 잃고 친척 집을 전전하며 사느라 따뜻한 사랑을 받지 못했는데, 그래서 자식들을 다정하게 사랑할 줄 몰랐던 것은 아닐까. 술에 취하면 마음이 풀어져 붕어빵을 사 오시던 것이 아버지의 본모습이 아닐까.

너나없이 먹고살기 팍팍했던 시절, 가진 것 없이 살림을 꾸리며 홀로 아홉 식구를 책임져야 한다는 그 무거운 짐을 지고, 가족들조차 눈치채지 못한 장애까지 안고 살아오신 아버지를 이제야 조금은 이해할 수 있을 것 같다.

대구에 계시는 동안 서문시장에도 가고 이곳저곳을 모시고 다녔다. 아버지는 환갑을 겨우 넘기고 돌아가신 엄마와의 추억이 있는 곳에서는 유독 마음이 짠하신 모양이었다. "너들 엄마가 오래 살았더라면 좋았을걸. 그 사람은 뭣이 그리 바빠 날 두고 일찍 가 버렸나 몰라. 이제 좀 살 만해서 멀리 놀러도 다니고 할라 했는데…" 하시며 자꾸 말끝을 흐린다.

엄마가 돌아가신 뒤로 아버지는 서예를 시작했다. 지금까지 바쁜 농사철을 빼면 한시도 붓을 놓지 않는다. "너들 엄마 가고는 이제 이 붓이 내 친구다. 난 글만 쓰면 맘이 편해져 고만."

서예 대전에서 작은 상이라도 타면 기분이 좋아져 자랑하느라 가장 먼저 나에게 전화하신다. "나(나이) 많은 나도 하면 되더라. 그러니 뭐든 열심히 해라"는 격려도 잊지 않으신다.

그동안 아버지를 미워하며 사느라 힘들었던 건 내 자신이다. 그러나 그 미움의 무게보다 더 힘들게 살아왔을 아버지의 삶을 이해하고 나니 더 이상 아버지를 미워할 수 없다. 사실 같은 아버지 밑에서 성장했지만 다른 형제들보다 유독 아버지에 대한 원망이 컸던 나였다. 어쩌면 내가 그만큼 아버지의 사랑을 더 많이 바랐는지도 모른다. 넷째 동생은 나더러 유난스럽다고 했다. 아버지도 식구들과 다정하게 웃으며 좋은 낯으로 살고 싶었을 것이다. 사람의 본성은 누구나 선한 것이 아니던가. 그런 생각에 이른 뒤에야 나는 비로소 마음이 자유로워진 느낌이다.

아버지는 보청기를 착용하니 매미 소리는 예전보다 많이 작아졌고 잘 못 듣던 소곤소곤하는 소리까지 잘 들려 속이 다 시원하다 한다. 아버지의 보청기가 아버지 마음을 조금이라도 편안하게 해 주는 고마운 친구가 되기를 바랄 뿐이다.

요즈음 바쁘게 일하느라 소식이 없으면 먼저 전화해서 "잘 있냐?" 안부를 묻는 우리 아버지. 대구수목원에서 찍은 사진 속의 아버지가 어린아이처럼 손가락으로 '브이' 자를 그려 보이며 환하게 웃으신다. 우리 아버지 미소는 백만 불짜리다.

| **최명희** 숲해설가, 2012년 5월 |

우아하게
죽기

시어머니가 또 입원하셨다. 7년 전 뇌출혈로 쓰러지신 후, 꼬박 3년을 병원에 누워 지내시더니 집에 가고 싶다고 고집을 부려 할 수 없이 집으로 모셔 왔었다. 집에 와서도 거동을 못 하시니 마냥 누워 4년을 지냈는데, 연세도 많으시고 당뇨도 더 깊어지니 도저히 집에서는 관리를 할 수 없는 지경이 된 것이다. 어머니는 마흔 언저리에 당뇨 판정을 받았다고 한다.

젊은 시절 사진 속의 어머니는 키도 훤칠하고 체격도 컸지만, 내가 시집가서 본 예순의 어머니는 말투가 약간 어눌하고 걸음걸이도 미덥지 못했다. 이제 76세의 어머니는 당뇨 합병증으로 거의 실명 상태이고, 욕창에 사소한 감기조차도 위협적인 상태가 되었다.

어머니가 쓰러지시자, 자식들은 번갈아 가며 휴일을 어머니와 함께했다. 2~3주에 한 번 남편은 시댁이 있는 서울을 오갔고, 시댁을 다녀온 일요일 밤에는 마치 죽은 사람처럼 쓰러져 잠이 들었다. 기저귀를 거부한 어머니의 용변을 밤마다 서너 번씩 처리해야 했기 때문이다.

쓰러지신 지 얼마 되지 않았을 때, 어머니는 중환자실에서의 끔찍한 경험을 얘기하시면서 살아 있어 얼마나 다행이냐고 감사해하셨다. 내 의지대로 사지를 쓰지 못하고 누워 지내야 하는 삶이 뭐가 그리 감사한 것인지 이해할 수 없었다. 해가 갈수록 어머니는 조금씩 기력을 잃어 갔고 눈까지 흐려지고 말도 잘 못 듣게 되어, 옆에 가서 손을 잡고 누구라고 말씀을 드려야 알은 체를 하신다. 너무 안쓰러워서 뵙고 오면 맘이 편치 않지만, 그렇다고 안 찾아뵐 수도 없는 노릇이다. 어머니는 7년이 지난 지금도 살아 있음을 감사해하실까?

시댁의 작은아버지는 10년 전에 암으로 돌아가셨다. 병원에서는 6개월이라 했지만, 1년을 넘게 살다 가셨다. 간암으로 시작해서 돌아가실 즈음에는 온몸에 암세포가 퍼져 기침만 해도 갈비뼈가 부러질 정도로 위중했다. 앉아 계실 때는 머리와 목을 지탱할 수 있는 장치를 해야 했고, 마약 성분의 초강력 진통제로도 온몸에 퍼지는 고통을 잠재울 수 없었다. 작은아버지는 그렇게 사는 것을 감사하게 여길 수 없으셨는지, 일찍 치료를 포기하고 집에서 지냈다. 시고모님들은 돈 때문에 치료를 안 시키는 거라며 작은어머니와 그 자식들을 많이 원망했다. 이미 치료 시기를 놓쳤는데 힘든 항암 치료가 무슨 소용이라고, 그 당시에는 집안이 꽤나 시끄러웠다.

시어머니가 쓰러지신 지 7년이 지난 지금, 가족들 중 누구 하나 말을 하지는 않지만, 서로 많이 지쳤고 이런 상황이 앞으로 얼마 동안 이어질지 막막한 상태이다. 살아 계신 동안 한 번이라도 더 뵈러 가는 것이 당연하지만, 주말에 쉬지도 못하고 정신적으로 긴장 상태가 이어지다 보니, 남편은 그 돌파구로 2년 전부터 등산을 시작했다.

서울 다니랴, 산에 가랴, 그러다 보니 아이들과 함께하는 시간이 많이 줄어들었지만, 그래도 아이들이 좀 커서 다행이고 남편이 심리적으로 편안해지는 것 같아 다행이다. 어머니는 좀 뜸해진 아들의 발걸음이 서운하실까, 아니면 잘한 일이라 생각하실까?

마흔 중반에 접어드니 이제 나도 노년과 죽음에 대해 마음의 준비가 필요할 듯하다. 아이들이 독립하고, 자의든 타의든 간에 경제 활동에서도 멀어지면 그 뒤엔 뭘 하면서 살아야 할지. 막연히 두렵기만 한 죽음을 어떻게 하면 편안하게 받아들일 수 있을지. 우리 어머니처럼 건강을 잃고 살아가야 한다면 어떻게 해야 할지.

나는 아직 내 주변에서 내가 닮고 싶은 노년의 모델을 찾지 못했다. 책에서라도 찾아보려 했지만, 성인에 가까운 분들의 범상치 않은 죽음들이 있을 뿐, 평범한 내가 본보기로 삼을 만한 것을 찾지 못했다. 아직 우리 사회는 죽는 것보다 사는 것에 초점이 맞춰져 있나 보다.

나는 늙어 죽는 순간까지 우아하고 싶다. 종교를 가진 사람들은 펄쩍 뛰겠지만, 죽고 싶을 정도로 고통이 심하거나 의지대로 몸을 움직일 수 없을 때, 죽음을 선택할 수 있는 권리를 가져야 한다고 생각한다. 죽어 가는 사람을 억지로 살려 몸 구석구석에 호스를 꽂아 겨우 숨만 쉬게 만들어 놓으면 혼수상태의 당사자는 과연 그 삶에 감사할까? 그렇게라도 부모를 살아 있게 하는 것이 자식 도리를 다하는 것일까? 아는 이의 아버지는 암 선고를 받은 후 인공호흡기와 심폐소생술을 거부한다는 서약서를 병원에 제출했다고 한다. 결국 병원에서 돌아가시기는 했지만, 의료진에 둘러싸여 중환자실로 가는 대신 가족들이 보는 가운데 조용히 가셨다고 한다. 10년쯤 후엔 나도 병원에 가서 서약서를 쓸까 보다.

친정 엄마는 때가 되면 저녁에 잠들어 그대로 곱게 죽고 싶다고 말씀하신다. 엄마 소망이 이루어지길 나도 빌어 드려야겠다.

| 배복주 고산 글쓰기 모임 회원, 2013년 4월 |

소린이는
엄마가둘이다

"나는 우리 엄마가 꼬치로 안 낳고 가슴으로 낳았어."

일곱 살 소린이가 유치원에서 제일 친한 친구인 혜미에게 한 말이다. 이 말은 곧 소린이는 엄마가 둘이란 얘기다. 그 말을 들은 혜미는 나도 엄마가 둘이었으면 좋겠다며 자기 엄마에게 전했단다. 혜미 엄마는 유치원에서 만난 아내에게 혜미한테 들은 얘기를 전했다. 그날 오후 아내는 그간에 일어난 얘기들을 한꺼번에 내게 들려주었다.

아내는 혜미 엄마에게서 그 말을 전해 들을 때 소린이가 이제 가장 친한 친구에게는 그런 이야기를 털어놓을 줄도 아는구나 생각을 했고, 소린이가 큰 거부감 없이 자연스럽게 입양에 대해서 받아들이고 있구나 하는 대견함에 가슴이 울컥했노라고 말했다.

돌고 돌아 온 이야기를 듣는 순간 나도 사실은 가슴이 짠하기도 하고 또 다른 한편으로는 소린이에 대해 안심이 되기도 한다. 또 한편으로는 저 자그마한 녀석이 초등학교 고학년 정도 되면 한 번은 제 정체성에 대한 진정한 인식을 하는 순간을 맞게 되면서 한바탕 큰 슬픔을 겪어야 할 텐데, 라는 상념에도 젖었다.

모르는 사람들은 그냥 숨기고 살지, 그러면 아이가 천진난만하게 잘 자랄 텐데, 라고 생각하는 게 당연할지도 모른다. 하지만 이미 지나왔고 또 지나감을 기다리는 당사자들은 그건 그렇게 천진난만하게 넘어갈 수 있는 문제가 아니라는 사실을 누구보다 잘 알고 있다. 왜냐하면 그만큼, 모르는 사람들보다 더 많이 공부하고 수많은 사례들을 찾아본 결과이기 때문이다.

소린이 정도 나이에 제 자신의 출생의 근본이 배가 아닌 가슴이라는 것을 인식하는 것은 공개 입양한 선배 가족들의 숱한 예를 볼 때 굉장히 좋은 징조다. 이제 그 일은 인식의 단계가 저차원이든 고차원이든 부정할 수 없는 자연스러운 사실이 되었으니까 말이다. 그건 현실이고 그런 현실은 제 스스로의 성장과 더불어 살을 부비고 사는 가족들의 아낌없는 사랑의 힘으로 긍정의 궁극을 맞이하게 될 확률이 커진 셈이다.

어쨌든 공개 입양을 선택한 이상 근원적인 문제를 회피하거나 (비록 그것이 선한 의도라 하더라도) 거짓말로 일관할 수는 없다고 판단했다. 수많은 사례를 보아도 회피나 거짓말이 낳은 결과는 대체적으로 격한 배신감과 물리적 이별이라는 좋지 않은 결말을 보여 주었다.

아내와 내가 (타자의 시선으로 보자면) '굳이' 입양을 선택한 이유는 순전히 딸을 키우고 싶어서였다. 입양을 했다는 말에 바로 마더 테레사를 보는 사람처럼 우리를, 습하지만 경외감 어린 눈빛으로 바라보던 사람들은 그럼 낳으면 되지, 라는 의문을 던지는데 그게 또 입양의 결정적 이유가 돼 주었다.

그럼 너는 딸만 골라 낳을 수 있니? 배 아파 낳은 아들과 입양한 딸의 차이는 이것밖에 없다. 아들은 우연히 얻어진 결과지만 딸은 분명한 의지의 소산이라는 것. 그 외 딸의 생김이나 유전적 성질 혹은 신체적 특징 등에 대해 우리는 전혀 선택권을 가질 수 없었다. 그건 우리가 첫아들을 배로 낳았을 때 그 아들의 생김이나 성질 혹은 신체적 특징까지를 의도한 대로 낳을 수는 없듯이 말이다. 따지고 보면 배나 가슴이나 그저 그렇게 자연스럽게 자식으로서 부모와 맺어지는 것, 그것만큼은 하등 차이가 있을 수 없는, 같은 진리인 셈이다.

지금 중학교 3학년인 아들 선웅이가 우리 부부의 첫아이로 와서 정말 말로 다 표현할 수 없는 인생의 가장 행복한 순간들을 셀 수 없을 만큼 주었던 것처럼 소린이도 지금껏 우리 부부에게 딸이 주는 특별함까지 더해 자식에게서 받을 수 있는 행복한 순간들을 아낌없이 보여 주었다.

입양을 결심했을 때 우리가 마음속 깊이 원했던 현실이 바로 이것이었다. 그러니까 단지 입양이라는 다소 특별한 계기 말고는 부모라면 누구나 자식을 낳아 기르면서 가지게 되는 그런 감정들 말이다. 그렇지만 부인할 수 없는 다소 특별한 계기, 바로 그것 때문에 소린이와 우리 부부는 때가 되면 얼마간의 진통의 시간을 보내야 한다. 대체적으로 그게 여자아이의 경우는 초등학교 고학년쯤에 오게 되는 것을 앞서 공개 입양을 선택한 가족들의 예를 보아 알고 있다.

그러나 어쨌든 그 진통의 시간이 지나고 나면 더 이상 입양이 특별한 무엇이 되지 않는다. 그건 부인할 수 없는 현실이지만 그것 때문에 부모와 자식이라는, 그리고 평생을 함께 살아야 하는 한 가족이라는 사실을 부인하지 못한다. 사실 그 진통의 시간이 살짝 두려울 때도 있지만 그 시간을 회피할 생각은 전혀 없다. 오히려 어찌 보면 소린이에게는 제 가슴속 깊은 안타까움의 근원을 고통 없이 들여다볼 수 있는 큰 용기를 심어 줄 과정이기도 할 것이다. 우리 부부가 할 수 있는 일이라곤 묵묵히 그리고 담담하게 그런 소린이를 지켜봐 주고 안아 주고 보듬어 주는 것밖에.

나는 오늘도 소린이를 꼭 껴안고 "소린아, 아빠는 정말 우리 딸이 있어 너무 행복하구나"라고 가슴 깊이 우러나오는 말을 전해 주었다. 말로 답을 주진 않았지만 살짝 고개를 돌리고 웃음 짓는 소린이의 만족해하는 표정에 굳이 말이 필요 없는 명징한 해답이 보였다. 나는 그걸 깊이 신뢰하고 있다.

소린이는 이렇게 성장해 가고 있다.

| 김지영 〈작은책〉 독자, 2013년 8월 |

물을 아껴 쓰는
우리 가족

안녕하세요. 저는 나은성입니다.

저는 저희 엄마 덕분에 어렸을 때부터 친환경적으로 자라 왔어요. 그래서 그런지 물 부족에 관한 글은 자신이 있어서 이 글을 쓰게 되었습니다.

엄마가 말했다.

"나은성! 너 어제 샤워했다면서! 왜 물 안 받아 놔!"

아놔.

졸려 죽겠는데 아침부터 엄마의 잔소리를 들어야 하다니. 불쌍한 내 신세. 근데 더 짜증 나는 건 엄마한테 대들 수가 없다는 거다. 대들기 위해서는 트집 잡을 게 필요한데 엄마 말은 트집 잡을 게 없기 때문이다. 우리 가족은 앞에서 봤듯이 엄마의 강력한 의견 덕분에 물을 받아서 쓰고, 쓴 물은 받고, 받은 물은 또 쓴다. 그냥 흘려보내도 되지만 우리는 이렇게 세 차례에 걸쳐서 물을 쓴다.

예를 들어 우리는 머리 감은 물도 받고, 샤워한 물도 받고, 빨래한 물도 받는다. 화장실에서 쓰는 물은 거의 다 받는다고 보면 된다.

그럼 이렇게 받은 물들은 또 어디에 쓸까? 화장실에서 볼일을 본 뒤 변기 내리는 데 사용한다. 그래서 그런지 물을 아껴 쓰기 위해 변기통에 벽돌을 넣어 놓았다고 자랑하는 주변 친구들의 말은 다 시시하게 들린다.

개네는 번데기 앞에서 주름 잡는 셈이다. 우리 가족은 걸레 같은 허드레 빨래도 다 받은 물로 하는데 내 눈에 그런 행동들이 우습게 보일 수밖에 없다.

마지막으로 가장 중요한 것!

"쉬 쌀 사람~!"

하고 한 명이 외치면 쉬 쌀 사람들은 모두 화장실 앞으로 달려가 차례대로 줄을 선다.

1빠!

2빠!

3빠!

순서를 정한다. 그리고 순서대로 볼일을 본 후 한꺼번에 물을 내린다. 다른 사람들이 보기에는 더럽다고 생각될 수 있지만 나는 어렸을 때부터 그렇게 해 왔기 때문에 더럽다는 생각은 전혀 안 든다.

우리 가족만의 기발한 물 절약 노하우라고 생각한다~!

오늘도 엄마의 잔소리는 끝나지 않았지만 '피할 수 없으면 즐겨라'라는 말이 있듯이 나는 조금 귀찮아도 아프지 않고 행복한 지구를 위해 계속 우리 가족의 방식대로 물을 아껴 쓸 거다.

| **나은성** 성서중학교 2학년 6반, 2013년 9월 |

2010년 10월 4일 월요일

제목: 마법의 배
날씨: 아까 새벽에 비가 왔는지 땅이 젖
어있고, 점심은 바람만 계속 불어
춥기만 하고 개 쟁쟁해 저녁은 먹구
름이 끼더니 물방울이 떨어지더니
갑자기 그치는 계속 번덕 우리고 가
리 술한 날씨다

나는 신비한 마법의 배마 솥 우리
불고 에서 김밥, 떡복이 꼬치 2개, 하오
리감자 2개를 먹었는데도 배는 나오
지 않고 또 30.1키로 여도 내일
일어나 오면 29,4로 줄어있다
심지어 똥도 안 쌌는데.. 그래서
내 배는 마법의 배다 밤에
찌고 아침에 빠지는 인체는 신
비해 - ✱

10년 12월 8일 수요일 ☀ ☁ ☁ ☂ ☃

뭐! 엄마

아씨, 아침은 엄하로 내려갈지만 그때는
구마켓를 하고 있었다 (그래서 따
^^) 점심은 눈이 왔다!! 우왕~ 그
고 저녁은 눈, 비가 같이 내리다
이제는 눈만 내려다.

성취도 프링가 시험지를 나누어 주었다.
~들이 '안돼요!!' '....' '으악' 이러는
김승환이 '아직자 나 죽었다. 80
~나 맞아야되, 수학상시대회 팜에
50미 더.' 이랬더니 재 짱이는 '죽었
다 이러고 내가 '아 ~반 때리면 되지'
니 '안돼, 엎드려 빵치고 파2차로 말아
'진짜? 축하다.' 내가 망했다. 우리 엄마는
~죽같고 뭐 ~라면 하는데... 난 참 행복
~아이야 하고 생각했다.

㉧ 역시, 행복이란

내 남편과
사는 법

우리 부부는 열 살 차이가 난다. 남편은 마흔둘, 나는 서른둘. 결혼한 지는 올해 8년 됐고, 일곱 살 딸아이와 생일을 늦게 올려 세 살이 된 아들 녀석이 있다. 여기까지만 듣고 주위에선 이렇게 말한다.

"남편이 업고 다녀야겠네!"

사실, 나도 그럴 줄 알고 결혼했다. 내 말 한마디면 껌뻑 죽는 시늉이라도 할 만큼 나에 대한 애정이 철철 넘치는 남자였으니까. 어디 그뿐인가. 맏이라 그런지 늠름하면서도 자상하고 책임감도 강했다.

그래서 나이가 많다는 둥, 장손에 장남이라는 둥, 네가 뭘 모른다는 둥 잔뜩 겁을 주며 결혼을 반대하는 엄마 가슴에 대못을 쾅쾅 박고 결혼식을 올렸다.

보름 동안 신혼여행 겸 배낭여행으로 이집트 사막을 거닐 땐, 뙤약볕 아래 모래밭도 꿈길처럼 신비롭고 환상적이었다. 마치 이 남자와 이 순간을 맞이하기 위해 내가 스물여섯 해를 살아온 것이라 믿고 싶을 만큼. 아아, 이런 걸 운명이라고 해야 하나. 집으로 돌아오는 비행기 안에서는 달콤한 사탕을 입에 문 것처럼 행복감에 젖어 상상의 나래를 펼쳤다. 아침 햇살에 살며시 눈을 뜨면 침대보다 더 포근하게 날 감싸 주는 남편의 모습을, 함께 요리하며 서로에게 엄지손가락을 세워 보이는 날들을, 그리고 남편의 깜짝 선물에 감동하는 나를.

그런데 신혼여행을 다녀온 바로 그다음 날부터 나는 조금씩 깨달았다. 늠름하다고 믿었던 이 남자야말로 내가 평생 업고 다녀야 할 '철부지'라는 것을 말이다. 남편은 나보다 십 년을 더 살았으면서도, 열 살은 더 어린애처럼 굴었다.

그중 가장 기가 막혔던 것은, 하루 종일 신발 속에 갇혀 있던 발을 씻지도 않은 채, 손으로 발톱을 뜯고 그 부스러기들을 바지 주머니에 넣는 더러운 짓을 매일 반복하는 것이었다. 그걸 보고도 도무지 입이 다물어지지 않는데, 남편은 별거 아니라는 듯 웃으며 손으로 코를 만지작거렸고, 딴에는 발 냄새를 간접적으로 맡아 보려는 의도였겠으나, 나는 그만 경악했다. 주머니에 든 그것들을 휴지통이 아닌 변기에 털어 버릴 때는 내 입안으로 찌꺼기가 날아드는 것 같은 착각이 일어, 나도 모르게 침을 퉤퉤거릴 정도였다. 현관이나 베란다에서도 발톱의 일부분으로 보이는 것들이 종종 발견되곤 했는데, 그런 날이면 나는 전래동화의 한 장면이 떠올라 남편을 뚫어져라 쳐다봤다. 혹시, 오늘 집 앞에서 본 쥐가 남편의 발톱을 먹고 둔갑한 건 아닐까 해서.

이를 닦지 않거나 샤워를 건너뛰는 날도 허다했는데, 정말 받아들일 수 없는 행동은 매일 밤 텔레비전으로 영화를 보는 것이었다. 물론, 퇴근 후에 시간이 여유로운 직업이라면 취미로 영화를 즐기는 것쯤은 충분히 이해할 수 있다. 하지만 남편은 야근과 회식이 많아 새벽에 들어올 때가 많았고, 주말에도 일에 치여 제대로 쉬지 못했다. 그래서 항상 이마에는 '피곤', 눈에는 '졸음'이라고 쓰여 있었다. 그런데도 늘 영화를 봐야 잠이 들었으니, 나는 새벽마다 이글거리는 눈으로 남편을 심문했다.

"나야, 영화야?"

그때마다 남편은 "곧 들어갈게"라는 애매한 대답을 했고, 나는 폭발해서 텔레비전 코드를 뽑아 버리거나 방문을 걸어 잠그는 등 그 시간에 별별 신경전을 치러야 했다.

그래도 하나뿐인 서방이라고, 아침이면 남편을 위해 국을 끓이고 나물을 무쳐 밥상을 차렸는데 '이 짓'도 얼마 가지 못해 그만두었다. 출근 시간 5분 전까지 곯아떨어져 있는 사람에게 밥상은 그야말로 사치이자 고문이라는 생각이 들었기 때문이다.

한번은 집 안을 둘러보던 남편이 청소에 신경 좀 써야겠다고 말하기에, 어디가 어떠냐며 큰소리부터 쳤다. 그러자 남편은 갑자기 새하얀 면장갑을 끼더니 액자와 선반 위, 책장 등을 손으로 훑기 시작하는 것이었다. 얼마 후, 장갑은 짙은 회색빛이 되었고 내 얼굴은 노랗게 질려 버렸다. 나는 간신히, '청소는 앞으로 당신이 하는 게 좋겠다'고 말했는데, 남편은 어깨를 으쓱해 보이더니 장갑을 벗어 나에게 줄 뿐이었다.

내 말에 무조건 충성할 거란 믿음이 해변의 모래성처럼 허물어져 갈 때쯤, 아찔할 만큼 강한 파도가 철썩, 뒤통수를 내리쳤다. 우연히 남편 핸드폰에서 빚 독촉 메시지를 본 것이었다. 발신자가 은행이라는 점이 불행 중 다행이랄까. 나는 언제 어디에 이 돈을 쓴 건지 따져 물었고, 남편은 친구에게 빌려줬으나 곧 받을 수 있다며 얼렁뚱땅 둘러댔다. 하지만 그런 핑계에 속아 넘어갈 만큼 나는 순진하지 않았다. 게다가 돈 관리는 모두 내가 맡아 했으므로, 앞으로 나 몰래 또 누군가에게 큰돈을 빌려주는 사태는 막아야겠다는 일념이 앞섰다.

집요한 추궁 끝에 나는 돈의 행방을 알아내는 데 성공했지만, 이내 그토록 따져 물은 것을 후회했다. 그 돈의 일부는 지인에게 빌려준 것이 맞았으나, 돌려받을 가능성이 1퍼센트도 없어 보였고, 결혼 전 흥청망청 쓴 술값도 상당 부분 차지하고 있었다. 나는 꼼짝없이 생활비를 쪼개 그 큰돈을 갚아 나가야만 했고, 언젠가 받을 수 있을 거란 희망도 물거품처럼 사라졌다.

　이제는 제발 아껴야 한다고, 어린아이 달래듯 남편의 눈을 보며 여러 번 말했지만, 하루에도 몇 번씩 울리는 카드 사용 알림 메시지와 카드 내역서는 내 심장을 쫄깃하게 하다 못해 한여름의 아이스크림처럼 녹여 버렸다. 남편은 바다처럼 드넓은 오지랖에 밥값과 술값은 자기가 내야 직성이 풀리는 마당발의 소유자였던 것이다. 언젠가 남편의 사주를 본 역술가의 말이 떠오른다. 날아가는 기러기도 앉혀다가 술을 준다나 어쩐다나. 그러니 절대 이 남자에게 돈은 쥐어 주지 말라던 당부도 잊지 못한다. 남편 때문에 내가 맘고생한 얘기는 달님만이 알 것이다.

　가끔 이런 생각을 한다. 한때, 이 남자가 운명이라 믿었지만 지금은 그와 함께 사는 것이 내 팔자일지도 모른다고. 이렇게 말하면 주위의 반응은 두 가지다. 아직 팔자 운운하기엔 젊지 않느냐며 코웃음을 치거나, 가엾다며 혀를 차거나. 하지만 확실한 건, 남편에게 못마땅한 부분도 내 몫이려니 하고 받아들인 순간, 마음이 한결 편안해졌다는 것이다. 분명 남편도 나에 대한 불만이 있을 것이다. 새하얀 면장갑이 회색빛이 됐던 것처럼.

　그래서 내가 가장 마음 쓰는 부분은, 남편의 과거를 묻지도 따지지도 않으려 나를 길들이는 것이다. 이때 과거는 나를 만나기 전부터 1초 전까지 모두 해당되는데, 아무리 화를 내거나 잔소리를 해 봤자 지나간 일은 되돌릴 수 없고, 내 속만 상하기 때문이다.

그 첫 번째 훈련은 남편의 핸드폰과 카드 사용 내역서를 보지 않는 것이었다. 카드를 사용할 때마다 울리는 메시지도 남편 앞으로 돌려놓았다. 하지만 습관이라는 것은 쉽게 바뀌지 않는다는 걸 깨닫고, 신용 카드를 체크 카드로 바꿔 주었다. 그러자 남편은 나에게 종종 살가운 소리를 하며 혀가 짧아지는데, 말미에는 돈 좀 부쳐 달라는 말이 빠지지 않는다. 씀씀이가 줄어든 것도 아니다. 이제는 편법까지 써서 한 달이면 결혼하는 친구가 대여섯은 된다. 축의금도 빵빵하게 한다. 결혼 적령기가 한참 지난 마흔둘인데, 다들 능력도 좋다. 내가 결혼식에 따라간다고 하면 너무 멀어서 돈만 보낸다고 한다. 속이 뻔히 보이지만, 나는 모르는 척 넘어가기로 한다. 여느 남자들처럼 게임에 빠져 살거나 못난 짓을 하는 건 아니니까. 그저 몸이나 축나지 않게 건강식품 잘 챙겨 먹고, 아빠를 기다리는 아이들 눈망울을 열심히 찍어 나르는 것이 내가 할 수 있는 최선인 것이다.

늦은 밤이나 새벽에 영화를 보는 것도 그러려니 한다. 남편은 하루 종일 직장 상사를 대하느라 얼마나 종종거리고 다녔겠는가. 만약 내가 아이들을 키우지 않았다면, 매일 밤 날 혼자 잠들게 하는 남편을 지금까지도 이해하지 못했을 것이다. 하지만 개구쟁이 두 녀석들 뒤치다꺼리하느라 고된 시간을 보내고 보니, 혼자 깨어 있는 그 시간이 얼마나 평화롭고 달콤한지 알 것 같다. 피곤을 등에 지고라도 그 시간을 누리고픈 이유를 말이다.

이제 막 결혼했거나 초보 엄마로 육아에 몸살을 앓고 있는 친구들은 날 보며 깜짝 놀란다. 내공이 보통 아니라며, 언제쯤이면 자기들도 남편에게 그렇게 관대해질 수 있느냐고. 나는 웃으며 한마디 던진다.

"그래도 가족들 먹여 살리는 것보다 애 보는 게 쉽지 않겠어?"

남편을 향해 가시처럼 곤두세웠던 신경이 이렇게나마 부드러워진 것은 아마도 8년이란 시간이 우리 사이를 훑고 갔기 때문일 것이다. 그사이 나는 포기와 체념의 미학(?)을 거의 전공한 수준이 되었고, 절망과 번뇌를 반복하면서 우리 사이는 연애할 때처럼 더 이상 뜨거울 수 없다는 것도 깨달았다. 하지만 어쩌면 이것은 사랑이 또 다른 형태로 발효되어 가는 자연스러운 현상이란 생각도 든다.

숙성되어 가는 그 맛의 절정은 어떨지 참으로 궁금할 만큼, 남편은 여전히 내 속을 끓이고 식히기를 반복한다. 그래도 매일 아침 무거운 몸을 이끌고 묵묵히 출근하는 남편. 똑같은 시간을 사는데도 흰머리가 팍팍 느는 그이를 볼 때마다 안쓰럽고 애처롭다. 그래서 그냥, 내 남편이라는 이유 하나로, 무조건 잘했다고, 최고라고, 오늘도 그의 편이 되어 준다.

| 문보라　고산 글쓰기 모임 회원, 2014년 8월 |

좋은 것은 비싸게 사 드세요

바람이 북쪽으로
불어야 하는 까닭

저녁 식사를 마친 아버지께서 근심 어린 눈빛으로 창밖을 내다보십니다. 바람은 거세게만 불어 대는데, 아버지께서 깊은 한숨을 내쉬며 말씀하십니다. "바람이 북쪽으로 불어야 할 텐데…." 저녁 잘 드시고 무슨 뜬금없는 말씀이실까? 무슨 걱정거리라도 있는 걸까? 아니면 의미심장한 정치적 이야기가 담긴 건가? 뒷짐을 지고 계시는 아버지의 모습이 안쓰러웠습니다. 그래서 여쭤보았습니다. "왜 그래요? 무슨 일 있는 거예요? 왜 바람이 북으로 불어야 한다고…."

"아, 그거? 그래야 낙엽이 옆 동으로 몰려가지. 그거 다 치우라면 또 쎄가 빠진다. 제발 북쪽으로 불어야 할 낀데…." 에헤이, 그럴 줄 알았습니다. 괜히 가슴 졸였지 뭡니까. 아버지 대답에 정신없이 웃다 보니 문득 예전 일이 생각났습니다.

저는 취업 취약 계층을 대상으로 민생 상담을 하다 보니 고령 남성 구직자들을 자주 만나게 됩니다. 영락없이 우리 아버지 친구뻘 되는 분들인 거죠. 이런저런 딱한 사정을 듣고 나면 어떻게든 한자리 찾아봐야겠다 싶어서 워크넷, 벼룩시장을 다 뒤지고, 어디 일자리 있다고 하면 상담받으러 오신 분들이 자동으로 떠오르곤 했습니다. 하지만 이분들에게 '직업의 선택'은 "아나, 곶감아~" 하는 소리와 같습니다. 일반적으로 고령의 남성 구직자를 고용하는 곳은 경비, 주차 관리, 청소를 대행하는 용역업체가 유일한 셈입니다. 우여곡절 끝에, 가뭄에 콩 나듯 한두 분이 취업하고 나면 하늘을 날아갈 것같이 개운해지곤 했습니다. (하늘을 나는 기분을 느낀 것이 참 오래전 일 같습니다.)

그러던 어느 날! 아버지께서 말로만 듣던 정년퇴직이라는 것을 하게 되었습니다. 시민 단체 상근 활동가가 한 명이라도 있는 집안에 실업자가 발생한다는 것은 상당히 위협적인 사건입니다. 이런 사정은 모르는 사람 빼고는 다 아실 겁니다. 우리 집안에도 그런 위협적인 일이 발생한 것이었습니다.

부모님 노후 봉양을 위해 제대로 돈을 벌어야 하는 건 아닐까? 고민과 걱정이 켜켜이 쌓여 가고 있었습니다. 그런 저와는 다르게 아버지는 여유가 넘쳤습니다. 알고 봤더니 그 여유의 원인은 바로 저였습니다. 딸이 당신 또래 구직자들의 일자리를 찾아 주고 못 받은 월급도 받게 해 준다는 것을 아신 아버지께서는 딸을 든든한 '빽' 삼아 큰 힘 들이지 않고 경비 일을 쟁취하실 심산이셨나 봅니다. 우리 딸이 여기저기 용역회사 사장들, 큰 빌딩 건물주들과 막역한 사이여서 어려운 이웃들 취업시켜 준다고 생각하시는 아버지께 차마 "아부지, 저 워크넷, 벼룩시장 뒤져서 면접 정보 알려 주는 게 전부예요. 별… 빽 없어요…" 하고 말씀드릴 수가 없었습니다.

집안의 생계 위협이 현실화되기 전에 어떻게든 아버지의 상상을 깨야겠다는 생각이 들었습니다. 그리고 독하게 마음먹고는 아버지에게 언성 높여 말했습니다. "내가 이런저런 일자리 정보가 많긴 하지만 아버지에게 특권처럼 줄 수가 없어요. 이게 내부자 거래지 뭐예요. 이해해 주세요" 하고 세게 나갔습니다. 아버지는 제 사기극에 압도되어서 배신감 반, 흐뭇함 반, 알 수 없는 표정만 남긴 채, 고령 구직자의 길로 접어드셨습니다.

집에 가서라도 일자리 찾는 일을 도와드릴 법한데 그게 참 잘 되지 않았습니다. 워크넷 한번 검색해서 출력만 해 드려도 되는데 그게 어찌 그리 귀찮고 하기 싫은지…. 아버지가 작성한 이력서를 훔쳐봤더니 제가 구직자를 대상으로 강의할 때 종종 보여 드리는 '나쁜 이력서 사례' 중 하나로 이용해도 괜찮을 정도였습니다. 그래도 그저 방관만 했습니다.

다행스럽게도 지금 아버지는 작은 아파트 경비 일을 하고 계십니다. 얼마 전, 월급 명세서를 봤는데 분명 최저 임금 위반이었습니다. 하지만 저는 말씀드리지 않았습니다. 괜히 말해서 제 일이 많아질까 봐 겁도 나고 회사에 말 꺼냈다가 일자리 짤리고 집안 경제까지 휘청일까 봐 걱정도 되었기 때문입니다.

생각해 보니 사무실 인근 미용실, 목욕탕, 복덕방 등 이웃들에게 인사 한번 제대로 한 적 없었습니다. 그래서 감히 '활동가'라 말하기가 부끄럽고 창피하고 죄송스럽기만 합니다. 사무실 문 열고 들어갈 때만 활동가이고 문 열고 나가면 그저 사는 게 힘들고 주변 일에 무관심한 생활인일 뿐이기 때문입니다. 술자리에서 가장 많이 나오는 안주가 '세상을 다 바꿔야 한다'입니다. 그러나 저는 세상을 바꿀 힘도, 자신도 없습니다. 그러면 내가 지금 여기에 왜 있는 것일까? 자신에게 되물으면서 종종 풀이 죽고는 합니다. 하지만 다른 건 몰라도 내 가족과 내 이웃이 좀 더 '함께', 좀 더 '행복'하게 살 수 있도록 '나'부터 변하는 일만큼은 할 수 있지 않을까 생각하면서 스스로를 위로해 봅니다.

아버지는 아직도 베란다에서 바람의 방향을 심각하게 지켜보고 계십니다. 정말 바람이 북쪽으로 분다면 아버지 일은 던다쳐도 옆 동 아저씨는 정말 욕보실 거 같습니다. 그래도 팔은 안으로 굽는다고 바람이 북쪽으로 불었으면 하는 마음입니다.

| **최문정** 부산실업극복지원센터, 2010년 1월 |

야생화 탐방,
내면의 탐방

"여기 민들레가 있어요. 누구나 다 아는 꽃입니다. 하지만 서양 민들레와 토종 민들레의 차이를 아시나요? 서양 민들레는 보통 노란빛이 진하고 꽃받침 뒤의 잎들이 뒤로 젖혀져 있답니다. 토종 민들레는 꽃받침 뒤의 잎들이 오밀조밀하게 꽃을 받치고 있지요."

새로웠다. 민들레는 당연히 토종이라 생각했는데 서양 민들레가 있다니. 해설가 얘기를 듣고 나서 민들레꽃마다 뒤집어 보니 서양 민들레가 더 많았다. 아는 만큼 보인다더니. 여태껏 눈 뜬장님 식으로 민들레를 봐 왔단 말인가.

"제가 민들레꽃을 여기 계신 한 분께 바치고 싶습니다. 받아 주실 분? 예, 거기 그분, 이 작은 꽃을 받아 주세요. 그런데 말입

니다. 여러분께 퀴즈를 내겠습니다. 제가 이분께 꽃을 몇 송이 드렸는지 아십니까?'

작은 민들레꽃을 하나 주면서 몇 송이라니? 강사가 장난하는 것도 아니고. 그런데 함께한 사람 가운데 한 명이 뜻밖의 답을 했다.

"수백 송이 받았습니다."

"아, 아시네요. 그렇습니다. 민들레는 홑씨가 아닙니다. 꽃잎으로 보이는 하나하나가 꽃이나 마찬가지죠. 그래서 수십 송이 이상이랍니다."

다는 이해하지 못했지만 무슨 얘기를 하는 것인지는 알 수 있었다. 2010년 4월 24일 광덕산 아산 쪽 자락 강당골. 민주노총 충남본부에서 개최한 '숲해설가와 함께하는 야생화 탐방'은 처음부터 그렇게 모두의 관심을 집중시켰다. 아침만 하더라도 봄을 시샘하는 추위가 4월 하순인데도 옷깃을 파고들었다. 하지만 "기후 온난화라더니 무슨 날씨가 이리 춥냐" 하고 투덜거리던 사람들이 해설가의 얘기 하나하나에 빨려 들어 야생화에 대한 관심이 금방 뜨거워졌다.

"잠깐만요, 하나씩 살피면서 가죠. 여기 길가에 아주 작게 옅은 남색으로 무리 지어 피어 있는 꽃 보이시죠? 이게 개불알꽃이에요."

"개나리는 줄기로 번식하다 보니 열매가 거의 퇴화했다고 하네요."

"여기 노란 꽃잎이 네 개 달린 것 보이시죠? 이게 피나물이에요. 줄기를 꺾으면 주황색 액이 피처럼 나온다고 해서 붙은 이름이래요."

"먹을 수 있냐고 여러 분이 물어보시던데, 드디어 먹는 풀이 나왔네요. 여기 밑에서 꽃대가 나와 하얗게 여러 꽃송이가 달린 것 보이시죠? 여기저기 많네요. 이게 냉이꽃이에요."

그이가 얘기할 때마다 우리는 눈이 새로 트였다. 알아 갈수록 더 많이 보이는 것이었다. 그전에는 그 풀이 그 풀이었다. 아니, 그냥 잡풀이었고 잡꽃이었다. 하지만 그이가 하나하나 그 고유의 이름으로 풀꽃을 불러내고 설명을 할 때마다 우리는 새로운 느낌으로 그 풀꽃을 바라봤다. 갑자기 오랜만에 친척을 만난 듯이 반갑고 애틋했다. 고개를 주억거리며 길가에, 밭둑에, 등산로에 묵묵히 제자리를 지키고 있던 그네들이 갑자기 환하게 웃어 주는 것만 같았다.

돈도 빽도 없는 노동자들. 직장에서는 김씨, 이씨로 불리는 사람들. 집에서는 누구 엄마로만 불리는 여성들. 선거 때만 몇 번씩 절을 받지만 그 며칠이 지나면 몇 년을 억눌려 지내는 서민들. 연예인도 아니고 정치가도 아닌 우리의 이름은 인터넷 검색창에 쳐 봐도 한 줄도 뜨지 않는다. 야생화가 바로 그런 우리들이 아닐까. 너무 작아서 지나치기 쉽고 자세히 내려다봐야만 알 수 있는 존재들. 하지만 누가 보든 보지 않든 예쁘고 아름답게 스스로 가꾸고 산천을 수놓고 있는 산야초 백성들. 서로 이름을 불러 깨우고 있었다.

"산괴불주머니는 옛날 아이들이 차고 다니던 괴불주머니에서 이름이 유래했다네요. 구부러진 작은 나팔 모양 노란색 꽃이 여러 개 붙어 있죠? 사실 저도 괴불주머니를 직접 본 적은 없어서 감은 제대로 오지 않습니다."

"여기 이삼 미터 줄기들이 무리 지어 올라와서 작은 잎들이 피고 좁쌀처럼 꽃이 무리 지어 피는 나무 있잖아요. 이게 조팝나무예요. 농사짓는 사람들은 이 꽃이 피기 시작하면, 이제 본격적인 농사철이구나, 하고 생각했다고 해요."

"저도 처음에는 외우려고 노력했는데, 안 되더라고요. 저한테 듣고 자연스럽게 느끼고 잊어버려도 돼요. 산에 들에 나오면 야생화, 산야초, 나무들과 어울리는 것이 우선이죠. 우리와 함께 하는 생명들입니다. 자주 만나다 보면 친해지는 거죠."

해설해 주는 이는 서른 중반의 주부. 5년 전에 서울에서 내려왔단다. 노동자인 시골 출신 남편과 함께 애들 교육을 생각해서 시골로 내려왔다고. 자기는 서울 출신이라 잘 몰랐는데 조금씩 알아 가다 보니 어느새 숲해설가 수준까지 왔다고 했다. 그런 바람이 자연스럽게 이루어진 것일까. 함께 온, 그이의 일곱 살 먹은 막내는 우리보다 훨씬 많이 알고 있었고 숲길을 자연스럽게 헤치고 다녔다.

"엄마, 이거 때죽나무지? 여기 개별꽃이네. 이건 양지꽃인가
봐."

아이는 엄마 손을 잡고 야산을 뛰어다니면서 여러 어른들을
안내했다.

나는 산에 자주 다니는 편이다. 한때는 우리 산 보호에 앞장
선다고 뱀 그물을 철거하러 다닌 적도 있다. 개방된 임도를 폐
쇄하는 운동을 벌이기도 했다. 임도 출입구를 관리하지 않으니
까 자동차를 이용하여 산 중턱에 쓰레기를 갖다 버리는 사람들
이 있었고 심지어 나무를 뿌리째 파 가는 사람들까지 있었기 때
문이었다.

그러다 보니 자연스럽게 야생화나 나무, 새에 대해 알고 싶어
서 식물도감이나 조류도감을 한두 권 사기도 했다. 하지만 관심
만 있었을 뿐 깊이 파고들지 않으니 그때그때 알다가도 잊어버
리고 오래 기억되지도 않았다. 그렇게 15년 이상을 보내다가 처
음으로 정식 숲해설가의 설명을 들으니, '나도 조금만 더 노력
할걸' 하는 생각이 떠나지 않았다.

"마지막으로 한 말씀 드리겠습니다. 꽃은 왜 필까요? 그렇습
니다. 열매를 맺어 번식하려는 것입니다. 나무와 꽃, 열매가 잘
번식하려면 땅이 기름져야 하고 햇볕이 잘 들어 광합성이 잘돼
야 합니다. 땅만 좋다고, 반대로 햇볕만 좋다고 잘 자라는 것은

아닙니다. 나무는 땅과 하늘이 소통하면서 자라는 것입니다. 아이를 낳고 기르는 것도 매한가지 아닐까요? 부모 간에, 부모와 자식 사이에 서로 소통을 잘해야 건강한 가정이 되겠지요. 자연과 인간 세계도 마찬가지로 지배하고 개발하는 관점을 갖기보다 소통하고 보존하는 것이 중요한 것 같습니다."

그이는 단지 야생화에 대해 소개하는 데 그치지 않았다. 야생화를 알아 가면서 느낀 인생과 자연에 대한 깊이 있는 성찰을 전해 줬다. 논밭둑에, 길가에, 야산에 스스로 자라나는 우리 야생화와 산야초들. 더 이상 이름 모를 들꽃이나 잡초라고 치부하고 넘어가지 말아야겠다. 그네들을 하나씩 알아 갈수록 스스로 깨어나는 느낌을 받았기 때문이다.

튤립은 알지만 지천에 널린 애기똥풀은 모르는 현실. 야생화 탐방은 내게 내면을 다시 한번 돌아보게 만든 탐방이었다.

| **최만정** 민주노총 충남본부 사무처장, 2010년 7월 |

와!
고구마밭이다

오늘은 우리 고구마밭으로 고창여성농업인센터 어린이집 꼬맹이들이 농사 체험을 하러 온다. 간식으로 먹을 고구마를 한 솥 찌고 미리 밭으로 나가 아이들 맞을 준비를 하고 있자니 차 소리와 함께 꼬맹이들의 재잘대는 소리가 한적한 들판을 울려 댄다. '드디어 왔구나.'

"소장님~ 소장님~!" 멀리서부터 목청껏 애타게 나를 부르며 여러 아이들과 선생님들이 떼를 지어 몰려온다. 와~ 많다. 뿌듯하다. 매일 보지만 여기서 보니 더 반갑다. 오늘 300평 남짓한 고구마밭을 정리해 줄 일꾼들이 이리도 많이 나타나니 말이다.

먼저 자리를 잡고 준비해 온 간식을 먹는다. 맛나다. 맑고 푸른 가을 하늘 아래 흙을 밟고 앉아 상쾌한 공기를 마시며 엄마가 싸 주신 간식을 먹는 재미가 어린이집에서 먹는 것과는 확실히 다르다. 오늘은 과자에 찐 계란에 고구마에 푸짐도 하다. 이렇게 밖에 나와서 바람을 쐬고 맛있게 먹는 것만으로도 신난다. 다들 표정도 밝아져 있고 목소리도 한 톤씩 높아져 있다. 일도 시작하기 전에 실컷 먹고 드디어 고구마 캐기 작업 시작!

아이 돌보는 것보다 일에 더 욕심이 많은 한 선생님은 벌써 호미를 들고 밭고랑에 자리 잡고 앉아 있다. 아이들이야 뭘 하든 관심 밖이다. 다섯 살 이상 진달래반 형님들한테는 호미를 하나씩 주고, 세 살 네 살 민들레반 동생들한테는 고구마를 바구니에 담는 일을 시켰다. 그러나 나올 때마다 번번이 느끼지만 늘 일이 계획대로만 되지는 않는 법…. 특히 오늘은 민들레반 아가들까지 출동했으니… 그야말로 볼 만한 난장이다.

너른 밭에 여기저기 아이들이 사방팔방 제멋대로 뛰어다니고 소리 지르고 한쪽에서는 울고, 정신이 없다. 동생들도 호미가 멋있는지 어디서 잘 찾아 들고 설쳐 댄다. 아이고, 옆의 아이 손등이라도 찍을라… 크~. 세 살 형진이가 내 뒤를 졸졸 따라다니며 "장갑! 장갑!" 하며 자기도 장갑이 필요하다고 졸라 댄다.

담임 선생님이 이리 오라고 목청껏 불러도 대답 없는 아이들…. 모두들 제각각 영혼을 빼앗긴 곳이 하나씩 있기 때문이다. 고구마가 다 찍혀 상처가 나든 말든 일단은 마구 파 본다. 땀을 뻘뻘 흘리며 "고구마! 고구마!" 하면서. 그러다 하나라도 건지면 또 소리소리 지른다. 대단한 보물이라도 찾은 양. 한편 일에 별 관심 없는 몇몇은 건너편 산허리에서 풀을 뜯고 있는 염소들에게 눈길이 꽂혔다. 애써 캔 고구마를 "염소아아~, 먹어어~" 하고 있는 힘껏 소리치며 던져 준다. 결국 선생님께 지청구를 한소리 듣는다.

아무런 약도 안 친 밭에는 굼벵이와 애벌레들이 자주 출현했다. 아가씨 선생님은 기겁을 하며 호들갑을 떠는데 아이들은 서로 가지고 놀겠다고 투정이다. 그리고 놀라는 선생님이 재밌어 벌레를 잡을 때마다 깔깔거리며 선생님을 몰고 다닌다. 시끄러워 죽겠다. 밭이 떠나간다.

그 와중에도 일곱 살 형님들은 다르다. 역시 밥그릇 수는 못 속이나 보다. 제법 일하는 솜씨도 있고 집중하여 작업다운 작업을 한다. 정말 대견하다. 이쁘다.

이렇게 한 30분이나 지났을까? 여기저기서 "선생님, 쉬 마려워요~" 하는 소리가 자주 나오더니, 제각각 적당한 자리를 골라 자연스레 '거름'을 준다. "얘들아! 아직 고구만 안 캔 자리는 좀 피해 주렴…." 그런데 조금 더 있으니 한 녀석이 응가가 마렵단다. 그래서 결국 '된거름'까지 줬다. "현준아, 시원해?"

네 살 현준이가 몸이 가벼워져 기분이 좋은지 또 해맑게 웃으며 뛰어다닌다. 너무나 자연스럽게 야외에서 볼일을 보는 녀석들 또한 참 예쁘다. 이때 한 녀석이 아예 하늘을 보고 드러누웠다. 마구 뒹군다. 에구~ 저 넘치는 에너지를 어찌할꼬….

오늘 우리가 일을 하러 왔는지 놀러 왔는지 뭔지 잘 모르지만 밭에서 함께하는 시간이 즐겁고 신난다. 시끌벅적 목청껏 소리 질러도 뭐라 잔소리할 사람 없는 가을 들판에서 보내는 하루가 즐겁다. 마음껏 이 고랑 저 고랑 뛰어도, 들꽃이며 깻잎이며 마구 뜯고 만져도 야단치지 않는다. 넘어져도 아프지 않다. 자유, 자유다.

애들하고 일을 한다고 하면 둘레 어른들은 고것들 데리고 뭔 일을 하냐고 걱정부터 하시지만, 오늘 두 시간도 못 돼 넓은 고구마밭이 훤해졌다. 손이 무섭다. 고사리 같은 아기 손도 일손이다. 이렇게 재미있게 아이들과 함께 캔 고구마…. 양은 엄청 많은데 별로 예쁘지가 않다. 솔직히 말해 농사를 잘 못 지어서, 못생기고 굼벵이가 먹고 너무 크다. 상품 가치가 없다. 하나도 못 팔겠다.

그래도 맛은 있다. 올겨울도 고구마를 쪄 먹고 구워 먹고 나눠 먹고 질리도록 먹어야겠구나. 아이들한테 "너희들이 지난가을 열심히 땀 흘려 캔 고구마야. 맛있지? 정말 맛있지?" 하고 '세뇌' 교육을 시키면서…. 아무리 많이 먹어도 과자보다야 훨씬 낫지 않겠나?

| 김영숙 고창여성농업인센터 소장, 2010년 11월 |

달리는
사람들

집 밖을 나서면 길이라는 모든 길은 온통 차 천지다. 차를 타고 더 먼 곳으로, 더 빨리 달리는데 꼭 도망치는 것만 같다. 때론 침실로, 미용실로, 식당으로 변신하면서 그렇게 또 다른 삶의 공간이 되어 버린 차를 타고 나도 달린다.

'초보 운전'이라고 써 붙인 검정 BMW와 멀찌감치 거리를 두었다. BMW와 초보 운전의 어울리지 않는 만남. 그리고 안이 안보이는 까만 선팅까지. 분명 졸부거나, 졸부의 자식이거나, 날건달일 거야. 외제차는 살짝 닿기만 해도 수리비가 엄청 나온다니 알아서 멀리하는 게 신상에 좋겠다. 똥이 무서워서 피하니? 더러워서 피하지. 그런 심정이었지만 살짝 부러운 것도 사실이고, 부러워하는 나를, 내가 또 속물 취급하는 것도 어쩔 수 없다.

인격은 없고 차격만 남아서 괴롭기만 하구나. 혼자 잡생각을 하는 사이 BMW가 시야에서 금방 사라진다. 초보라면서 뭔 운전을 저렇게 빨리 하냐. 나같이 알아서 피해 주는 사람이 많은 건지 BMW가 사람 마음을 읽는 건지 모를 일이다.

사거리 신호 대기에 섰다. 차가 그리 많이 다니는 곳은 아니지만 엄청 달려 대니 무조건 서는 게 안전하다. 거울에 비친 뒤차의 운전자가 담배를 질겅이며 신경질적으로 계속 빵빵댄다. 어쩌라고? 나는 아랑곳하지 않았다. 신호등은 빨간불이고, 여긴 위험한 곳이고, 서는 게 맞는 거니까. 그래도 뒤차는 계속 빵빵거린다. 잘못한 것도 없는데 왜 이렇게 가슴이 벌렁대냐. 신호등이 바뀌기를 기다리며 불안함을 참는 사이 뒤차는 나를 앞질러 신호도 무시하고 그냥 가 버렸다.

'가다가 경찰한테 딱 걸려서 한 방에 훅, 가라.'

신호가 바뀌고 나도 달리기 시작했다. 서다 달리다를 반복하다 보니 또 빨간불이다. 우습게도 좀 전에 나를 앞질러 가던 그 차가 내 옆에 선다.

'미친놈, 거봐라. 쌤통이다. 결국 어깨 나란히 하고 서 있게 될 걸 얼마나 더 갈 거라고 그렇게 지랄을 떨었니?'

혹 굉장한 빽이라도 있어 남들보다 빨리, 멀리 가는 행운을 누릴 수도 있겠지만 우리 같은 사람들에겐 '해당 사항 없음'이다. 지킬 건 지키고 살아야 언젠가 옆으로 나란히 서서 만났을 때 덜 창피할 텐데. 하지만 저런 사람들은 창피한 것도 모르니 항상 그게 문제다.

예쁜 여자 운전자 옆에 섰다. 여자가 갑자기 콧구멍을 파기 시작한다. 오른쪽 둘째손가락으로 양쪽 콧구멍을 꼼꼼하게 쑤셔 댄다. 거울을 꺼내고 립스틱도 바르고 머리도 빗고 차 안에서 혼자 바쁘다. 예쁜 여자는 왠지 화장실도 안 갈 거 같고, 먹는 것도 다를 거 같고, 고상할 것도 같다. 하지만 들여다보면 모두 똑같은데 그걸 모르는 건 남자들뿐이라서 예쁜 여자만 보면 환장을 한다. 예쁘게 보이기 위해 여자들은 차 안에서도 바쁘다. 여자들 인생이란 것이 언제나 그렇지만 참 딱하다. 화장 안 한 여자는 게으르고 예의도 없는 여자라고 하니까 맞춰 사느라고 안간힘을 쓴다. 자기 얼굴 갖고 맘대로도 못 하고 맨얼굴로는 외출도 못 한다. 그런 여자는 여자가 아니라 아줌마라나 뭐라나, 그딴 소리를 해 대니까. 물론 자기 좋아서, 혹은 그걸 무기로 사용하는 여자도 많긴 하지만 말이다.

어쨌거나 여자들도 코딱지 파고 싶을 때가 있고, 선하게 방귀 한 방 뿡 뀌고 싶을 때가 있고, 이빨에 낀 고춧가루도 빼야 한다. 그런데 맘 놓고 뿡뿡거리거나 코딱지 파서 손톱 끝에서 휙 튕기는 건 절대 못 한다. 여자들에게 있어 남 눈치 안 보고 하고 싶은 대로 할 수 있는 공간은 오로지 차 안뿐인 거 같다. 왕복 2차선 길을 별생각 없이 달렸다. 마주 오는 경운기가 가까워지는데 뒤에서 경운기를 추월하던 차가 중앙선을 넘어 갑자기 튀어나온다. 난 또 가슴이 두근두근 벌렁벌렁해져서 클랙슨을 울려 대고 오른쪽 갓길로 바짝 붙었다. 속도를 줄여야 하나 높여야 하나 우왕좌왕하는 사이 그 차는 휙 지나간다. 휴, 살았다. 차가 지나가니 그제야 욕이 튀어나왔다.

"저런 미친 삐리리! 다 같이 죽자고 환장을 했구나, 개 삐리리!"

나는 속도를 더 줄였지만 이런 날은 무슨 일이든 때려치우고 싶다. 사람들은 나만 똑바로 하고 살면 된다고들 한다. 하지만 세상에 그런 게 어딨어. 운전도 그렇고, 농약 안 치고 농사짓는 것도 그렇다. 나는 가만있는데 누가 차를 들이받고, 내 밭에 농약 안 쳐도 옆 밭에서 날아온다. 나만 말고 너도 좀 하지. 나는 하는데 너도, 또 너도 안 하니까 결국 나도 안 하게 된다. 해 봐야 소용없으니까. 나는 달걀이고 너는 바위산이 되어 버렸으니 포기가 빠르다. 하지만 그래도 그건 아니라서 욕하고 싸우며 산다.

현실은 내게 빨리 가라 하고, 맘속에선 천천히 가는 게 맞는 거라 한다. 그 위에서 나는 혼자 줄다리기를 하고 있다. 이렇게 계속 가면 나는 어디에 도착해 있을까? 내게 운전은 끝도 없이 빨라지라고 하는 현실과의 끝없는 싸움이다.

| **김효태** 충남 글쓰기 모임 회원, 2011년 5월 |

차비는 마
됐고

국민학교, 지금은 초등학교 때 선생님께서 어른이 되어 이루고 싶은 꿈이 무어냐고 물으시면 다른 친구들은 판사, 검사, 대통령이라 말할 때 나는 택시 기사가 꿈이라고 했다. 물론 신나게 얻어터진 기억이 아직도 남아 있다. 남들이 들으면 웃을지 모르지만 나는 어릴 적 꿈을 너무나 빨리 이루어 버렸다.

1992년 8월에 군대를 제대하고 그해 10월 처음 영업용 택시 운전을 시작했다. 난 평범하고도 철없던 택시 운전기사였다. 나에게 일생일대의 중요한 선택이 어린아이의 소박한 꿈에서 시작되리라고는 상상도 못 했다.

늦은 밤 웬 아가씨가 택시를 탈까 말까 망설이고 있는 모습이 백미러로 보였다. 밑져야 본전, 30미터 정도 후진해 그 아가씨 옆에 차를 세우고 빵빵거려 본다. 어라, 날름 타네.

"아저씨, 우암동이요."

"네, 알겠습니다."

10분도 걸리지 않는 목적지에 도착하니 이 아가씨 갑자기 버 벅거린다.

"아저씨, 저… 우리 엄마가 차비 가지고 나오기로 했는데 안 나오셨네요. 조금만 기다려 주시면 안 될까요?"

기다린 지 30초도 되지 않아 "아저씨, 우리 엄마가 안 나오시 는데 차비 다음에 드리면 안 될까요? 제가 내일 드릴게요. 전화 번호 적어 두세요. 000-000-0000."

평소 차비 떼먹힌 게 한두 번도 아니었던 터라 전화번호 받아 적고 기분 좋게 "아이구! 그렇게 하이소 마" 하고 말았다.

며칠 뒤 우연히 그 장소에 손님을 내려 주고 가려는데 그때 그 아가씨가 공중전화 박스에서 울고 있는 게 아닌가.

"어, 아가씨, 어지 아리 그 아가씨 아닝기요?"

울고 있는 사람에게 차비 달라는 소리도 못하고 있는데, 그 아가씨도 "어, 그때 그 아저씨네" 하며 그냥 가 버리는 것이다.

일주일쯤 후 그 아가씨가 문득 생각이 나 수첩을 뒤적여 미친 척하고 전화를 해 봤다.

"어이, 아가씨, 내 그때 그 택시 기산데 차비 언제 줄끼요?"

어라, 이 아가씨 공중전화 박스에서 눈이 탱탱 부어 울고 있던 모습과는 다르게 기분 좋은 목소리로 "아저씨, 저 임대 삐삐 했는데 다음에 연락하세요" 하고 삐삐 번호를 가르쳐 주며 차비 1,600원 줄 테니 다음에 만나자고 하는 것이다.

"차비는 마 됐고, 밥이나 한 그릇 하입시다. 대연동 보신탕집에서 짝지(택시 교대 근무자) 행님이랑 밥 묵고 있는데 차비 가지고 오이소."

다시 만나게 된 이 아가씨, 나를 위아래로 훑어보며 하는 말,

"아저씨, 키가 엄청 크시네요. 이렇게 큰 줄 몰랐어요."

"내 아저씨 아이고요, 총각입니더. 어딜 봐서 아저씨로 보이능교. 민증 까가 보이 주까요!"

그 자리에서 '민증' 까서 보여 주니 "헐, 아저씨인 줄 알았는데 총각이었네요. 내랑 세 살 차이밖에 안 나네. 택시 운전은 아저씨들만 하는 줄 알았어요."

이런저런 에피소드로 시작하여 결혼에 이른 것은 운명이었지 싶다. 물론 집사람은 '악연'이었다고 이야기하지만. ^^

고향 친구들의 '니가 장가가면 내 손에 장을 지진다'는 비난(?)을 뒤로 하고 일 등으로 장가를 갔다. 아직도 친구들은 내가 장가를 간 것이 신기하다고 한다. 숟가락 두 개만 가지고 난 그렇게 가정을 꾸리고 살아왔다.

택시 운전을 시작하고 만난 그 여자는 내 아내가 됐다. 택시

운전을 하지 않았다면 아마 만나지 못했을 여자. 택시 운전을 처음 시작한 때가 엊그제 같은데, 지금은 아내의 키보다 더 커버린 우리 아들들을 바라볼 때면 세상은 정말 빨리 변해 가고 있는 것 같다.

우스갯소리로 "느그 엄마가 택시비도 없이 택시 타 가꼬 이렇게 아빠를 평생 골탕 먹이고 산다 아이가" 하고 말하지만 사실은 택시비 1,600원 없이 내가 모는 택시를 탔다가 평생 코 꿰어 버린 내 아내에게 미안한 생각이 든다.

한 가정의 가장이 되고 나이를 먹다 보니, 내가 어린 시절 배웠던 사회 교과서 같은 것이 현실이 아니라는 것을 새삼 느끼게 되었다. 가진 자들이 만든 법과 그 법을 준수하지 않는 사람들에게 혐오감을 느끼기 시작한 것이다. 택시, 버스 현장의 속사정을 아는 이들은 많지 않다. 나는 썩어 빠진 어용노조와 그들을 앞세워 배를 불리는 운수 자본들의 악질적 노무 관리와 시민들의 혈세를 훔쳐 먹는 불합리함에 맞서기 시작했다. 노동운동이랍시고 피곤한 몸을 추슬러 밤새워 가며 부당하게 징계나 해고당한 버스 노동자들의 대변인이 되어 주고 노동자의 권리를 찾기 위해 노력하고 있다.

자식들에게 아버지로서 무엇을 보여 주며, 무엇을 말하며, 무엇을 가르쳐야 할까 고민했다. "너희들도 세상을 바꿀 수 있는 사람이 되어라" 하고 이야기한다. 이런 나에게 그 철없던 아내도 "당신이 아니면 누가 이 일을 하겠어요? 다 말려도 나는 당신을 믿어요! 당신은 어느 누구보다 잘할 수 있을 거예요! 당신이 대견해요!" 하고 말한다. 아내가 그런 말을 할 때 힘이 난다.

남들은 먹고살 만해서 노동운동을 하는 줄 안다. 그런데 노동운동과 먹고살 만한 것과는 다르다. 두 평짜리 자취방 동거로 시작하여 지금은 몇 배나 더 큰 평수의 집으로 이사를 했지만 그리 풍족한 것은 아니다. 그런데 아내 몰래 연차 휴가를 쓰면서 집회에 참석할 때면 나름 찔리기도 한다. 그리고 조직 활동 한답시고 휴대폰 요금이 턱없이 많이 나오는 것을 눈감아 주는 것이 고맙기도 하다.

무엇보다 힘이 되는 것은 은근히 주변 사람들에게 사위 자랑하며 "머스마가 부랄 차고 그리 살아야지, 우리 이 서방이 최고다" 하고 알게 모르게 든든한 빽이 되어 주시는 장모님이다.

택시 10년, 관광버스 3년, 시내버스 7년, 모두 20년 세월 동안 승객과 함께하는 운전기사로 살고 있다. 내 작은 꿈이었던 택시 운전으로 인생의 반려자를 만났고, 버스 운전을 하면서 사회의 불합리함에 맞설 수 있는 힘을 가지게 해 준 아내와 둘레 사람들이 고맙다. 우리 자녀 세대와 그 다음 세대들이 살아가야 할 인간다운 세상, 그런 좋은 세상을 꿈꾸며 달려간다.

| **이종현** 부산버스노동자협의회 회원, 2011년 5월 |

미용실이
싫다

'시댁 식구 모임이 다음 달 초에 있으니까, 지금쯤은 파마를 해야 월말에 염색을 할 수 있는데….'

달력 종이를 넘겨 가며 날짜를 따져 보지만 미용실 가는 일을 더 이상 미룰 방법이 없다. 파마와 염색은 적어도 일주일, 넉넉하게는 이 주일 정도 기한을 두고 하나씩 해야만 한다. 그래야 두피와 머릿결의 손상을 줄일 수 있다. 오늘이 유월 중순이니까, 시댁 식구들 앞에 멀쩡한 모습으로 나타나려면 당장이라도 미용실에 가야 한다.

남들은 미용실에서 서비스를 받으면 기분이 좋아진다는데, 나는 그렇지가 않다. 오히려 미용실 문 앞에 서면 얼른 되돌아오고 싶은 생각뿐이다. 오늘도 열 번 정도는 심호흡을 하고 미용실 문을 열었다. 다행히 손님이 없다. 한가한 시간에 잘 맞춰 왔다는 생각이 든다. 가운을 두르고 의자에 앉자마자, 미용사의 목소리가 들려온다.

"어머, 언니, 머리숱이 많이 없네요. 머릿결도 푸석푸석하고 새치도 있으시고. 우리가 관리하는 머리는 딱 보면 아는데, 언니는 너무 관리를 안 하시네. 이럼 안 돼요."

역시 이번에도 똑같다. 어느 미용실에 가나 같은 톤으로 같은 내용을 말한다. 마치 내가 나 자신을 제대로 가꾸지 않아서 이 지경이 되었다고 질책하는 것 같다.

미용사가 하는 말을 따라가다 보면 어느새 나는 무신경하고 게으른 아줌마가 된다. 나에게 너무 잘못하고 있어서 이대로 계속 두어서는 안 된다고 몰아대는 것 같아 마음이 불편하다. 미용실만 오지 않았더라면 이런 기분은 들지 않았을 텐데. 예견된 후회가 밀려오기 시작한다. 이런 내 심정과는 관계없이 미용사의 친절한 가르침과 훈계는 계속 이어진다.

내 머리칼은 아빠를 닮아서 중학교 3학년 때부터 새치가 하나둘씩 올라오기 시작했다. 그래도 젊었을 때는 괜찮았는데, 큰 아이를 낳고 사정이 달라졌다. 처음에는 두 달에 한 번 정도 염색을 했지만 이제는 20일마다 한 번씩 염색을 해야만 한다. 거기다가 10년 동안 세 번의 임신, 출산을 거치면서 탈모까지 생겨 버렸다. 30대를 거쳐 오면서 내 머리에는 새치와 탈모라는 두 개의 무거운 짐이 상처처럼 얹어진 것이다. 평소에는 무심할 수 있지만 미용실에만 오면 그 무게를 피할 길이 없다.

"이 제품은요, 일주일에 한 번씩 두피에 마사지하는 건데요. 아마 한 병 쓰기도 전에 효과를 보실 거예요. 10회 받으시면 한 번은 그냥 해 드려요."

미용사는 고무줄로 파마 도구를 묶으면서 말을 이어 간다.

"머릿결도 몰라보게 찰랑거릴 거예요. 저쪽 손님도 작년부터 이 제품 쓰시고 있는데…."

소중한 내 머리카락들은 파마 도구를 지탱하느라 팽팽하게 긴장하고 있는데 미용사만 느긋하다. '아, 빨리 끝났으면!' 할 일 없는 손이 손전화기만 만지작거린다.

"여기 열처리 10분."

이제야 조용히 거울 속 나를 바라본다. 하얀 가운과 머리 덮개로 몸과 머리를 감춘 채 얼굴만 내민 중년 여성이 보인다. 그대로 드러난 나의 얼굴은 하얀 사막에 홀로 서 있는 나무처럼 도망갈 곳이 없다. 발가벗겨진 얼굴을 자세히 살펴본다. 여전히 아름다운 눈, 그 아래 검정 기미들, 주름들, 푹 들어간 입술 아래까지. 어떤 곳은 여전히 만족스럽고 어떤 곳은 마음에 걸린다. 한데 모아 보면 영락없이 피곤하고 불편한 중년 여성의 얼굴이다.

나에게도 매달 이대 앞 유명 미장원에 들르던 때가 있었는데.

한창 유행하는 옷차림에 너무나 바쁜 얼굴을 하고 담당 헤어 디자이너만 찾던 그 시절. 그때는 지금처럼 얼굴만 보이는 순간이 편안했을까. 그때는 지금보다 나를 돌볼 여유가 있었을까. 진정으로 나를 바라보기는 했을까.

어쩌면 그때나 지금이나 내 시야는 얼굴 밑으로는 한 발자국도 더 들어가지 못한 건 아닐까. 피하고 싶은 질문이 계속 나를 파고든다. 이런 순간을 위해서 친구와 함께 왔어야 했는데. 더 이상 나를 대하고 있기가 버거워 가까이 있는 여성지에 손을 뻗는다.

'배우 고현정의 피부 관리 노하우를 밝힌다. 《고현정의 결》출판 기념 인터뷰'

"저는 세수를 15분간 해요. 남들이 생각하지 않는 목 뒤, 콧등까지도 결에 따라 섬세하게 마사지해요. … 가장 좋은 관리는 결국 나의 피부를 이해하고 사랑하는 거예요."

나보다 나이 많은 여배우가 뽀얀 도자기 피부를 자랑하며 말한다.

아아. 눈을 감아 버린다. 나는 미용실이 싫다.

| 윤순정 서산에서 세 아이를 키우는 독자, 2011년 8월 |

본색을 드러낸
선생님

"탈 대로 다 타시오. 타다 말진 부디 마소. 타고 다시 타서 재
될 법은 하거니와 타다가 남은 동강은 쓰을 곳이 없느니다…."

ㅂ 선생님을 생각하면 항상 먼저 떠오르는 게 〈사랑〉이라는
가곡이다.

설레는 마음으로 중학교에 입학하자마자 만난 첫 담임 선생
님이자 국어 선생님이 바로 ㅂ 선생님이었고 첫 국어 시간에 선
생님은 저 노래를 가르쳐 주셨다. 몽둥이로 무섭게 팬다고 해서
별명이 '몽달귀신'이었지만 감성이 풍부하고 유머 감각도 좋아
선생님은 인기가 많았고, 나 역시 선생님을 무척 좋아했다. 그
때 다른 반에 경남이라는 친구가 있었는데 담임 선생님도 아니
면서 우리 반 아이들보다도 더 유난히 선생님을 좋아해 우리 반

아이들의 질투를 살 정도였다.

하지만 선생님은 그런 우리의 열광에도 한 달도 채 안 돼 다른 고등학교로 전근을 가게 되었다. 반 아이들은 푼돈을 모아 선생님께 작은 선물을 사 드리고 눈물로 작별 인사를 했다. 그렇게 ㅂ 선생님과의 만남은 짧고 굵었다. 때문에 시간이 오래 지난 후에도 선생님에 대한 기억은 생생했고 저 노래만큼은 잊을 수가 없었다.

그리고 선생님을 다시 만난 건 바로 몇 해 전, 그러니까 거의 20여 년 후였다. 고등학교를 졸업한 후, 나는 우연히 경남이와 만나 친해졌고 경남이에게서 선생님 소식을 들을 수 있었다. 경남이는 그 후로도 계속해서 선생님과 편지나 전화로 연락을 주고받으며 만남을 이어 가다 성인이 돼서는 때론 영화도 같이 보고 맥주도 한잔했으며, 선생님께서 경남이의 결혼식에도 와 주셨다고 했다. 그 이야기를 들으며 난 그런 경남이가 참 부러웠고 선생님이 역시 멋진 분이라는 생각을 했다.

그런데 어느 날, 경남이가 ㅂ 선생님을 함께 만나자고 했다. 선생님께 내 이야기를 꺼냈더니 함께 만나자고 하셨다는 것이다. 그 소식을 들은 나는 간밤에 잠을 설쳤다. 그만큼 기대도 컸고 긴장도 되었다.

'20여 년 만의 만남이라니…! 살다 보면 가끔 이런 선물도 받는구나' 하며 만나기 전부터 난 이미 감동에 젖어 버렸다.

다음 날, 드디어 경남이와 함께 선생님을 만났다. 직접 운전을 하고 나오신 선생님은 일산에 맛있는 칼국숫집이 있다며 먹으러 가자고 하셨다. 그때까지만 해도 나는 얼마나 맛있는 곳이길래 서울에서 일산까지 찾아갈까, 하는 생각뿐이었다. 나는 문학적 감성이 풍부하던 선생님을 떠올리며 내가 글 쓰는 일을 하는 것에 선생님이 나름 뿌듯해하셨음 했다. 하지만 선생님은 기대한 만큼 큰 관심은 보이지 않으시고 다만 요즘 당신이 얼마나 행복하고 열심히 사시는가 하는 이야기만 하셨다.

그리고 점심을 다 먹은 후, 선생님께서 드디어 본색(?)을 드러내셨다.

"너희들과 갈 곳이 있는데…. 내가 요즘 행복하다고 했지? 너희와 이 행복을 함께하고 싶어 이렇게 불렀어. 나만 이런 좋은 정보와 기회를 갖고 있을 순 없잖니."

우리를 데려간 곳은 근사한 전원주택이었다. 주차장엔 고급 수입차가 세워져 있었고 안에 들어가니 우리 말고도 많은 사람들이 기다리고 있었다.

아뿔사…! 다단계 회사인 ㅇ사의 교육장이었다.

너무나 충격이었다. 선생님은 아무렇지 않게 우리를 사람들에게 소개했다. 우리는 선생님의 체면을 생각해 낯선 사람들과 영문 모를 인사를 어색하게 주고받았다.

그리고 가장 먼저, 비디오 영상을 보여 주었다. 아직도 그 첫

화면이 잊히질 않는다. 푸른 해변을 근사한 서양 남녀가 걷는다. 여유와 낭만이 가득해 보인다. 아이들이 달려와 엄마 아빠로 보이는 그들에게 안긴다. 그들은 마냥 행복한 표정과 웃음으로 포옹하고 입을 맞춘다. 그리고 나오는 자막은 "행복한 삶을 꿈꾸십니까?"였던 것 같다.

그 이후의 요지는 '당신도 이렇게 될 수 있다'는 헛된 희망과 꿈을 세뇌시키는 것이었다. 일단 '서양인이 휴양지인 바닷가에서 노니는 모습'이 곧 '행복'이라는 발상 자체가 굉장히 맘에 안 들었다. 거기다 그날 교육을 담당한 사람은, 그 집 주인으로, 다단계 중 높은 단계까지 올라가 이른바 '성공'을 한 사람이었다. 말쑥한 외모에 근사하게 차려입은 그는 자신이 포항공대를 졸업하고 아이비엠 임원을 거쳐 카이스트 교수도 했다며 화려한 경력을 늘어놓았다. 그리고 이 사업을 하는 사람들 중에 교수, 변호사, 의사 같은 소위 엘리트 혹은 기득권자가 많다는 것을 누누이 강조했다.

거실 유리 탁자에는 그의 인생 목표가 적혀 있었다. 그 목표는 해마다 아주 구체적이었는데 '몇 년도에는 벤츠 어떤 모델 구입하겠다, 그다음 해에는 업그레이드된 다음 모델을 구입하겠다'는 식이고 집 역시 평수를 점점 늘려 가는 식이었다. 그리고 '어느 해에는 자신의 이름으로 된 장학 재단을 만들어 국내에 대학을 세우고 궁극에는 외국에 대학을 세우는 것'이 그의 마지막 인생 목표였다. 구역질이 나올 만큼 천박해서 민망할 정도였다.

선생님은 교육자이자 공무원이기 때문에 겸업이 금지되어 있다. 하지만 선생님은 법까지 어기며 그들이 말하는 '행복한 삶'을 꿈꾸고 있었다. 거기다 그 자리엔 사모님까지 오셔서 우리를 반기셨다. 겨우 예를 갖추어 인사를 하고 돌아오며 경남이와 나는 그 충격과 실망, 쓸쓸함으로 한동안 말을 잇지 못했다.

사실 경남이가 느꼈을 감정에 비하면 내가 느낀 실망감은 아무것도 아니었을 것이다. 경남이에겐 스무 해 동안 가꾸고 기르던 나무 한 그루가 홀라당 타 버린 것이다. 돈으로도 살 수 없는 귀하고 값진 보물이 한순간에 박살이 난 것이다.

대체 무엇이, 누가 선생님을 그렇게 만들었을까?

"성공할 수 있다! 더 열심히 살아야 한다!"라며 두 눈을 반짝거리던 선생님이 떠오른다. 과연 선생님은 지금도 성공을 향해 열심히 살고 계실까? 행복하실까? 아무리 궁금해도 모르고 사는 게 낫겠다.

이제는 〈사랑〉이라는 아름다운 노래 대신 다단계 ㅇ회사가 떠오르는 선생님.

선생님! 아, 선생님….

| 김경희 방송 작가, 2011년 12월 |

북상댁 할매가
돌아가셨습니다

북상댁 할매가 돌아가셨다
몇 년을 병원에 누워 계시다가 돌아가셨다

그런데 그 할매 수십 년 농민 데모판을 따라나섰던 할매다
여성 농민들 행사나 데모하러 가도 착실히 참석했던 할매다
농민회 하는 자식 도와주는 거는 이것밖에 없다며 자식보다 더
열심히 데모하러 다닌 할매다
자식이 데모 못 가면 자식 대신해서라도 참석하신 할매다
예비군 훈련 대신 참석했다는 노모 이야기는 많이 들어 봤어도
자식 대신 데모하러 가는 할매는 처음 봤다
그 할매가 북상댁 할매다

한칠레 FTA 싸울 때 1년에 서울을 100번도 더 오르락거릴 때
북상댁 할매 아들은 농민회장이었다
국회의원 사무실 점거 농성, 단식 농성 제일 많을 때
북상댁 할매 아들은 농민회장이었다
농민회 제일 살판나게 잘 돌아갈 때 제일 신명나게 싸울 때
북상댁 할매 아들은 농민회장이었다

북상댁 할매는 그럴 때마다 회원들 만날 때마다
"우리 아들, 우리 아들 많이 도와주소. 우리 아들. 단디 하소. 단
디 하소. 자식 같은 농민회 회원들아, 단디 하소."
야무치게도 당부를 하셨다
회원도 간부도 아닌 할매는 세상 돌아가는 처지를 더 빤히 알고
있었다
농민들이 농사 포기하고 자꾸 서울로 올라가는 이유를 더 잘 알
고 있었다

그러다
북상댁 할매 앓아눕고 나서 그 농민회장도 바깥출입을 끊었다
몇 년이 지나서
아직도 누워 계시려니 했는데
어제 세상을 버렸다 연락이 왔다

문상객도 파하고 상주도 한잔 술에 노곤한 야심한 시간에 장례식장을 찾았다

"우리 엄마…… 우리 엄마…… 내 총각 때부터 자식 도와주는 짓이라고 데모하는 데 다 따라나서 준 우리 엄마. 도와주는 것보단 자식 걱정이 앞서 내보다 데모 더 많이 다닌 우리 엄마. 한미 FTA 싸움도 내보다 더 할 말이 많았던 우리 엄마. 그런 우리 엄마가 이제는 없소."

소주잔을 사이에 두고
옛날 농민회장이 지금 농민회장 앞에서 반술 취한 넋두리를 한다
지금 농민회장은 옛날 농민회장 앞에서 고개만 끄덕인다

버스 타고 지독히도 서울을 오르락거리던 할매 할배들이
"문디 같은 세상!"
외마디 부르짖고는 그냥…… 자꾸…… 세상을 버린다
이렇게 추운 겨울은
농사일이 없어서
꿈적거릴 일이 없어서
그냥 방 안에서
보일러 끄고 전기장판만 켜고 자다가

세상을 버리는 할배 할매들이 너무 많다

기껏해야 대통령하고 비슷한 나이인데……

| 김훈규 거창 농부, 2012년 2월 |

학교 가고 싶던
소녀

나는 강원도 평창군 봉평에서 태어났어요. 팔 남매 중 둘째 딸이었지요. 오빠와 남동생은 학교를 다녔는데 나는 딸이라는 이유로 학교를 못 갔어요. 일곱 살 때부터 낮에는 동생을 업어 주고 밤에는 삼을 삶았어요. 그렇게 하루하루를 살아갔습니다.

어떤 날은 동생을 업고 언덕에 올라가 친구들 학교 가는 것을 보았어요. 너무나 부럽고 학교가 가고 싶어서 엄마 몰래 울기도 많이 울었지요. 어느 날 친구가 학교 선생님을 데리고 우리 집에 왔어요. 나를 학교에 보내라고. 우리 할아버지는 동네서 소문난 호랑이 할아버지였는데 할아버지가 긴 담뱃대를 들고 선생님을 때려서 쫓아 버렸어요. 그 후로 학교 가는 것은 꿈도 못 꿨어요. 다만 오빠가 숙제할 때 어깨너머로 한 자씩 배워서 겨우내 이름 쓸 정도로 쉬운 글자를 배웠어요.

그러다 보니 세월이 흘러 어느덧 스물한 살이 되었어요. 그때는 스무 살만 되면 결혼을 했어요. 그래서 나도 결혼은 했습니다. 결혼한 지 오 일 만에 남편이 나보고 구구단을 외울 수 있냐고 물었습니다. 올 게 왔구나 하며, 이불을 뒤집어쓰고 꼼짝도 않고 누워 있었어요. 남편이 한참 있다 이불을 걷어 젖히며 다시 물었어요. 자존심은 상했지만 일어나서 한글도 모르고, 1234도 모르는데 구구단이라는 말은 처음 들었다고 말했어요. 남편은 아무 말도 못 하고 한참 있다가 책상 앞에 앉더니 무언가 써서 나에게 건네주었습니다. "이게 구구단이여" 하면서, 외우면 앞으로 살아가는 데 필요할 거라고 말했어요. 내가 이걸 어떻게 외우느냐고 말했더니 방식을 알려 줬습니다. 남편이 알려 주는 대로 구구단을 외웠어요. 이틀 동안 열심히 외웠더니 남편이 깜짝 놀랐어요. 자기도 그렇게 빨리는 못 외웠다고.

공부는 이왕 못 한 거 그렇다 치고, 좀 여유가 있었으면 좋으련만 가난한 데다 남편은 직장도 없고 실업자였어요. 날마다 산에 가서 청솔나무 한 짐 해 오면 끝이었어요. 근데 시어머니 시집살이가 심했어요. 밤이면 남편한테 위로를 받을까 하소연하면 오히려 나를 혼내고 어머니 편만 들어 주었어요. 그런 고초를 겪으며 딸아이를 둘이나 낳았어요.

하루는 시아주버님이 "너도 식구가 넷이나 되니 분가해라. 나도 더 이상 책임질 수 없다. 너의 식구는 네가 벌어 먹여야지" 하시기에 눈앞이 캄캄했어요. 하지만 아버님이 안 계시고 시아주버님이 부모님과 같은 분이라 안 된다는 말 한마디 못 하고 분가를 했지요. 큰집에서 방 한 칸 얻어서 쌀 조금 하고 된장 한 사발, 이렇게 새 살림을 차려 주었습니다. 참으로 살아갈 길이 막막했지요. 남편은 할 일이 없으니 아침만 먹으면 지게를 짊어지고 산으로 나무하러 가는 게 직업이었어요.

그러던 어느 날 남편이 장에 갔다 올게 하며 가더니 저녁 때와서 취직했다고 큰소리를 치는 거예요. 취직했다니 너무 좋아서 나도 몰래 눈물이 푹 쏟아졌습니다. "월급은 얼마냐" 하고 물었더니 "한 달에 4,000원, 노는 것보다 낫지" 했어요. "그렇긴 하네. 뭐 하는 데냐"고 하니 약방 점원이라고 하데요. 그런데 월급 4,000원 받아서 네 식구 살기가 너무 힘들어 애를 업고 산에 가서 나물을 뜯어다 죽을 끓이고 반찬은 달랑 소금 한 접시뿐이었어요. 그것도 배불리 먹을 수 없었어요.

그런 고생을 하다가 어느 날 남편이 우리도 약방을 할 수 있다고 했습니다. 그때는 산간벽지에 병원도 멀고 약방도 멀어서, 급한 환자가 약을 못 사 먹고 사망하던 시절이었습니다. 그래서 약포 허가를 내주었습니다. 약포를 시작했지만 나는 걱정이 태산이었어요. 글을 알아야 약을 팔지요.

소화제 사러 오면 쌍화탕 주고, 감기약 사러 오면 활명수 주고, 이 일을 어찌하면 좋을지 막막했지요. 그래도 다행히 내가 준 약 먹고 잘못된 사람은 없었나 봐요. 약 장사 시작하고 먹고 사는 걱정은 조금 좋아졌지만 약방만 해서는 안 되겠어서 농사도 짓고 잡곡 장사도 하고 돈 되는 일이면 밤낮을 안 가리고 했어요. 그때 남편이 알려 준 구구단을 이용해 암산으로 계산을 잘해서 남한테 속지는 않았지요.

큰아들이 공부를 잘해서 초등학교 6학년에 서울로 유학 보냈는데, 보고 싶어 배길 수가 없어 무작정 서울로 이사를 왔습니다. 새로운 곳에서 남들이 힘들어서 안 하는 일, 돈 되는 일은 닥치는 대로 하며 고생을 낙으로 알고 살다 보니 자식들은 내 소원대로 대학도 다 마쳤습니다.

그렇게 세월은 흘러 내 나이 칠십을 훌쩍 넘었고 쓸모없는 노인인 줄만 알았습니다. 며느리가 "어머니, 자식들 키우시느라고 고생 많이 하셨으니 지금부터라도 어머니 인생을 즐기세요. 공부하신다면 제가 팍팍 밀어 드릴게요" 하기에 "이제 공부는 해서 어디다 쓰려고. 그리고 창피해서 어떻게 배우냐"고 했더니 한글 모르는 노인들 모아서 구청에서 공짜로 가르쳐 주는 학교를 소개해 주었습니다.

입학해서 한글도 배우고, 영어도 배우고, 내 인생의 전성기가 된 것 같습니다. 낮에는 남편 몰래 학교 가고, 밤에는 열심히 숙제하고, 하루하루 재미있는 날들입니다. 1학년 겨울 방학도 다가오네요. 올 한 해는 정말 행복한 한 해였어요. 앞으로도 더 열심히 공부할 생각입니다. 배움이라는 것은 나이에 상관이 없다는 생각이 듭니다.

| **김남옥** 〈작은책〉 독자, 2012년 4월 |

서로 안고 크니까 그렇지

"할머니! 저 오미 사는 용범이 엄마예요."

"어어, 오미 대학생이구만."

오십이 다 되어 가는 나에게 대학생이라며 "어메~, 잘 영글었네. 옛날에도 이쁘더니 아줌마처럼 영글었네" 하고 반갑게 맞이해 주시던 박부례 할머니. 올봄 할머니에게서 50년 이상 됐다는 물고구마를 얻었다. 달고 수분이 많아 생으로 깎아 먹으면 맛있다는 물고구마는 요즘 구하려야 구할 수도 없다는데 물고구마를 얻은 게 꿈만 같았다.

나는 고구마 싹을 시장에서 사다가 심기만 했지, 직접 촉을 틔워서 심어 본 적이 없다. 그래도 할머니의 고구마는 지켜야 한다는 생각으로 이번에는 고구마 촉을 틔워 보았다. 그동안 토종 씨앗을 찾아 사람들과 나눠 심고 가꾸는 일을 해 왔지만 할머니에게 토종 물고구마를 얻어 온 후로 땅을 지켜 온 할머니들의 이야기를 전하고 싶다는 생각이 더욱 간절해졌다. 결국 할머니들의 이야기를 '횡성에서 살아온 토종 씨앗 이야기'라는 제목으로 지역 신문에 연재했고 지금은 박부례 할머니의 이야기를 영상으로 찍고 있다.

박부례 할머니는 공근면 오산리에 사신다. 육 남매를 키워 모두 출가시키고 지금은 홀로 계시는데 82세 나이에도 아직도 아궁이에 불을 때어 살림을 하고, 가지가지 농사를 지으신다.

할머니의 방 아랫목은 쩔쩔 끓어 장판이 시커멓게 탈 정도다. 그 방에 고구마를 보관하신다. 고구마는 온도가 10도 이하로만 내려가도 얼기 때문에 조금만 관리를 잘못해도 버리기 십상이다. 할머니는 방 한쪽에 보온도 잘되고, 쉽게 꺼내 먹을 수 있게 선반을 만들어 고구마 박스를 올려놓고는 이불과 옷으로 덮어 온도를 유지하신다. 봄에 심는 건 어떻게라도 심고 가을에 수확도 그럭저럭 하지만 갈무리를 못하는 나를 뒤돌아보게 된다.

크기별로 분류된 고구마 박스를 이리저리 살피면서 "큰 거는 손주들 오면 줘야지" 하시고 나에게는 먹기 좋은 크기의 고구마를 내주신다. 따로 보관해 둔 손가락처럼 가느다란 고구마는 할머니의 씨앗이다. 고구마 하나하나 씨앗으로 할 건지 먹을 건지 봐 가며 나눠 주시는 이런 지혜가 50년 동안 씨앗을 갈무리할 수 있었던 힘이 아닐까.

할머니의 농사는 여느 분들 농사짓는 거랑은 좀 다르다. 할머니는 평생 기계를 사용하지 않고 호미와 괭이로만 농사를 지어 왔다. 비탈진 텃밭에서 호미에 의지해 30~40년 전 짓던 방식 그대로 농사를 짓는다. 얼마나 부지런하신지 지난해 10월 넘어져서 몸이 예전 같지 않은데도 집 주변에 빈틈없이 작물을 심어 놓으셨다. 거름도 사지 않고 만들어 쓰시는데 군불 때면 나오는 재와 모아 놓은 오줌과 갈잎, 개똥 등을 섞어서 만든다.

밭도 남다르다. 흔히 생각하는 네모반듯한 그런 밭이 아니다. 집터를 닦으면서 생긴 비알(비탈)과, 처마 밑, 개장 주변의 빈터가 모두 밭이다. 그냥 놔두면 풀투성이가 되거나 시멘트 콘크리트로 발라졌을지 모를 그런 땅에 할머니는 씨앗을 뿌린다.

고구마밭이 따로 있는 것이 아니라 마늘밭이 고구마밭이다. 늦가을, 할머니는 직접 만든 거름을 밭에 뿌린 다음 호미로 득득 골을 파고 마늘을 심는다. 이때 비닐을 씌우지 않는다는 게 특징이다. 마늘은 겨울을 나는 작물이라 얼지 않도록 하는 게 중요하다. 할머니는 비닐 대신 농사짓고 나온 고구마 줄기, 갈잎 등 검불을 모아다가 피복을 하신다. 검불은 겨울 동안 잠을 잔 마늘이 싹이 틀 때쯤 벌레들을 잡기 위해 싹 걷어 내는데, 걷어 낸 것을 버리지 않고 한쪽에 모아 다시 거름으로 사용하신다. 마늘잎이 대여섯 장 나올 때쯤 (돈을 주고 사서) 금 비료라고 하는 화학 비료를 아껴서 뿌려 주고 마늘 사이사이에 싹 틔운 고구마를 군데군데 쿡쿡 눌러 심으신다.

이렇게 한 가지만 심는 게 아니라 작물들끼리 서로 경쟁하지 않으면서 살아갈 수 있도록 때를 맞춰 짓는 할머니의 농사가 한참 부럽다. 고구마를 마늘과 함께 키우다가 마늘 캘 때 풀도 매고 고구마 북도 주고, 마늘 대궁(꽃대)은 그대로 고구마 사이사이에 다시 깔아 거름으로 만들고…. 할머니 말로는 농작물이 서로서로 클 수 있도록 자리만 잡아 주는 거라고 하지만 이건 정말 따라 배워야 하는 농부의 지혜다.

고추도 말리고 모종도 키우는 다섯 평 남짓한 비닐하우스 농사도 배울 게 너무 많다. 조그마한 하우스에는 연중 먹을 채소가 끊임없이 나온다. 여러해살이인 부추, 밤나물, 미나리는 기본이고 한해살이인 상추, 배추, 오이, 토마토, 고추, 시금치 등 모두 기억할 수 없을 정도로 많은 채소들이 때를 맞춰 나온다.

할머니는 모든 씨앗을 받아 농사를 짓는데, 장에 나갔다가 이웃들이 팔러 나온 것 중에 좋은 씨앗이 있다면 사다가 심어 보고 좋으면 씨앗을 받고 또 받고 해서 계속 심으신단다. 이렇게 모종을 사다 심지 않고 씨앗을 받아서 농사를 지으시니까 씨가 떨어져 저절로 나와 그냥 채취만 하는 것도 있고 고추처럼 직파를 하는 경우도 있단다.

고추 씨앗을 훌훌 뿌려 놨다가 자라면 한 군데에 세 개 정도만 남기고 솎아서 나물 해 먹고 나머지는 그대로 키우는데도 뿌리가 깊게 내려 지주대를 세우지 않아도 짱짱하게 자란다고 한다. "지주대를 세우지 않았는데 어떻게 쓰러지지가 않아요?" 하고 물으니 "서로 안고 크니까 그렇지"라고 하신다.

"서로 안고 큰다." 작물만 생각하고 나머지를 모두 없애 버려야 할 것이라 하여 제초제 치고 농약 치고 했던 관행 농법에서 생각할 수도 없는 아름다운 모습이다. 작물과 이야기를 나누기도 하신다는 할머니가 토양과 기후에 맞는 씨앗을 만들고 계신 것을 보면서 육종가의 권리가 원래 농민에게 있다는 생각이 깊어진다. 계속 농사지을 수 있을지 모르겠다며 생각을 가다듬으면서 조금이라도 틀리지 않게 농사짓는 이야기를 들려주시려는 박부례 할머니는 우리가 지켜야 할 씨앗과 전통 농업을 실현하고 계신 것이다.

올해는 할머니에게서 얻어 온 토종 물고구마로 많은 이웃들과 만나 토종 씨앗과 전통 농업을 알리는 일을 할 수 있었다. 이런 할머니들은 전통 지식에 기반한 농경 문화가 우리 지역에 다시 뿌리내리게 할 수 있는 산 지식인들이다. 이분들이 건강하게 오래오래 사셨으면 하는 바람으로 기도한다.

| **한영미** 횡성 여성 농민, 2012년 11월 |

아버지가 만들었던 도구들

봄볕내리던 마당에
마을아재랑 쪼그리고 앉아
빗자루 매는데…
지금배워놓지 않으면
영영

배울기회 없을듯 해서
눈썰미하나 믿고
배운다고 했는데…

아니더이다.
눈으로배워서는
흉내내기도 힘들더이다.
몸으로 익혀야 비로소 배웠다고할수 있는것을.

| 이재관   전남 곡성 농부, 2013년 5월 |

내가 우리 막내아들 열두 살 찬이만 할 적 그러니까 40년 전쯤, 내 아버지는 살림에 필요한 거의 모든 생활용품을 손수 만들어 썼습니다. 커다란 덕석, 수수 빗자루, 빨랫방망이, 지게, 바지게, 삼태기, 두레박도 손수 만들었지요. 나도 그런 기술을 배우고 싶다고 생각한 요즘 정작 가르쳐 줄 아버지는 곁에 안 계시네요.

　작년에 수수를 심었습니다. 수수가 내 키보다 훨씬 크게 자랐을 무렵 태풍 볼라벤이 사정없이 수수밭을 짓뭉개 버렸습니다. 수십 년 자란 아름드리 나무들이 부러지거나 뽑힐 정도였으니 이리저리 묶어 놓은 가녀린 수숫대가 제대로 서 있긴 힘들었지요. 그래도 가을볕에 제대로 영근 수숫대 모가지를 베서 말리고 얼마 전에사 와룽거리는 탈곡기로 수수 알곡을 털었습니다.

　수숫대 빗자루를 매 보고 싶어서 마을 아재가 수수 빗자루 매는 것을 찬찬히 보았습니다. 한 번 보고 따라 하기는 쉽지 않았지만 비슷하게 흉내를 낼 수는 있었지요. 나는 이런 생활 도구를 손수 만들어 쓰는 여러 가지 기술을 더 배울 생각입니다. 그리고 내 아이들에게 차근차근 가르쳐서 익힐 수 있게 해 주려 합니다. 손수 만들어 쓰던 생활 도구 자리엔 석유로 만든 제품이 자리를 잡았지만 그 석유가 곧 바닥을 드러낼 것이라는 걸 알기 때문입니다. 아이들이 자라서 어른이 되었을 때 둘레에서 구할 수 있는 자연 소재로 무엇이든 필요한 것을 만들어 쓸 수 있는 존재가 되었으면 하는 바람으로요.

제비던(傳)

내가 소싯적에 워찌케 입구 댕겼는지 알어? 잔디색 융단으루 다가 한 벌 쫘~악 빼입구, 속에다가 허연색 도꾸리 받쳐 입구, 뻘건 마후라 척 걸치구 댕겼어. 대루(그대로) 당구장 아녀? 퍼런 다이 위에 흰 다마 붉은 다마!

그렇게 입구 댕기는 사람은 나 말구는 읍었지. 날렸지, 아주. 한강 이남으루다가 나 몰르는 사람이 읍었다니께?

그라구 쓰봉 창(주머니)에다가 한짝에는 탁구공, 한짝에는 뿔 도장을 쟁여 넣는거.

왜냐구? 만스 헐 때 아줌씨덜 아랫도리에 찰싹 들러붙어 갖구 스텝 밟으믄서 탁구공허구 뿔도장으루다가 거시기 언저리를 비벼 주구 찔러 주믄 워찌케 되는지 알어?

아랫도리에 심이 풀려 갖구 스텝 한 번에 '동상, 동상' 숨 넘어

가드끼 부르구, 스텝 두 번에 '심들어, 심들어' 허다가, 스텝 세 번이믄 그답 '쉬러 가, 쉬러 가'루 직행이라니께. 넘들은 워쩐지 몰라두 나는 딱 쓰리 스텝이믄 족혔지, 암만!

월매나 지나야 이줌씨덜이 내가 제빈줄 알아 채리냐구? 심판 읍는 소리 허구 자빠졌네!

우덜은 그짓말 절대루 안 혀! 누가 치다봐두 척 보믄 제빈디 그걸 뭐하러 숨긴댜? 숨기는 게 다 뭐여, 제빈 줄 못 알아볼까 봐 걱정이 태산이지! 척 보믄 저건 제비다 답이 나오는디 뭔 지랄루다가 쌩으루 후라이(사기)를 치겄냐구! 안 그려?

서루 빤히 아는 겨!

아~ 저놈은 제비, 아~ 저 아줌씨는 아싸루비아.

아싸루비아가 뭐냐구? 아빠 돈 벌러 싸우디아라비아 갔다~, 그르니께 난 외로워 죽겄다~, 그것두 몰러?

하여튼 속는 년두 읍구 속이는 넘두 없는디 속구 속이는 거지 뭐.

근디, 제빈 줄 알믄서두 여자들이 왜 나를 만나냐구?

답답허네 참말루…. 제비니께! 아, 제비 찾아왔으니께 제비를 만나지 따루 누굴 만나?

아줌씨덜이 죽자 살자 시엄니 독새(독사) 같은 눈 피허구 애새끼덜 팽개치구 사선 넘드끼 문지방 넘어서 춤방까정 왜 왔겄어? 설교 듣자구 목사 만나러 왔겄어, 아니믄 구구단 배우자구

핵교 슨상 만나러 왔겄어?

인천 앞바다 사이다 있어유? 허믄 서영춘 찾는 거구, 쿵따라 닥딱 뻐약뻐약 있어유? 허믄 이기동 찾는 거하구 한가지 이치지 뭐 달버? 워찌케 고객의 맴을 그 모냥으루 눈꼽맨치두 모르는지 원. 쯧쯧.

그러는 너는 고객의 맴을 잘 아냐구?

암만! 두말허믄 입만 아프지.

제비덜이 아줌씨덜헌티 뭘 대단히 잘혀서 맴을 얻는다구 보믄 오산이여, 오산.

하나만 갈켜 줘 보까?

생일날인디, 냄편이 큰맴 먹구 갈비 백날 사 줘 봤자 우덜 앙꼬빵헌티는 백전백패여.

아줌씨 불러내 갖구선 이러는 거.

"누이 생일인디 시방 내 처지루는 게우(겨우) 이거유. 근디 내 맴은 안 그류. 내 맴 알쥬? 누이가 모른다구 혀두 지는 암씨롱두 안 혀유. 원판 누이 맴 허구는 별도루다가 내 맴이 지 혼자 발동 건 거니께."

이라믄서 앙꼬빵에 성냥 꼽꾸선 불 딱 땡겨 봐!

그담 아줌씨덜 눈물 콧물 쏟기 시작허는디, 아주 겁두 안 난다니께?

냄편이 맥인 갈비 토헐 때까정 아주 대성통곡을 혀, 대성통곡을. 여기까정 진도 나가믄 그담부턴 아주 탄탄대로여.

그담은 진도가 워찌케 되냐구?

정을 줬으니께 인자 돈으루 돌려받는 거지 뭐.

근디 우덜이 돈을 절대루다가 뜯어내는 것은 아니라는 점을 맹심혀야 혀. 발동은 우덜이 거는가는 몰러두 종국에 가믄 아줌씨덜이 돈을 못 쥐 갖구 안달헌다니께?

워찌케 그렇게 되냐구? 댈꾸 갈켜 주믄 안 되는디?

일단, 시침 뚝 따구 연락두 읎이 종적을 감추는겨.

그라믄 아줌씨덜이 영문을 모르니께 나를 찾구 난리가 나거든.

아주 미치구 환장헐 때까정 가마니맹키루 가만히 있다가 나타나서는 이러는겨.

"누이, 미안혀유. 지가 일이 생겨서 연락두 못 혔슈. 당분간은 얼굴 보기 심들겄슈. 워쩌믄 영영 못 볼지두 몰러유. 우덜 인연은 여기까정인가 봐유."

이라믄서 시무룩허게 담배를 쪽쪽 빨믄 아줌씨덜이 맴이 급해 갖구선 댈꾸 묻는 겨.

"동상… 뭔 일인디 그려, 잉? 내가 알믄 안 되는 겨?"

그라믄 나는 끝까정 버티는 겨.

"누이…. 지가 심들겄지만 워쩌케든지 지 심으루 해결 볼께유."

아줌씨덜은 답답혀서 죽을 지경인 거 인자.

뭔 일인 줄 알으야 날 도와주구, 날 도와주야 날 다시 볼 수 있으니께 안 그려? 그때, 결정적으루다가 한마디를 날리는 거.

뭐라구 하냐구? 들어 봐, 이라는 거.

"누이… 갈쳐 주구 싶은디유, 다 소용없슈. 왜냐믄…. 누이는 알어두 해결 못 허니께유."

아줌씨덜이 이 말을 들으믄 거의 초죽음이여, 초죽음.

알어두 해결 못 헌다구 허믄 속으루 워찌케 생각허는지 알어?

'그라믄 딴 년은 해결헐 수 있다는 거 시방? 워떤 년이여 그 년!'

이런다니께? 그럼서 혼자서 속으루 밸밸 생각을 다 허다가지 입으루다가 먼저 말하는 거.

"동상, 돈이 월매나 필요헌디?"

봐봐! 우덜은 절대루다가 먼저 돈의 돈짜두 안 꺼낸다니께?

아줌씨덜이 알어서 돈의 돈짜 꺼내구, 있는 돈 싹싹 긁어 주구, 돈 다 떨어지믄 사채 땡겨서래두 주는 거지.

그래두 안 미안허냐구?

미안허지, 암만 죄받을 짓 혔지.

그라니께 이 나이 먹구선 게우 여관 달방살이 허구 사는 거지 뭐. 근디, 달방은 맴고생에 비허믄 새 발에 피여.

지은 죄가 있으니께 워디 가서 뭔 일이 생겨두 깨끗한 척을 못 허겄데! 그거 참말루 사램 환장허는 일이여.

내가 지은 죄두 아닌디, 엥간허믄 '그류, 지가 잘못혔유' 허구 말지 댐비지를 못 허겄드라구. 그라구 사니께 워디 가두 정 부치구 살 만헌 구석이 읎어.

게우 여그서 정이 붙을 만혔는디 돈두 떨어지구 인자 방 뺄 판국이여. 워쩌겄어…. 자업자득이지.

그가 묵고 있는 달방, 그 여관의 이름은 에덴이다.

그는 곧 에덴에서 추방될 운명이다.

어쩌겠는가, 아담의 운명인 것을.

| **남덕현** '자이랑식품' 머슴, 2013년 3월 |

도시 촌놈이 찾은
산삼의 정체

    부산 촌놈이 강원도 고성 최북단 GOP에서 3년의 군 생활을 했습니다. 부산을 떠나서 생활해 본 적이 없는 철저한 도시 촌놈이라 군 생활이 마냥 서툴다 뿐입니까? 군대 일이란 게 모두다 시골 일이죠. 겨울이면 짚으로 거적 엮어야 하고, 근처 산에서 싸릿대 꺾어다가 비 만들고, 나무해다가 페치카 불쏘시개 쓸 화목 작업들이며, 모두 시골에서 하는 일들입니다. 그리고 삽질 등등….

    비무장지대라 민간인이 들어올 수 없는 청정한 곳, 그때는 그렇게 좋다는 감정 없이 언제쯤이나 이곳에서 내려가 예비대에서 생활하나, 그 날짜만 세고 있었죠. 예비대로 내려가야만 외출, 외박이 가능하고 면회도 되니 사병이나 장교나 모두 다 올라다올 때부터 내려갈 날만 기다린답니다.

제1하사관학교를 수료하고 분대장으로 전입 와서 분대원들과 GOP 생활도 4개월째 접어든 8월 중순쯤입니다. 낮 시간에는 야간 경계 근무를 마친 분대원들이 대부분 취침을 합니다. 허나 저는 분대장이라는 직책 때문에 낮 동안도 막사 주위를 한 번씩 돌아봐야 합니다. 그날도 보통 때처럼 막사 주위를 돌다 조금 멀리 가게 되었습니다. 이곳저곳 둘러보다 보니 꽃이 참 예쁘게도 피어 있었습니다.

어! 이렇게 예쁜 꽃이. 이건 무슨 꽃일까? 부산에서는 산에 갈 일도 별로 없었고 산에 간다고 해도 들꽃을 볼 기회가 별로 없다 보니 산에 피어 있는 꽃이며 풀들이 모두 신기합니다.

그래 이 꽃을 캐다가 복숭아 통조림 깡통에다 심어 두면 좋겠다 생각하고 캐기 시작합니다. 근데 이 꽃의 뿌리가 예상보다 훨씬 깊게 박혀 있지 않습니까. 허리춤에 차고 있던 대검을 빼서는 조심스럽게 한참 만에야 캐내는 데 성공을 했습니다. 이 정체 모를 꽃을 뿌리째 캐고는 저는 숨이 멎어 죽는 줄 알았습니다. 가만 보니 이 예쁜 꽃이, 그 뿌리가 산삼입니다.

굵기며 크기를 보아 하니 모르긴 해도 족히 백 년은 넘었지 싶은 튼실하고 굵은 놈이었습니다. 그때부터 두근거리는 가슴이 주체를 할 수가 없습니다. 내가 산삼을 캐다니…. 쿵쾅거리는 가슴을 쓸어내리며 흥분하지 말자고 타이르고 주위를 다시 샅샅이 뒤져 보니 그 꽃이 네 송이나 더 피어 있는 게 아닙니까.

산삼을 무려 다섯 뿌리나 캤습니다.

남쪽 끝 부산에서 강원도 제일 끝까지 보낸 국방부와 하나님을, 그리고 아무런 빽이 없어서 이런 전방 오지까지 보낸 부모님을 원망도 많이 했더랬는데, 이젠 원망이 아니라 그 모든 분들에게 감사의 기도가 저절로 나옵니다.

오! 하나님, 감사합니다. 그리고 국방부, 그리고 고향에 계신 부모님, 감사합니다.

산삼 다섯 뿌리를 바위에 붙어 있는 이끼와 수태들로 고이 싸서는 막사 뒤 아무도 알 수 없는 바위 틈새에 넣어 두었습니다. 수시로 이끼가 마를 새라 물도 뿌려 주면서 보관해 두었습니다.

이 산삼을 중대장에게 보고를 해야 하나, 어떻게 하지? 그러면 아마 대대장에게 보고를 하게 되겠지, 그러면 대대장님이 이 산삼을 받고는 어떻게 할까? 아마 위에다 상납을 하고 나한테는 포상 휴가 일주일쯤 줄까? 그래, 일주일 포상 휴가 가면 머 하겠노, 잘 보관했다 휴가 갈 때 부산 가져가서 부모님 드리는 게 훨 낫겠다, 그렇게 마음먹고 열심히 물 뿌려 가며 보관을 하는데, 도대체 산삼 맛은 어떤지 궁금해서 미칠 지경입니다. 다섯 뿌리나 되니 제 몸부터 챙겨야겠다는 생각을 했습니다.

야간 순찰 시간에 나가서는 그중 한 뿌리를 꺼내서 산삼에 묻어 있는 흙을 털어 내고 입에 넣어 봅니다.

쌉싸래한 맛이 진한 향기와 함께 온 입안에 퍼져 나갑니다. 흙이 조금 씹히지만 그 흙에서도 진한 산삼 맛을 느낄 수 있었습니다. 산삼이 목을 넘어갔을까, 그 짧은 시간이 지났는데도 갑자기 머리가 맑아지고 눈이 밝아집니다. 과연 산삼은 효능이 탁월합니다. 겨우 한 뿌리를 이제 막 먹었을 뿐, 소화기에 도착도 안 했을 텐데 이 정도일 줄은? 어쩌면 산삼 네 뿌리로 횡재도할 것 같다는 생각에 열심히 산삼 마르지 않게 관리도 하면서 즐거운 병영 생활 날짜만 빨리 가기를 기도합니다.

그러던 어느 날, 지난 비에 무너진 인근 분초 진지 보수 작업을 하기 위해 분대원 세 명과 함께 이동을 하게 됩니다. 산등성을 하나 넘어가야 해서 바쁜 걸음을 재촉하는데 8부 능선쯤 올라갔나, 그곳에서 저는 다리에 힘이 풀려 주저앉을 뻔했습니다.

눈앞에 펼쳐진 장관! 거기에는 셀 수 없을 만큼 많은 산삼 꽃이 피어 있습니다. 짐짓 태연한 척, 아무것도 보지 않은 척해야 했습니다. 분대원들이 알면 안 되겠기에, 혹시라도 산삼의 존재를 알게 된다면 개인의 욕심과 젊은 혈기에 어떤 사고가 발생할지 모릅니다.

"야! 빨리 가자. 빨리 끝내고 좀 쉬고 근무 들어가려면 바쁘겠다" 하면서 시선을 그쪽으로 돌리지 못하게 재촉을 했습니다.

그런데 고향이 충청도인, 분대에서 제일 일 잘하기로 정평 난유 상병이 "분대장님, 우리 오늘 저녁에는 도라지 무침 해서 저녁때 먹을까요?" 이럽니다.

"왜, 도라지가 어디서 나는데?"

"분대장님, 여기 도라지 밭이네요. 여기 꽃 피어 있는 게 모두 도라집니다. 우리 돌아갈 때 도라지 캐 가시지요. 분대장님, 제가 맛있게 무칠 테니 오늘 분대 도라지 파티 합시다."

| **이규남** 부산 글쓰기 모임 회원, 2013년 4월 |

두려움이
전이되는 사회

어제 퇴근길 지하철에서 남동생 전화를 받고 마음이 아렸습니다.

"형, 우리 집 팔렸어."

"어, 그래. 얼마에?"

"2억 7천 5백."

"얼마 주고 샀었지?"

"(눈물 꾹꾹 참고 있는 목소리) 3억 2천."

"그래, (그래도) 잘 정리한 것 같다."

"어, 그냥 집 팔렸다고."

저는 밤새도록 잠을 쉽게 못 들고 뒤척였습니다. 돌이켜 보면 2남 1녀의 장남으로 때로는 과도한 무게감이 싫었습니다. 그런데 생각해 보니 어쩌면 자라는 동안 부모님의 기대와 사랑과 혜택을 제가 독차지한 것 또한 사실이었습니다.

남동생은 1973년생입니다. 공업고등학교 전기과를 나와 졸업하자마자 취업을 하고 군대도 병역 특례로 마치고, 중간에 야간 대학을 다니면서 지금 40이 되기까지 그는 늘 일을 하고 있었습니다.

그런데 올 4월 초 동생이 다니던 외국계 통신 회사가 갑자기 한국의 사업을 정리하고 필리핀으로 제조 공장을 옮긴다며, 사업장을 폐쇄한다고 통보했습니다. 때문에 그는 갑자기 실직을 했습니다. 둘째 조카가 돌을 지난 지 불과 몇 개월 만이었고, 회사의 폐쇄는 전혀 예상치 못한 일이었습니다. 주로 무전기 만드는 회사의 생산 관리 일을 하던 동생이 몇 주간 재취업을 알아보고 있으나, 마흔이 넘은 나이에 쉽지 않은 일인 것 같습니다.

문제는 다른 곳에서 생겼습니다. 연봉에 퇴직금이 포함되어 있다며, 퇴직금 지급도 없이 떠나 버린 회사 때문에 동생은 갑자기 경제적으로 무일푼이 된 것입니다. 거기에 2010년에 입주한 경기도 파주 운정 지구의 아파트 대출 원리금이 그에겐 큰 부담이 되었던 겁니다. 때문에 결국은 집을 정리한 것입니다. (그 마음이 어땠을까요?)

사실 그 운정 지구 아파트는 일산에 살고 있던 제가, 낡아 가는 아파트에서 새 아파트로 옮겨 살고 싶어서 청약을 알아보던

차에 같이 모델 하우스 구경 다니던 동생 가족에게, 20평대 집은 어차피 아이들 크면 늘려 가야 된다고 권했습니다. 그래서 동생이 1억 5천만 원 정도를 대출받아 미분양된 아파트를 구입했던 겁니다. 그런데 막상 저는 제 명의의 집이 있어 있던 집을 판 후에 사려고 제 집을 매물로 내놓았으나 팔리지가 않았고, 그동안 부동산 가격은 정점을 찍고 대세 하락기가 되다 보니 결국은 동생만 아파트를 구입하게 된 것입니다.

2009년에 계약해서 2010년에 입주했으니 약 6년 동안 대출금 중 5천만 원 정도는 갚았나 봅니다. 지금 남은 원금이 1억 원 정도 된다고 하고, 아파트도 구입한 가격에서 4천 5백만 원 정도 손해를 보고 팔았으니 그 마음이 어떨지 저는 상상할 수 있었습니다. 그리고 그 상황으로 이끈 사람이 저인 것 같아 마음이 아팠습니다.

사실 남동생이 결혼할 때 부모님께서 당연하다는 듯 작은 아파트 하나 구해 주라고 했습니다. 조금은 도와줄 수 있으니 전세 알아보고 연락하라고 했더니(18평 정도 되는 작은 아파트를 계약하기 바랐는데), 20평 초반대 아파트를 계약했다고 도와달라고 해서 많이 속상했던 것도 사실입니다. 그때 저로서는 큰돈인 4천만 원을 그냥 주면서, 제 아내가 아무런 반대도 안 해서 너무도 고마웠던 기억도 있습니다. 그런데 결국 준 돈보다 큰 손실을 끼친 것 같아 너무 미안했습니다.

이번 주말에는 칠순이 되는 아버지와 함께 온 가족이 제주도 여행을 갑니다. 여행 일정을 다 마련했을 때 동생이 갑자기 실직을 해서 여행 자체를 취소할까 하다가 어쩌면 온 가족의 마지막 여행이 될 수도 있을 것 같아 그냥 예정대로 출발하기로 했습니다. 가족끼리 많은 이야기를 나누렵니다. 칠순이 되어 아직도 아파트 경비 일을 하시는 아버지와 나이 마흔에 갑자기 실직을 한 남동생과, 언제부터인가 늘 언제까지 직장을 다닐 수 있을까 불안한 저와 조그마한 식품 납품업을 하는 여동생 가족과 주로 이야기할 것은 아마도 시시콜콜한 과거의 추억들일 것입니다. 무엇보다도 우리가 이야기할 아름답던 기억도, 슬픈 추억도 모두 동생에게 치유의 시간이 되었으면 좋겠습니다.

최근 2년 동안 두 번씩이나 경막하 출혈로 뇌 수술을 받은 아버지께서 마취가 풀리면서 제일 먼저 걱정하시던 것이 본인이 일자리를 잃을 수 있다는 두려움이었습니다. 칠순이 된 어느 노인의 두려움이 이제 마흔이 된 아들에게 전이되는 사회는 여기서 멈추었으면 합니다. 일하는 사람이 풍족하게는 아니더라도 가족과 따뜻한 밥을 먹으며 살아가는 사회로 성장하기를 바랍니다.

| 장재훈 17년 차 회사원, 2013년 5월 |

우리는 어쩌다
사물을 존대하게 되었나

"여기, 잔돈 있으세요."

오늘도 커피 전문점의 점원이 내 잔돈을 존대했다. 물론 그녀가 잔돈도 사람이고 그래서 이 잔돈이 그녀보다 나이가 한두 살 많다는 것을 일일이 확인한 뒤에 "아! 나보다 연장자이신 100원 짜리 동전이시네!" 하면서 존댓말을 쓴 것은 아닐 것이다. 그리고 그녀가 우리말을 잘 몰라서 동전에 존칭을 쓴 것도 아닐 것이다. 이렇게 사물에 존댓말을 붙이는 경우는 그이뿐만이 아니다.

"이 옷의 원단은 캐시미어이십니다."

"확인 전화가 가실 겁니다."

우리는 어쩌다 이렇게 사물에 존댓말을 붙이게 된 것일까?

언제부터인가 서비스업에 종사하는 많은 사람들이 이렇게

사물에 존댓말을 붙이고 있다. 이들이라고 사물에 존댓말을 붙이고 싶어서 붙이는 것은 아닐 것이다. 다만 이 사물의 주인이 고객이기 때문에 존댓말을 붙이고 있다. 고객은 왕이니까.

너무나도 열렬한 서비스 정신을 발휘하다 보니 이런 우스꽝스러운 일이 벌어진 것 같다. 이것은 즉 서비스업에 종사하는 많은 사람들이 감정 노동에 시달리고 있다는 뜻이기도 하다. 고객에게는 무조건 고개를 숙여야 하고, 고객의 말은 무조건 따라야만 하는 그이들의 의무가 이런 언어의 변화를 가져왔다. 고객의 물건에 존댓말을 하지 않은 것이, 자신에게 반말을 한 것이라며 따지는 무식한 고객이 있었다는 기사를 읽은 적이 있다. 돈을 쥔 자의 권위 의식이 사물에게도 존댓말을 붙이라는 터무니없는 의무를 감정 노동자에게 강요했다.

그리고 그 결과는 사물까지 존대하는 언어의 괴이한 변이를 초래했다. 언어는 사람의 대화를 타고 번지는 속성이 있기 때문에 사물에 존댓말을 쓰는 것이 서비스업에 종사하는 사람들만의 일이 아니게 되었다. 나도 벌써 "여기 잔돈입니다"보다 "여기 잔돈 있으십니다"가 고객을 더 존대하는 것처럼 들린다.

이렇게 문제는 서비스업 종사자에게 강요되는 과한 감정 노동에만 있는 것이 아니다. 현재의 언어가 다음 세대, 그리고 또 다음 세대에 대물림되면서 바뀌어 갈 문화적 변화를 생각해 봐야 한다. 극단적으로 생각을 해 본다면, 재화와 서비스를 응대

받는 고객의 물건에서, 나아가 우리 생활 속의 연장자의 물건에 게도 존댓말을 붙이는 것으로 바뀔지도 모른다. 대통령의 자동차에게도 존대를 해야 하고, 학교 선생님의 숟가락에게도 존대를 붙여야 할지도 모를 일이다. 퍼스트 클래스에서 꼭, 반드시, 기필코, 짜지 않은 라면을 먹어야 하는 사람처럼 권위 의식에 흠뻑 젖은 사람들이 많은 우리나라 사회는 더욱 걱정이 된다.

무엇을 어떻게 해야 이런 우스꽝스러운 존댓법을 바꿀 수 있을까? 먼저 고객을 응대하는 직종에 있는 '을'의 노동자들을 바라보는 관점이 바뀌어야 한다. 우리나라 사람들은 어디서 출발한 의식인지는 알 수 없으나, 돈이 있으면 갑이고 돈이 없으면 을이 되는 근성이 있다. 마을버스에서 양복을 멀쩡히 차려입은 60대 아저씨가 마을버스 기사 아저씨한테 반말을 날리며 하대하는 경우를 본 적이 있다.

"어이, 왜 이렇게 늦게 가는 거야? 빨리빨리 좀 가!"

그 아저씨가 버스 기사님한테 밥 한 끼 사 주며 "우리 이제부터 서로 말 놓는 거야." 이런 약속을 하지 않았을 텐데 무작정 말을 놓는다. 그리고 거기에 신경질까지 낸다.

패스트푸드점 매대에서도 본 적이 있다. 어떤 아저씨가 점원에게 아무 이유 없이 짜증 섞인 반말로 주문을 하는데 옆에서 기다리고 있던 나도 당황스러웠다.

"커피… 빨리…."

그 점원의 아버지도 그이에게 커피를 달라고 할 때 그렇게 함부로 말하진 않을 것 같다. 손님은 돈으로 재화나 서비스를 교환하려는 자이지 응대하는 사람을 천대할 권리를 가진 자는 아니다. 모두가 똑같은 사람이고 각자가 하는 일이 다를 뿐이다.

하지만 우리 사회에는 직위와 부, 그리고 나이를 무기 삼는 갑의 권위주의적인 태도가 만연해 있다. '남양유업' 사건이나 '포스코 에너지' 상무의 라면 해프닝이 일례로, 오랫동안 곪은 종기처럼 여기저기서 터져 나오는 것을 보면 알 수 있다. 우습지만 웃을 수 없는 일들로 현재 갑과 을의 위치를 보여 준다.

나는 바꾸고 싶다, 권위 의식의 촌스러운 하대 근성을. 그리고 그 하대 근성에 호응하는 태도로 사물에 존댓말을 붙이는 서비스 업종의 희귀 어법을. 작은 실천이지만 혹시나 그들의 머릿속에 환기가 될까 해서 요즘 나는 전화 상담원들에게, 커피 전문점 점원에게 지나가는 말로 이렇게 말한다.

"왜 사물에 존칭을 쓰세요? 재밌네요. 하하하."

머쓱함을 빌려서 그들에게 알려 주고 싶다. 당신은 지금 권위 의식에 쩔어 있는 꼰대들 때문에 당신보다 커피를, 동전을 높이고 계십니다, 라고. 어디서 나온 오지랖인지 모르겠으나 우리가 잘못된 길로 가는 것을 바로잡고 싶기 때문이다.

| **황원** 광고회사 근무, 2013년 6월 |

좋은 것은
비싸게 사 드세요

　사람들은 참 이상하다. 겉으로 보이는 것에는 엄청나게 신경을 쓰면서 정작 중요한 자신의 몸에 대해서는 너무나 무관심하다. 그렇게 대표되는 것이 바로 옷과 음식이다. 수십만 원이 넘는 옷은 아무런 망설임 없이 잘 산다. 하지만 겨우 몇만 원 하는 유기농 농산물에는 쉽게 손이 가지 않는다. 가끔은 이보다 더 허탈한 웃음이 나오는 일도 생긴다.

　옷을 살 때는 가격표를 보고 한마디도 안 하면서 몸에 좋다는 유기농 농산물에는 가격을 깎아 달라며 죽자고 달려든다.

　며칠 전에 내게도 그런 황당한 일이 있었다. 대학 시절에 서로 얼굴만 알고 지냈던 동기 녀석이 내게서 감자를 사겠다고 했다. 서로 연락조차도 하지 않고 지내던 놈인데, 스마트한 전화기를 사용한 덕분에 알게 되었다. 그리고 스마트한 전화기로 감자 주문이 들어왔다. 나는 드디어 스마트한 전화기로 농산물을 팔 수 있는 수준이 되었다며 내심 기뻐하고 있었다.

바로 감자 20킬로그램을 보냈다. 농약은 물론 화학 비료조차 십 년 넘게 뿌리지 않은 땅에 자연과 더불어 살아야 한다며 비닐조차도 사용하지 않고 농사지은 감자였다. 감자를 보내고 일주일이 지나도 아무 연락이 없었다. 그래서 연락을 했더니 아직도 경비실에 있단다. 은근히 화가 났지만 참았다. 감자 가격과 계좌 번호를 문자로 보내고 화를 삭이고 있는데 연락이 왔다.

"아니, 시장에서 1만 5천 원이면 살 수 있는 게 왜 이리 비싸?"

참으로 어이가 없었다. 감자 20킬로그램이 1만 5천 원이라니. 순간적으로 화가 치밀어 올랐다. 곁에 있다면 욕이 나올 것 같았다.

"너한테 감자 안 팔 거니까 다시 돌려보내."

"나도 생협 회원인데 유기농 인증받은 것도 1만 8천 원이면 살 수 있는데."

"나 화나니까 장난치지 말고 당장 보내."

"그러지 말고 이번이 처음이니까 그냥 3만 원에 하자?"

"처음이고 나발이고 안 팔 거니깐 빨리 보내."

당장 전화를 해서 욕이라도 해야 속이 시원할 것 같았다. 한 박자 쉬고 간신히 화를 참으며 다시 문자를 보냈다.

"농약과 비료를 전혀 사용하지 않고 양심적으로 농사지은 것이니 비싸면 다른 데 가서 싼 것 사 먹고 내 감자는 돌려보내."

"감자에 농약 치는 사람이 어딨어?"

더 이상 할 말이 없게 하는 대답이었다. 유기농도 모르는 놈인 것이다. 친절을 베풀어 유기농이 뭔지 간단히 설명했다.

"멍청한 놈아. 유기농은 그 작물에만 비료와 농약을 사용하지 않는 것이 아니라 수년간 화학 비료와 농약 등을 사용하지 않은 토양에서 농사지은 것을 말하는 거다. 멍청하면 그냥 비싼 것 사 먹어라."

그랬더니 한동안 문자가 없었다. 나도 화가 나서 더는 대꾸를 하지 않았다. 다음 날이 되자 친구놈은 유기농에 대하여 장황한 설명을 늘어놓기 시작했다. 그러면서 내게 한살림과 생협을 소개해 줬다. 참으로 어이없고 고마운 놈이었다. 내게 유기농 단체를 소개해 주니 더없이 고마웠다. 한살림과 생협이 내게 좋은 사업 파트너가 될 것이라며 적극 추천을 하면서 감자 가격은 3만 원으로 하자는 말도 빠뜨리지 않았다. 나 역시 아무 반응 없이 돌려 달라는 말만 문자로 보냈다.

다시 하루가 지나자 감잣값이 통장에 입금되었다. 그런데 내가 제시한 가격에서 만 원이 부족한 5만 원이 입금되었다. 하지만 이미 늦었다. 난 이미 감자를 팔 생각이 사라졌고, 내 감자를 가지러 경남 하동에서 경기도 광주까지 달려갈까 하는 생각마

저 들었다. 답답하고 멍청한 놈과는 전혀 대화가 안 되기에 나는 감자를 돌려 달라는 말만 반복했다. 그랬더니 대답이 왔다.

"정 그렇게 나오면 감자 보낼게. 대신 몇 개 먹은 거랑 썩은 거 빼고 보내니 20킬로그램이 안 된다."

"빨리 보내라."

다음 날 늦게 감자는 도착했다. 무게를 달았더니 15킬로그램이다. 상자를 열었더니 썩은 감자라며 칼로 쪼갠 감자가 검은색 비닐봉지 두 개에 나란히 담겨 있었다. 하지만 전혀 이상이 없는 감자였다. 끝까지 놀리겠다는 것인지. 하지만 칼자루는 이제 내게 있었다. 멍청한 놈은 내게 돈도 보내고 감자도 보낸 것이다. 감자 부족분 5킬로그램에, 썩었다며 칼질한 감자 4킬로그램. 그렇게 해서 남은 금액 2만 5천 원을 돌려줬다.

이놈도 나처럼 자기 나름대로의 논리로 화가 나 있을 것이다. 감자는 제대로 먹어 보지도 못하고 엉뚱하게 돈만 날렸으니. 나역시 마찬가지다. 적당히 말만 잘했어도 '친구니깐 싸게 줄게'했을 텐데. 그걸 조금 싼값에 먹어 보겠다고 꼼수를 부리다 제 꾀에 제가 당한 것이다.

난 이 친구가 얼마나 비싼 옷을 입으며, 얼마나 비싼 집에 살고 있는지 모른다. 하지만 20킬로그램에 1만 5천 원 하는 감자를 찾고 있다면 그의 식생활은 충분히 짐작이 간다. 가격이 낮다고 해서 품질이 떨어지는 것은 아니다. 반대로 가격이 비싸다고 다 좋은 것도 아니다. 하지만 가격에는 나름대로의 이유가 있다. 그것은 농산물만이 아니라 모든 제품들의 공통점이다.

엥겔 계수라는 것이 있다. 전체 생계비 중에서 식료품비가 차지하는 비율을 나타낸다. 이게 낮게 나와야 문화 수준이 높다고 한다. 그렇다면 굶고 살면 그 나라의 문화 수준이 높아지는 것일까? 참으로 희한한 것을 만들어서 국민을 배고프게 한다. 내가 좋은 음식, 귀한 음식을 먹으려고 돈을 많이 쓰면 나는 문화 수준이 낮은 사람이 되는 것이다. 내가 비싼 옷을 사고, 사치를 즐긴다면 나는 문화 수준이 높은 사람이 되는 것이다.

옷은 단순하게 몸의 겉에 두르는 것뿐이다. 하지만 먹는 음식은 내 몸속으로 들어가서 내 생명을 유지시켜 준다. 좋은 음식을 먹어야 내 몸이 건강해진다. 내가 비싸고 좋은 옷을 입으면 몸이 편할 수는 있어도 옷으로 인하여 몸이 건강해지지는 않는다. 옷을 사는 데 소비하는 돈의 절반만이라도 좋은 먹을거리를 사는 데 쓰자. 특히 농약과 비료를 사용하지 않은 농산물을 많이 이용해 준다면 우리가 먹고 마시는 물과 공기까지 깨끗하게 유지시키는 것이다. 그보다 더 좋은 것은 내게 필요한 것을 얻기 위하여 다른 생명을 죽이지 않고 살아가는 것이다. 세상은 나 혼자만이 살기엔 너무 넓지 않은가?

| 배만호 하동 농부, 2013년 8월 |

욕이라도
실컷 할걸!

"아⋯. 거기까지 오라고? 야, 너무 멀다. 담에 보자."

귀찮은 듯 대답하고 대충 얼버무려 전화를 끊었지만 그놈이 나한테 여태껏 사 줬던 술값이 떠오른다. 밥값도 떠오른다. 미안한 감정이 들어 그놈한테서 다시 전화가 오면 못 이기는 척 가겠다고 말하려는데 전화가 안 온다. 삐쳤나 보다. 무심한 듯 다시 전화해서 가겠다고 말하고 분당에서 그놈이 있는 화성으로 내달렸다.

친구 놈은 얼마 전에 교통사고를 내고 차를 폐차시켰다. 자차 보험을 가입하지 않아서 자기 차는 아무래도 안 되겠다고 한다. 뭔 말인지 잘 모르겠지만 이해한 척하고 위로했다. 또 화성의 대중교통은 거지 같아서 출퇴근하기 힘들다고, 급하게 중고차라도 사야겠다고 말했는데 그게 오늘인가 보다.

두 시간 조금 넘게 걸려 화성에 도착해서 친구 놈을 모시고 서울로 올라간다. 근처에서 중고차 사면 되지 않느냐고 물으니 화성은 시골이라 중고차 판매 단지가 없단다. 그러고는 중고차 싸게 사는 법, 요즘 말 많은 허위 매물과 진짜 매물을 구별하는 법 등에 대해 나에게 강의한다. 보통은 친구끼리 이야기하면 옳은 이야기라도 딴죽을 걸고 무시하기 마련인데, 이놈이 3년 전에 유명한 중고차 회사에서 일했던 놈인지라 이야기가 자연스럽게 귀에 들어온다.

친구가 말하는 중고차 싸게 사는 법을 간단하게 요약하면, 매매 단지나 상사보단 개인 판매자를 찾아서 거래하면 저렴하고, 매물의 유무 여부를 가리기 위해서는 계약금을 지금 입금하겠다는 식의 말을 해서 가짜를 가려내라는 것이다. 그리고 자기가 지금 구입하려는 매물은 개인 판매자와 전화 통화를 하고 예약한 차로, 무사고에 LPG 차란다. 무엇보다도 시세보다 80만 원 정도 싸게 나온 매물이라고 웃으며 말하는 모습을 보니 내심 스스로가 대견한가 보다.

목적지인 '서울시 송파구 장지동'에 도착하기 10분 남짓 남았을 때 친구는 정확한 거래 장소를 물어보기 위해 또다시 개인 판매자와 통화를 한다. 근데 친구는 통화로 위치 안내를 받던 중에 갑자기 흥분하여 따지기 시작한다. 통화 내용은 이렇다.

근처 5분 거리 중고차 매매 단지로 오라는 것, 자신은 개인 판매자인데 프리랜서라고 했다는 것.

"뭐야? 결국 매매 단지야? 그리고 프리랜서? 그건 뭐야? 개인 판매 아니었어?"

"삐끼야, 삐끼. 씨발! 그쪽에서 뭐라고 하는지 확실히는 모르겠지만 들어 보니까 삐끼랑 똑같아."

총 네 시간이나 걸려 왔는데 허탈하고 화가 난다. 친구 놈도 마찬가지겠지만 나한테 미안하고 창피해서인지 흥분한 표정을 애써 감춘다. 착잡한 마음을 조금 달래고 일단은 매물을 보러 중고차 매매 단지에 들어간다. 우리를 기다리는 사람이 있고 주차를 안내해 준다. 아까 그 사기를 친 놈이면 야무지게 따지려고 했는데, 자기는 의뢰한 물건을 대리 판매해 주는 중개인일 뿐이라고 선을 긋는다. 따질 수가 없으니 더 화가 난다. 담배만 계속 피우게 된다.

2007년식 무사고, LPG의 SM5를 ○○만 원에 보고 왔다고 하니까 중개인이 스마트폰을 한참 누르더니 매물은 있단다. 그리고 어딘가 통화를 하더니 우리에게 해 주는 말이 가관이다. 중개인만이 볼 수 있는 사고 이력 조회라면서 화면을 보여 주는데, 매물이 무사고차가 아니란다. 그 매물은 보닛 쪽 하우징 부분 등 세 군데 사고 이력이 남은 차란다. 한마디로 사고 차라는 것, 두마디로 하면 심각한 사고 차라는 것이다. 중개인은 또 웃기는 소리를 한다. 그 매물이 LPG 전용이 아니고 LPG 겸용이란다.

나는 이런 거짓말투성이인 상황에 표정 관리가 안 되었는데 친구 놈은 이미 큰 충격을 받아서인지 몰라도 별 반응이 없다. 이놈들이 어디까지 장난질하나 계속 들어 보는데, 중개인도 낌새를 챘는지 다른 매물을 소개하지 않고 친구 놈의 대답을 기다린다. 보통은 여기서 허위 매물에 속은 사람에게 위로를 하고 어차피 왔으니 다른 매물이라도 보라고 소개해 줄 만도 한데 친구 놈의 표정을 보니 그 말을 차마 못 하겠나 보다. 친구 놈이 조용히 자리에서 일어나 밖으로 나간다.

허위 매물에 관한 민원을 넣거나 기사를 써서 여기를 탈탈 털어 버리겠다고 친구를 위로도 해 보고 아까 그 삐끼한테 전화해서 따지라고 다그쳐도 본다. 친구 놈은 씩씩대긴 했지만 따질 생각이 없는 것 같다. 다른 사람이면 몰라도 자기가 중고차에 관해서 철저하게 속았다는 점이 가슴을 더 쓰리게 하나 보다.

사실 다시 생각해도 허위 매물을 가지고 사람을 유인하는 이런 방법은 상당한 비법이 쌓인 것으로 보인다. 개인 판매자를 찾는 사람에게 호객 행위를 하는 프리랜서 판매자가 접근한다. 그리고 중개인들에게만 제공되는 사고 이력 시스템이 있기에 무사고라고 사기를 쳐서 매매 단지로 유인한다. 또 LPG는 전용도 있지만 겸용도 있다는 점 등 말장난을 한다. 이렇게 우리가 당했던 몇 개의 사례뿐 아니라 무수히 많은 거짓말과 그 거짓말을 방어할 수 있는 구멍들이 존재한다는 걸 느낄 수 있다.

물론 억울함을 호소하기 위한 허위 매물 신고 제도는 이미 존재한다. 하지만 경찰이 적극적으로 수사해 주지 않고 증거가 있어도 시간이 매우 오래 걸린다. 통화 내용이나 화면 캡처 같은 증거 가지고 신고를 하여도 우리가 당한 것처럼 구멍을 만들어 놓고 피해 가기 때문에 처벌이 쉽지 않다. 처벌을 한다고 해도 중개인 쪽에는 죄를 묻기 힘들고 처벌 강도 또한 가볍다.

정부가 이렇게 헐렁한 규제와 수사로 그들을 방관한다면 중고차 구입 희망자가 여기에 온 다음에 할 수 있는 선택은 크게 두 가지로 보인다. 하나는 허위 매물에 대한 충격을 보상받으려고 이성을 잃은 채 중개인이 보여 주는 차를 매입하는 방법이고 나머지 하나는 허위 매물에 대한 나쁜 추억을 가지고 매장을 나가면서 처음 전화했던 사람에게 욕이나 실컷 하는 것이다.

우리는 어떤 방법도 선택하지 않고 이 찝찝함을 가지고 매매 단지를 나선다. 욕하기에는 타이밍이 좀 늦은 것 같기도 하다. 기분이 안 좋아도 때가 되니 배는 고프다. 주차했던 차를 타고 밥을 먹으러 나가려는데 일수 가방 든 아저씨가 달려온다. 주차 요금 내란다. 무료인 줄 알았는데…. 짜증이 또 몰려온다.

"야, 밥 말고 술이나 먹으러 가자."

| **오철** 판교에 사는 서진이 아빠, 2014년 5월 |

'빨간 모기' 퇴치 작전

내가 근무하는 아파트에는 '빨간 모기'가 살고 있다. 매일 시도 때도 없이 아침저녁으로 여기저기 나타나 사람들을 괴롭힌다. 그 괴롭힘의 정도는 상상을 초월해서 많은 직원들이 그 등쌀을 못 견뎌 그만뒀다. 나도 3년 가까이 근무하면서 몇 번의 위기를 겪었다. 빨간 모기가 살고 있는 곳은 ○○동 ○○호. 하는 일은 아파트 동 대표 회장이다.

관리 사무소에 근무하는 나에게는 관리비를 내는 주민이 갑이고 동 대표는 갑 중의 갑이다. 거기에 덧붙여 동 대표 회장은 슈퍼 갑이다. 무보수 명예직이라지만 대내외적으로 아파트를 대표하여 인사권, 재정에 대한 최종 결재권을 가지고 있기 때문이다. 아파트 관리 직원들에겐 그야말로 무소불위 권력자다.

'빨간 모기'는 별명대로 평소 빨간 옷을 즐겨 입는다. 직장 은퇴 이후 별다른 직업 없이 생활하다가 자의 반 타의 반으로 몇 년째 동 대표 회장을 했다. 칠십 대 나이에 비해 그는 정정한 편이다. 직원들이 자기 마음에 안 들어 소리칠 때는 아파트 전체가 쩌렁쩌렁 울린다. 엇비슷한 나이의 경비직에게 평소 말도 함부로 하대를 하고, 도시락 반찬으로 뭐 맛있는 거라도 먹고 있으면 그걸 쳐다보다가 결국은 뺏어 먹는다. 직원들은 이 사람 하는 모양새가 어려운 사람들 피 빨아 먹는 모기 같다고 '빨간 모기'라고 부른다. 자기 생일에 경비들로부터 생일 선물 상납을 주도한 경비 반장이 근무 중 술 먹고 싸우는 사고를 쳐도 시말서 한 장 없이 무마하기도 했다. 이 일에 대해 항의하는 사람이 되레 보복을 받았다.

아파트에서 내가 하는 일은 기계, 전기 수선과 유지 업무이다. 전체 직원 중 서열 두 번째로 직책은 관리실장이다. 빨간 모기는 나에게도 여지없이 여러 번 빨대를 꽂았다. 그는 아침부터 관리 사무소에 죽치고 앉아 경리가 타 주는 커피를 마시며 하루를 시작한다. 다른 사람이 커피를 타 주면 먹지도 않는다. 그러면서 모든 업무에 일일이 관여하고 그때그때 즉흥적으로 지시를 내려, 빨리 하라고 닦달이다.

점심때가 되면 어디 밥 사 주는 사람 없나 전화를 하거나 곳곳을 기웃거린다. 보통은 관리소장이나 아파트에 일 받으러 오는 업체 사장들이 밥을 사 주는데, 가끔은 그런 사람들이 없을 때가 있다. 그럴 때 자칫 눈에 띄어 빈말이라도 식사하셨냐고 물으면 여지없이 밥을 사야 한다. 나도 처음엔 멋모르고 인사로 얘기했다가 몇 번 밥을 샀다.

사정이 이렇다 보니, 그와 먹는 밥은 뭘 먹어도 소화가 되지 않는다. 보통 사람들은 밥을 사는 사람이 주로 메뉴를 시키면서 자리를 주도하는데 그와의 식사 자리는 전혀 그렇지 않다. 정작 돈 내는 사람은 따로 있는데 자기와 이해관계가 있는 사람들을 본인 동의도 없이 부른다. 마치 자기가 사는 것처럼 입주민 여자들을 부르고 평소 자기가 얻어먹던 업체 사장을 밥 먹자고 부른다. 그리고 자기 임의대로 메뉴에서 비싼 것을 시킨다. 속으로 '또 당했다!'고 생각하며 말도 못 하고 그 자리 음식값을 냈다. 나는 그야말로 몇 달에 한 번 꼴이었지만 만만한 관리소장이나 다른 직원들은 수시로 당했다. 난 자구책으로 어느 날부터 다이어리에 그의 온갖 비행을 날짜별로 낱낱이 적기 시작했다.

아파트 동 대표 회장은 그렇지 않은 분들도 많지만, 관리 사무소 직원들에게 슈퍼 갑의 직위를 이용하여 각종 이권에 개입하고 모든 업무에 지시를 내리고 인사권까지 관여한다. 동 대표들의 막강한 권한에 대해 아파트 비리 사건이 가끔 언론에 나오다 보니 아파트 관리 규약에 대한 관련법이 강화됐다.

내가 근무하는 아파트의 동 대표는 관리 규약상 2년마다 주민들이 직선으로 선출하는 임기제이다. 임기 만료 전 관련법에 따라 규약을 바꾸면서 연임까지는 가능하지만 세 번은 연달아 못 하도록 규약을 변경했다. 하지만, 규약 개정 이후부터 적용이라 기존 동 대표들도 이번까지는 출마가 가능하다.

기존 동 대표들의 임기가 만료되는 시점에 맞추어 직원들이 합심해 "빨간 모기 퇴치 작전"을 모의했다. 나름 정의감이 강하고 원칙을 중시하는 신임 관리소장이 중심이 되어 평소 그의 폐해를 대충은 알고 있는 주민들로 선거 관리 위원회를 구성했다. 그리고 자체적으로 선거 관리 규정을 대폭 강화했다.

2년 전 재출마할 때 자필 이력서를 쓰지 않고 전임 관리소장이 대필해 줬던 걸 기억하고 있는지라 선관위 회의 때 직접 제출하도록 했다. 빨간 모기는 자기 자랑으로 늘 수십억대 빌딩을 갖고 있는 자산가이며, 명문대를 나와 청와대 고위직에서 은퇴했다고 말하고 다녔다. 그러나, 지난번과는 달리 경력 증명, 재산 내역을 포함한 자필 이력서를 쓰면 그 실체가 여실히 드러날 판이었다. 그는 입고 다니는 옷이 늘 빨간색에 같은 모양의 허름한 옷이고 차가 없어 평소 소형 스쿠터를 타고 다닌다. 거기에다 어떤 사람에겐 종로 어디에 몇 층짜리 빌딩을 갖고 있다 하고 어떤 사람에겐 강남 어디 땅이 자기 거라고 자랑을 했다. 그 애기를 들은 사람들끼리 애기하다 보면 어떨 때는 강남에 빌딩이 있고 어떨 때는 종로에 땅이 있기도 했다. 대학 학번과 전공을 물어봐도 그때그때 다르다. 하도 많은 사람들에게 뻥을 쳐서 본인도 헷갈렸던 것이다. 청와대 고위직에 있다가 은퇴한 것이 아니라, ○○구청에서 기능직으로 근무하다 퇴직하였음이 들통난 적도 있다.

작전명 '빨간 모기 퇴치 작전'. 비밀리에 한다고 했지만 워낙 눈치가 빨라 직원들끼리 작전 짠 걸 알고 선거에 나오지 않았다. 이번에 본인의 실체가 드러나면 출마는 꿈도 못 꾸고 창피해서 이사 가야 될 정도다. 점차 대세가 자기에게 불리하게 돌아가자 겉으로는 젊은 사람들이 아파트를 운영해야지 하면서 짐짓 사양했다. 그러나, 정작 자기 동에 출마한 후보자 두 명에 대해서는 "여자가 싸가지가 없다. 직장 다니는 사람이 어디 시간이 있겠냐" 하며 음해를 했다.

좀 싱겁게 끝났지만 그렇게 우리 아파트에서 빨간 모기는 마침내 퇴치됐다. 지난 연말에 동 대표 회장 이임사를 하면서 2년 후에 다시 동 대표 나올 때까지 잘들 근무하라면서 뭐 어려운 일 있으면 언제든 찾아오라 했다. 나름 부활을 꿈꾸고 있는 듯하다.

흥! 어림없는 일이다. 앞으로 다가올지도 모를 2차 '빨간 모기 퇴치 작전'을 위해 다이어리를 잘 보관해야겠다.

| **이상선** 아파트 관리 사무소 관리실장, 2014년 10월 |

조선 시대 민란을
이해하게 됐다

나는 2010년 직장에서 정년퇴직했다. 그때 당시 내 나이 55세였다. 평생 살림하며 아이들 키우던 아내는 커피숍을 하고 싶다고 했다. 그동안 커피숍을 해 보고 싶어 했지만 엄두도 못 냈던 일인데, 막상 남편이 퇴직하고 나니 아내가 서둘렀다. 생활비도 필요한데 매일 책이나 보고 있는 남편에게 기대할 게 없었을 것이다.

그래서 우리는 서울 시내 부동산을 찾아다니기 시작했다. 그럴듯한 가게가 나오면 평일과 휴일 그리고 점심, 저녁 시간에 골목을 지키고 서서 사람이 얼마나 통행하나 살피기 시작했다. 그러다 다리가 아프면 근처 커피점에 앉아 길거리를 쳐다보기도 하였다.

수개월간의 무료한 작업에 지쳐 갈 무렵 괜찮은 가게 하나가 나왔다. 강남역 이면 도로에 있는 3층 상가였다. 건물 면적은 작았지만 테라스도 있고 괜찮았다. 그런데 10평 면적에 권리금만 1억 6천2백만 원! 너무 큰 금액이었다. 인테리어, 시설비, 체인 본사 지급금 등 모두 2억 8천만 원이 들어갔다. 퇴직금과 아내가 그간 저축한 돈을 모두 모았지만 부족해서 어쩔 수 없이 나머지 돈은 은행에서 빌렸다.

건물주 대리인이자 관리인은 화해 조서 쓸 것을 요구했다. 나는 머뭇거렸다. 화해 조서가 무섭다는 것을 이미 알고 있었기 때문이다. 60대 중반 여성으로 부동산을 운영하는 건물주 대리인은 오만하게 말했다.

"여기 가게 10개 모두 쓰는 거예요. 안 쓰면 못 들어와요. 그리고 재건축 걱정은 하지 말고 5년, 10년 장사하고 월세나 제대로 내세요."

그 후 그녀는 건물주보다 더 무서웠다. 건물주는 세입자가 불가촉천민이라도 되는 듯 아예 나타나지도 않았고 여태껏 얼굴 한 번 보인 적이 없었다. 분명 있지만 흔적도 없는 보이지 않는 존재였다. 서울에 빌딩이 여러 채라고 하는데 어찌 천한 세입자를 일일이 만나시겠는가? 시간도 없으실 테고. 얼추 회장님이 이해되었다.

건물주의 권력을 대신하는 그녀는 목마르면 불쑥 커피숍에 나타나 "사장님! 아메리카노 한 잔 줘!" 그러면 아내는 웃으면서, 커피 드리는 것이 영광인 양 얼른 커피를 뽑아 바쳤다.

1년 뒤 계약 갱신이 이루어졌다.

"아이구~ 우리 회장님이 아주 난리야, 임대료 올리라고⋯. 내가 회장님한테 요즘 장사도 안 되는데 자꾸 임대료만 올리면 어떡해요, 했어. 회장님이 나보고 임차인 편만 든다고 막 뭐라 그래."

고마웠다. 다른 가게는 올리는데 우리는 장사한 지도 얼마 안되고 작은 가게라 봐주는구나 싶었다. 그러고는 말했다. "간비나 좀 줘!"

건물 관리인과 헤어져 가게로 돌아온 아내가 물었다.

"여보, 간비가 뭐야?"

"글쎄 나도 첨 들어 보는 말인데 아마 거간비를 말하는 게 아닐까."

"얼마를 줘야 돼?"

"글쎄 내 생각에는 돈 10만 원 주면 될 것 같은데 직접 물어봐."

아내가 30만 원을 현금으로 줬다고 했다. 생각보다 큰돈이었지만 그래도 임대료 오른 거보다는 다행이라고 위안했다. 한참 뒤에 안 일이지만 모든 가게의 임대료가 오르지 않았고 다른 가게에서는 50만 원씩 받아 갔다고 한다. 50평, 70평 가게에 50만

원 받았고 우리 10평짜리 가게에 30만 원을 받았으니 상대적으로 많이 준 게 되었으나 내색하지 못했다. 막강한 권력 눈 밖에 나면 안 되니까.

계약을 갱신하고 3개월쯤 지났나, 건물 관리인이 부르더니 은밀히 얘기했다.

"이 건물 재건축할지 몰라. 빨리 다른 사람한테 넘기고 치고 빠져! 다른 사람이 들어와서 조금 장사할 기간은 줘야 하잖아? 3층도 내가 얘기해서 빼 준 거야."

얼마 전에 새로운 임차인이 들어온 3층을 가리키며 말했다. 하늘이 노랬다. 그건 재건축한다는 것과 다름없는 얘기였다. 구청에 확인해 보니 건축 신고 들어온 건 없다고 하였다. 한편으로는 탐욕스러운 건물 관리인이 권리금 수수료를 노리는 수작이라는 생각이 들어 무시했다.

그러나 그로부터 8개월 뒤인 2013년 6월, 장사한 지 채 2년이 안 됐는데 재건축한다고, 한 달 말미를 줄 테니 나가라는 통보를 받고 말았다. 재건축으로 쫓겨나면 내가 투자한 2억 8천만 원 중 임대 보증금 4천8백만 원만 돌려받을 수 있다. 내가 전 임차인에게 지불한 권리금 1억 6천2백만 원과 인테리어, 시설비 등 6천만 원은 완전히 허공에 날리는 것이다.

영업 2년 만에 명도 소송장을 받고 얼마나 허둥거렸는지 모른다. 정말 지푸라기라도 잡고 싶은 심정이었다. 퇴직금 날리는 것은 물론이고 은행 빚만 남게 되는 상황이었다. 이럴 줄 알 았다면 속 편히 퇴직금 까먹고 있는 게 나았을 텐데, 젠장!

아내는 커피숍을 운영하면서 아침부터 저녁까지 열심히 일 했다. 파김치가 되어 어깨를 축 늘어뜨리고 버스에서 내려 터벅 터벅 걷는 아내를 보는 내 마음은 아렸다. 그래서 나는 자주 시 장에서 저녁을 먹고 가자고 했다. 그 말 외에는 피곤한 아내를 도울 방법이 없었다. 소주를 반주로 부대찌개나 감자탕을 먹었 다. 가끔씩은 아내가 좋아하는 회도 먹었다. 아, 이제 재건축으 로 쫓겨나면 그렇게 힘들게 고생했던 아내의 노고가 다 물거품 이 되는구나.

고위 법관 출신 변호사 친구에게 물어봐도, 체인점 본사가 소 개한 변호사에게 물어봐도, 구청에 물어봐도 내 편은 하나도 없 었다. 모두 건물주 편이었다. 정녕 대한민국은 건물주의 나라 구나. 있는 자, 기득권자의 나라구나. 직장 생활할 때 삼겹살 회 식하러 다니고 아메리카노 사 먹을 줄만 알았지, 그 이면에 피 눈물 흘리는 사람들을 보지 못한 것에 탄식이 나왔다. 억울한 사람이 경제적 약자이면 법의 보호를 받지 못하는 나라! 남의 눈에 피눈물 흘리게 하는 경제적 강자들이 법대로 하자는 나라! 법이 사회 정의를 구현하는 도구가 아니라 불의에 면죄부를 주 고 합법의 탈을 씌워 주는 나라!

나는 어리석게도 이런 일을 겪으면서 국사 수업 때 감정 없이 배웠던 조선 시대 민란을 이해하게 되었다. 오죽 호소할 데가 없었으면 무지한 백성들이 민란을 일으켰을까? 억울한 사정을 호소하는 그들에게 국가가, 법과 제도가 귀를 기울였다면 무지렁이 백성이 죽창을 들었을까? 그런데도 역사는 되풀이되고 있었다.

8월 21일 판결이 났다. 화해 조서가 발목을 잡아 항소할 수도 없었다. 건물주는 재빨리 강제 집행을 신청하였고 법원 집행관은 9월 25일 이후에는 언제라도 불시에 강제 명도 집행한다는 예고장을 발부했다. 낯빛이 창백해진 아내와 나는 그날을 기다리고 있다.

| **엄홍섭** 맘편히장사하고픈상인 모임 상임감사, 2014년 11월 |

글모음
셋

하루에 열 시간만 일하고 싶어요

하루에 열 시간만
일하고 싶어요

제가 일하는 곳은 서울에 있는 작은 모텔입니다. 프런트 직원으로 일하고 있죠. 이쪽 업계에서는 저 같은 사람들을 '당번'이라고 부릅니다. 어떤 사람은 '조바'라고 부르기도 합니다. 남자는 당번, 여자는 캐셔(cashier). 주 업무는 프런트에서 손님 응대, 객실 손님 심부름, 주차, 주말 심야 시간 객실 청소, 프런트와 앞뒤 주차장 청소 등입니다.

저는 24시간 격일제로 일합니다. 하루 24시간 일하고 다음 날 24시간은 쉬는 거죠. 식사 시간을 제외한 별도의 휴식 시간이나 휴무일은 없습니다. 저도 사람인지라 새벽에는 쏟아지는 잠을 참기 힘든데, 그럴 땐 앉은 채로 의자를 뒤로 젖히고 졸다가 손님이 오면 일어나기를 반복합니다. 만약 개인 사정으로 3일 정도 휴가를 내면, 다녀와서 3일 연속 근무를 서야 하고요.

급여는 180~190만 원, 당연히 법정 최저 임금 미달입니다. 여기는 저 말고도 객실 청소하시는 분 두 분, 세탁과 식사 담당하시는 이모님 한 분이 더 계시죠. 객실 청소하시는 분들은 부부고 이곳에서 먹고 자면서 일하시는데요, 남자는 한국 사람이고 여자는 중국 교포입니다. 이분들은 아침 9시에 밥을 먹고 9시 반부터 객실 청소를 시작하는데, 밤 11시나 11시 반까지 쉬지 않고 일합니다. 한 달에 두 번 쉬면서 두 분이 받는 급여는 합쳐서 260만 원. 한 달에 한 번도 안 쉬고 일하면 한 사람당 10만 원씩 더 줍니다. 하루에 5만 원씩 쳐서.

하루 평균 40~50개 정도 객실을 청소하는데, 평일에는 40개가 안 될 때도 있지만 주말에는 60개까지 될 때도 있습니다. 이 글을 읽으시는 분들도 집에서 방 청소하시죠? 그걸 날마다 40~50개씩 해야 합니다. 물론 객실 청소가 가정집 청소만큼 꼼꼼하지는 않습니다. 단 두 명이서 그렇게 했다가는 오는 손님들을 다 받아 낼 수가 없죠.

하지만 푹푹 찌는 여름에 먼지와 쓰레기로 범벅이 된 좁은 객실과 욕실을 청소해 대려면 흘러내리는 땀을 감당하기 힘들어지죠. 그래서 여름에는 청소하러 방에 들어가면 에어컨부터 켭니다. 그러지 않으면 숨이 턱턱 막혀서 미칠 것 같거든요. 참고로 어떤 업주분들은 청소하시는 분들의 뒤를 졸졸 따라다니며

켜진 에어컨을 톡톡 꺼 버리신답니다. 저번 달 전깃값이 50만 원이나 더 나왔다면서. 여름이라 그 정도 더 나오는 것은 당연한데 마치 다 직원들 때문인 것처럼.

조금 규모가 큰 업소에는 '베딩(bedding)'이라는 이름으로 불리며 침대 시트 씌우는 일만 하는 분들이 있습니다. 손님들이 쓰고 간 시트는 위생상 꼭 갈아 줘야 하니까요. 장사가 잘되는 업소는 하루에 세 바퀴(객실 30개 × 3 = 90개) 정도 객실을 돌리거든요. 그러면 침대 시트 갈아 씌우는 일만도 만만치 않죠. 그리고 이 일은 무거운 매트리스를 들었다 놨다 해야 해서 여성분들이 하기에는 벅찹니다.

이분들은 일 년 열두 달 주야장천 침대 시트만 갈아 씌우시는데요, 토요일 같은 경우에는 하루에 백 개 이상 갈아 씌워야 할 때도 있습니다. 이분들도 하루에 12~14시간 일하고 한 달에 두 번 쉬면서 130~150만 원 정도 받습니다. 주방 이모님들도 거의 비슷한 시간을 일하고 비슷한 급여를 받고 있죠. 다만 밥하는 게 청소하는 것보다는 덜 힘드니까 조금 형편이 나은 편이죠.

모텔에는 이런 분들이 일하고 있습니다. 대충 보시기에도 열악하다고 느껴지시나요? 그렇다고 급여가 많은 것도 아니고, 근무 시간이 길기로는 대한민국에서 일 등이라네요. 저희들이 겪는 비인간적인 일들은 수도 없지만 몇 가지만 말씀드릴게요. 숙소가 보일러실 옆에 있어서 소음 때문에 잠을 잘 수 없는 곳도 있고, 숙소가 지하에 있는데 통풍이 전혀 안돼서 숨이 막혀 잠을 못 자는 곳도 있습니다. 저녁 6시에 밥을 먹고 다음 날 오전 11시에 퇴근할 때까지 17시간 동안 천 원짜리 빵 하나밖에 주지 않는 경우도 있고, 객실 손님이 먹고 남긴 야식 반찬을 직원들 식사용 반찬으로 재활용하는 경우도 있습니다.

또 몇 달 동안 일한 부부 직원을 사전 통지 없이 밤 11시에 짐 싸서 내쫓기도 하고, 미등록 노동자를 고용한 뒤 7개월 동안 단 3일밖에 못 쉬게 하기도 합니다. 프런트에 감시 카메라와 마이크까지 설치해서 직원들의 행동뿐만 아니라 대화까지 실시간으로 감시하기도 하고, 날을 꼬박 새고 24시간을 일한 직원한테 25, 26시간까지 연장 근무를 요구하기도 합니다. 한 달에 천 대 정도 대리 주차를 해야 하는데 주차장 보험도 들어 주지 않아서 접촉 사고가 나면 몽땅 직원이 책임지게 하는 것까지, 말로는 다 못할 일들이 정말 많습니다.

근로 계약서는 엄두도 못 냅니다. 얼마 전에 급여를 통장으로 입금해 달라고 했더니 두 달 정도는 입금해 주더군요. 그런데 어제 사장님이 "필요하면 네가 네 통장으로 입금하면 되잖아" 하면서 다시 현금으로 주더군요. 도대체 무슨 말인지. 내가 내 통장에 입금하면 그게 무슨 급여 통장이겠습니까? 저는 제가 직장에 다니고 있다는 것을 아무것으로도 증명할 수 없는 처지가 됐습니다. 급여 통장 하나 만들기가 이렇게 어려운 건지 몰랐습니다. 직원들이 전부 다 급여를 현금으로 받습니다. 그런데 웃긴 건 사장님이 은행 간부 출신이라는 거죠.

저희들의 바람은 딱 세 가지입니다. 첫째는 근로기준법을 지키라는 겁니다. 법정 최저 임금을 보장하고 부당하게 해고하지 말라는 거죠. 둘째는 인간답게 먹고 잘 수 있는 식사와 숙소를 보장해 달라는 겁니다. 그리고 마지막 셋째는 직원들에게 모욕을 주는 언행을 하지 말아 달라는 겁니다.

저희들은 많이 배우지도 못했고, 별다른 기술도 없는 사람들입니다. 어떻게 보면 요즘같이 어려운 때에 일자리를 가질 수 있다는 것만으로도 감사하죠. 하지만 근로기준법이 노동자들에게 일을 시키면서 꼭 지켜야 하는 최저 기준이라면, 적어도 그 기준에는 맞는 대우는 받고 싶은 것입니다.

저희들의 꿈은 하루에 10시간만 일하고 한 달에 네 번 쉬는 겁니다. 격일로 일할 때 새벽에 서너 시간 정도는 수면 시간이 있으면 좋겠고, 한 달에 하루씩 월차를 쓰고 명절 때는 연차를 쓸 수 있으면 좋겠습니다. 그러면 정말 일할 만할 것 같습니다. 아직은 너무 멀게만 느껴지는 이야기지만, 저희들의 바람은 그것뿐입니다.

| 박찬열 숙박업 노동자, 2010년 5월 |

또다른 세상을 만드는 것이 정말 불가능한 일일까요?

정리해고,비정규직없는 세상을 향한 희망발걸음으로
뚜벅뚜벅 함께 걸으며 희망의 세상을 만들어 보아요~

| 이동수 시사만화가, 2012년 3월 |

이젠
떠나고 싶다

나는 서울에서 14년째 시내버스 기사로 일하고 있다. 지난해 7월 말 무더위가 한창일 때, 회사에선 다들 여름휴가를 간다고 한창 떠들썩할 때다. 예전 같으면 나도 휴가 계획을 잡았을 텐데, 모든 게 재미없고 심드렁해서 몇 년째 휴가를 가지 않고 일만 했다. 그때 마침 친구가 전국귀농운동본부에서 주관하는 여름생태귀농학교를 가자고 했다. 막연히 언젠가는 시골에서 살아야겠다는 생각을 늘 하고 있었기 때문에 그 말을 듣자마자 생각할 것도 없이 같이 가겠다고 했다.

충남 홍성에 있는 교육관에서 아침 6시에 일어나서 밤 11시에 잠자리에 들 때까지 '빡센' 교육을 받았다. 20대 대학생부터 60대 '누나'까지 같은 생각을 가진 사람이 모였기 때문에 누구하고 이야기를 해도 좋았다. 밤늦도록 삼삼오오 모여 술잔을 기울이며 세상 돌아가는 이야기를 나눴다. 뜻깊은 4박 5일의 짧은 시간이 지나고 수료증을 받을 때 기분이 참 묘했다. 빨리 귀농을 해야겠다는 조급함, 설렘, 그리고 언제쯤 귀농할 수 있을까 하는 현실적인 고민 등 복잡한 생각이 들었다.

2주 뒤 일요일, 회사 안 친목 모임이 있었다. 이런저런 얘기를 나누다 얼마 전 버스에 설치한 CCTV 얘기가 나왔다. 관리자들은 CCTV에 녹화된 화면을 보고 '인사가 미흡하다', '복장이 불량하다', '인사하는 목소리가 작다', '손님의 물음에 친절히 대답하지 않았다' 하고 기사들을 불러들여 잔소리를 했다. 그래서 사람 피곤하게 하는 CCTV는 없애야 한다는 말과, 사고가 일어났을 때 잘잘못을 가릴 수 있는 증거가 되니 어느 정도의 사생활 침해는 받아들여야 한다는 말들이 오고 갔다.

실제로 승객이 일부러 넘어져 아프다고 하면서 입원을 하거나 돈을 요구하는, 이른바 '할리우드 액션' 장면이 CCTV에 찍혀서 뉴스에 방송되기도 했다. 하긴 요즘 CCTV 없는 곳이 어디 있을까? 하도 못 믿을 세상이니. 결론 없는 얘길 뒤로하고 내일 새벽일을 위해 헤어졌다.

8월 중순 어느 날 정오 무렵 무더위와 싸워 가며 운행에 나섰다. 한 정류장에 도착하여 승객이 타고 내렸다. 그런데 60대 중반의 남성 한 분이 버스에 오르면서 교통 카드를 찍는 순간, 중심을 잃고 뒤로 넘어지면서 도로 경계석에 뒷머리를 부딪히는 사고가 일어났다.

왼손으로 버스 안에 있는 기둥을 잡으려고 했지만 잡지를 못했고, 맨 앞에 앉은 여성 승객도 그 남성을 잡으려고 했지만 허망하게 옷깃만 스치고 잡지 못했다. "어어…!" 하는 소리와 함께 "퍽!" 하고 쓰러졌다. "아저씨! 아저씨!" 하면서 흔들어 봤지만 이미 의식이 없었다. 손의 느낌이 이상해서 보니 왼팔이 의수였다. 채 1분도 되지 않아 입과 코에서 피가 쏟아지기 시작했다. 머릿속이 하얘지면서 두려움이 몰려왔지만 급히 119, 112에 신고를 했다.

119 구급차에 실려 가는 것을 보고 사고 조서를 꾸미기 위해 경찰서로 갔다. 차 안에서 경찰관이 피가 밖으로 터져 나온 걸 보니 괜찮을 거라고 위로의 말을 건넸지만 괜찮지 않다는 걸 직감할 수 있었다. 사고 처리를 위해 회사 관리 직원이 와서 "많이 놀랐죠?" 하고 위로의 말을 한다. 평소에는 잔소리를 하고 밉살스럽기만 하던 사람인데 상황이 상황인지라 고맙다는 생각이 들었다.

회사 동료 광옥이 형도 부랴부랴 달려와서는 크지도 않은 두 눈을 동그랗게 뜨고 "CCTV에 그때 상황이 잘 녹화됐으니까 걱정 마라" 한다. 그 얘길 들으니 눈물이 핑 돌았다. 그 형이 차를 차고지에 갖다 놓고 사고 현장을 청소해 줬고 진심으로 위로의 말을 해 줬다. 고마운 광옥이 형…. 잊지 않을 것이다.

온갖 생각들이 머릿속을 맴돌았다.

'만약에 잘못되면 어떡하지? 어머니한테는 뭐라고 하지? 아파트 대출금도 남았는데…. 마이너스 통장도 있고…. 운전자 보험도 없는데 합의금은 어떻게 마련하지?'

괴로웠다. 잘나지 못한 나를 원망하고, 한탄하고, 자책도 해 봤지만 아무리 그래도 답이 없었다.

간신히 마음을 추스르고 3일 만에 다시 운전대를 잡았다. 사고 현장을 지나칠 때마다 '씨팔!' 울고 싶었다. 아니, 가슴으로는 울고 있었다.

그 사람은 몇 번이나 수술을 받았지만 13일 만에 끝내 세상을 뜨고 말았다. 장례를 치른 뒤 담당 경찰관이 사고 보고서를 올렸는데 재조사하라는 검사의 지시가 떨어졌다. 1주일 뒤 사고 보고서를 다시 올렸다.

결과는 "공소권 없음". 무혐의 판정을 받았다. 한 달 가까이 그 결과를 기다리면서 정말 피가 말랐다. 승객이 타고 내릴 때 차의 움직임이 없었다는 것을 증명하는 데 CCTV가 결정적인 역할을 했던 것이다.

휴…. 혐의는 벗었지만 마음이 무거웠다. 돌아가신 분의 명복을 빌며, 아울러 유가족분들께도 진심 어린 위로의 말을 전하고 싶다. 부디 편히 쉬시라….

이젠 떠나고 싶다. 회색 도시를, 번잡함을, 시끄러움을 벗어나 자연에 순응하며 자립하는 '생태 귀농' 그날을 위해 난 달리련다. 그 끝이 어디고 얼마만큼 달려야 할지 모르지만, 난 오늘도 달리련다. 부릉! 부릉! 부우웅!

| **이병욱** 버스 기사, 2010년 8월 |

난
하녀가 아니다!

"그 왜 키 요만 하고, 예쁘게 웃고, 늘 친절하게 대해 주시던 분은 요즘 통 안 나오시네요?"

손님이 또 자루를 찾는다. 어깨 높이에서 손을 좌우로 저으며 키를 맞추는 걸 보니 키 작은 자루가 맞다. 개업할 때부터 홀 매니저를 하던 자루가 그만둔 지 일 년이 다 돼 가는데, 이 손님처럼 아직도 자루를 찾는 사람이 많다.

그럴 때마다 난 표정 관리가 안 된다. 그 말이 나한테는 꼭 이렇게 들리기 때문이다. 지금 자루 자리에 서 있는 나는 키만 크고(내 키는 한국 여자 평균 키를 조금 웃도는데 밥집 일꾼들이, 아니 '이 바닥' 여자들이 워낙 짜잘하다 보니 키 크다 소릴 종종 듣는다), 살짝 기분 나쁘게 웃고, 기분 좋을 때나 친절하지 대체로 불친절한 사람이라는 뜻으로 말이다. 자격지심이라고? 아니다. 손님 입장에서 보자면 나는 매우 불친절한 홀 매니저다.

자루가 일할 때 나는 주방에서 조리를 했다. 누가 뭐래도 내가 조리한 음식은 완벽했다. 종종 손님으로부터 음식에 대한 타박을 들었지만, 그건 어디까지나 그 손님 입맛이 까다로운 거지 내 잘못은 결코 아닌 거다. 자격증도 없는 무면허 조리장이면서도 꼿꼿하게 어깨에 힘주고 큰소리치던 나였다. 그런 내가 자루의 뒤를 이어 그놈의 홀 매니저를 하면서부터는 계속 바닥을 긴다. 시간이 지나도 이 일에 요령이 붙질 않는다.

에니어그램 7번 유형, 삶에서 재미와 흥미를 추구하고 잔머리 굴리기에 능한 머리형에, 호기심 많고 금방 싫증 내고 자기밖에 모르는 이기적 인간인 혈액형 B형에, 게다가 빈둥빈둥 돌아다니고 열심히 살만 찌워 초복날 제 한 몸 아낌없이 바치던 오뉴월 개띠다. 딱 조리사가 제격인데, 그런 내가 밥집 전체를 두루 챙기는 역할을 맡았으니 여러 사람이 괴롭다.

재료 주문, 회계, 세금 처리, 밥집 식구들 챙기기만으로도 머리가 터질 것 같은데, 설거지하다가도 불러 젖히는 손님들 응대해야지, 항상 웃는 낯으로 죄송합니다, 고맙습니다, 어서 오세요, 안녕히 가세요 인사해야지…. 진짜로 체질에 안 맞는다.

나는 칼국수를 하도 좋아해서, 처음 밥집을 열었을 때 칼국수를 너무 좋아하다 못해 이젠 아예 칼국숫집을 열었냐는 소리까지 들을 정도였다. 밥 먹을 땐 개도 안 건드린다는데, 그렇게 좋아하는 칼국수를 느긋하게 앉아 먹으려고만 하면 손님이 문을 열고 들어온다. 결국 나중에서야 퉁퉁 불어 버린 칼국수를 먹는다. 이름하여 '칼국수 징크스'.

모두들 나를 탓한다. 손님이 오시면 열 일을 제쳐 두고 반갑게 맞이해야지 자기 먹는 게 중요하냐고, 그래서 넌 틀려먹었다고…. 다 맞는 소리다.

하지만 밥 먹고, 신문 보는 그 잠깐의 시간조차 자유롭고 편안할 수 없다면 너무 비참하다. 서양식 레스토랑이나 일식집에서는 가능한 브레이크 타임제(저녁 장사 준비를 위해서나, 일꾼들의 휴식을 위해서 낮 3시 전후부터 약 두 시간쯤 문을 닫는 제도)가 한식당에서는 거의 불가능하단다.

그놈의 '손님이 왕'이라는 인식 때문이다. 왕이면 제때에 맞춰서 식사들 좀 하시지. 그리고 손님이 왕이면 난 뭐 하녀가?

물론 우리 손님 중에 왕 대접 받으려고 오는 사람은 거의 없다. 이미 우리에 대해 알고 찾아오는, 기본이 갖추어진 사람들이다. 단, 아주 몇몇 사람은 지가 왕인 줄 안다.

고함을 지르며 밥집을 뛰어다니는 아이들, 방바닥과 방석에 칼국수 면발을 으깨 놓는 아이들을 데리고 왔다 가면서도 제대로 치우지도 않고 미안하다 말 한마디 안 하는 철없는 부모들이 그 왕이다. 앉은자리에서 카드 쓱 내밀고 계산이나 하라며 턱으로 말하는 점잖은(?) 왕, 말로는 친환경 친환경 하면서 휴지 마구 뽑아 쓰고 아무렇게나 버리는 무개념 왕, 공기 좋은 데서 밥 먹으려고 차 몰고 여기까지 왔는데 주차하기 너무 힘들다고 타박하는 이기적인 왕. 그리고 음식 바뀔 때마다 앞접시 바꿔 달라고 깔끔 떠는 왕은 진짜 머리를 한 대 쥐어박고 싶다. 자기가 설거지하는 자기 집에서나 그럴 것이지.

몇 개월 동안 홀 서빙 알바를 하던 대학생 수영이는 가끔 주방으로 들어와 김치냉장고 앞에 서서 한숨을 쉬곤 했다. "나보고 자꾸 몇 살이냐고 물어보고 반말 해. 이모, 내가 워낙 어려 보이니까 내가 만만한가 봐. 손가락질하면서 불러." 그러다가도 손님이 부르면 다시 웃으면서 "네!" 하고 뛰어나간다. "니가 너무 싹싹하니까 오히려 무시하나 보다. 진짜 나쁜 사람들이지. 강한 사람 앞에서는 끽소리도 못할 거면서 말야. 니 잘못은 아니지만 앞으론 정도껏 해라. 넌 하녀가 아니잖아" 하고 말하면서도 덩달아 속이 상했다. 천성이 착한 수영이는 일을 그만둘 때까지 혼자 삭였다.

그래서 난 안 그러기로 했다. 앞에서든 뒤에서든 할 말 다 하기로 했다. 대신 정중하게, 완전 친절하게, 목소리는 낮게 깔고, 짧고 강렬하게 말했다. 무엇보다 살짝, 아주 살짝만 웃어 주면서 말이다.

"얘들아! 너희가 갖고 논 장난감은 너희가 치워야지. 책도 제

자리에 놓고. 왜냐하면 그건 너희들 물건이 아니거든. 여기 온 다른 친구들이랑 함께 쓰라고 갖다 놓은 이 아줌마 거란다."

"다른 손님들이 불편해하시니까, 아이들은 부모님이 챙겨 주세요."

"저희는 주차장이 없습니다. 근처 유료 주차장을 이용하세요. 주차비는 저희가 내 드리지 않습니다."

"곧 시원해질 겁니다. 에어컨은 잘 돌아갑니다. 좋은 산에 다녀오신 분이 왜 그렇게 화를 내십니까?" 이렇게 말이다.

그래서 오늘도 손님들은 자루를 찾는다. 그럼 자루는 하녀였을까? 자루는 웃음으로 세상을 환하게 만드는 초능력을 갖고 있다. 난 흉내조차 낼 수 없는. 그래서 자루는 영원한 웃음의 여왕이다.

그런가 하면 자루처럼 스스로 왕이 된 손님도 있다. 바쁘고, 다른 데 정신이 팔려서 제대로 못 챙겨 드린 손님이 계산하고 나가실 때 "다음에 오시면 잘 챙겨 드릴게요. 죄송합니다" 하고 인사드리자, 그 손님 왈 "지금도 충분하십니다. 더 넘치면 불편합니다." 아! 날마다 이런 왕만 만나고 싶다!

| **고희라** 재미난밥상 일꾼, 2011년 3월 |

씨발,
동장 나오라 그래!

"네가 지금 세금 받아 처먹고 앉아서 하는 일이 대체 뭐야! 어? 여기 책임자 나오라 그래! 씨발, 동장 나오라 그래!"

"선생님, 죄송합니다. 지금 동장님이 안 계셔서요. 일단 여기 좀 앉으시고 고정하세요."

"아, 됐어! 넌 됐고 동장 나오라 그래! 동장!"

내 일터인 주민 센터 민원실에서 가끔 볼 수 있는 풍경이다.

속사정은 이렇다. 신분증 없이 서류를 발급해 달라고 하면 안된다고 한다. 그래도 통사정을 하면 본인 확인을 철저히 한 후에 서류를 떼어 준다. 그런데 인감은 얘기가 다르다. 인감이라는 서류 자체가 워낙 재산 문제와 관련해서 많이 쓰인다. 함부로 발급했다가 사고 터져서 구상권 청구(다른 이의 빚을 갚게 된 사람이 그이에게 반환 청구를 할 수 있는데 이 경우 연대 책임이 있는 공무원에게도 배상금을 청구할 수 있다.)가 들어오면 공무원은 그 야말로 인생 조지는 거다. 보험에 들었다 한들 보상 금액이 얼마 안 되니 나머지는 월급에서 까 나가야 한다. 퇴직할 때까지 갚아도 못 갚는 경우도 있다.

공무원도 그렇지만 민원인은 민원인대로 다른 사람이 인감을 도용해서 사고가 터지면 그거 해결하느라고 생난리가 난다. 있는 사람이야 덜하겠지만 가뜩이나 없이 사는 사람들한테 돈 몇백, 몇천만 원은 엄청난 금액이다.

상황이 이러니 인감만큼은 신중에 신중을 기해서 발급한다. 본인 인감을 발급해 달라고 해도 신분증 없이는 절대 안 되고 남의 인감을 발급해 달라고 하면 반드시 위임자 신분증이 필요하다. 이건 예외고 뭐고 없다. 간혹 가다가 도장만 가지고 와서 가족이나 다른 사람 인감을 발급해 달라고 하는 사람이 있는데 이래저래 해서 안 된다고 안내를 한다. 그러면 알았다고 하고 가는 사람이 있는가 하면, 그런 법이 어디 있느냐고 생짜로 우기는 사람이 있다.

이 사람들은 우기는 공식이 있다. 처음엔 웃으면서 한 번만 봐 달라고 한다. 그래도 안 되면 슬슬 언성을 높인다. 그것도 안 되면 회유를 한다. 자기가 아는 사람이 누구누구고 내가 어떤 사람이니 이번 한 번만 해 달라. 참 웃기지도 않는다. 아니, 지금 지가 누구인지가 왜 나오고 지가 아는 사람이 누구인지는 또 왜 갖다 붙여. 끝까지 안 된다고 하면 이제는 완전히 본색을 드러낸다.

"야! 민원인 편의를 봐주는 게 공무원이지 네가 거기 앉아 있다고 공무원인 줄 알아? 세금으로 월급 받아먹는 주제에! 여기 책임자 누구야! 어! 씨발, 동장 나오라 그래!"

도저히 이해를 하려야 할 수가 없다. 도대체 머릿속에 뭐가 들었길래 저럴까 싶다. 속이 터져서 곰곰이 생각해 보니 저 인간이 왜 저러는지 알 것도 같다. 소리 지르고 높은 사람을 찾고 해서 안 되는 걸 되게 했던 경험이 있는 사람인 거다. 처음엔 안 된다고 해도 누구 이름 대면 다 되더라. 목소리 큰 사람이 이기더라. 이런 말도 안 되는 경우가 사회적으로 통하니까 그러는 거다. 안 되는 건 안 되는 거. 앞뒤 가려서 융통성 있게 해도 되는 경우도 있지만 엄격히 지켜야 하는 건 무슨 일이 있어도 무조건 지켜야 하는 거. 이런 사회적 합의가 없으니 저 지랄 아닌가 말이다. 올바른 사회라면 최소한의 원칙은 지켜져야 하고 사회 구성원 모두 그 원칙을 준수하려고 노력해야 한다. 비록 각자 손해를 좀 볼지라도 말이다.

머릿속으론 이런 생각을 하면서 간신히 끓어오르는 부아를 참고 있는데 이놈의 인간이 아주 끝까지 간다. 때마침 등장하신 동장님한테 가서 직원 교육 똑바로 시키라고 아주 큰소리다. 그러면서 또 인감을 발급해 달라고 한다. 참 대단하다, 대단해. 으이구….

동장님이 부르신다. 인감을 다른 사람이 발급할 수 있냐고 물어보신다. 신분증하고 도장 지참하고 위임장 쓰시면 발급 가능하다고 수십 번도 더 한 안내를 또다시 한다. 신분증 없이는 절대 안 되냐고 하신다. 당연히 안 되지. 될 거 같았으면 이 난리 피우기 전에 얼른 발급해 줘 버리지 뭐하러 이러고 있었을까. 관련 법을 가지고 오라고 해서서 얼른 가지고 갔다.

돌아가는 꼴을 보아 하니 동장님도 나랑 한통속이라 생각했는지, 길길이 날뛰던 민원인은 이제 말도 안 되는 소리를 한다. 법이 꼭 그렇게 하라고 있는 거냐고 한다. 참 나 무슨 소리냐. 법이 그럼 지키라고 있는 거지 어기라고 있는 것인감? 물론 거지 같은 법도 많지만 인감 제도는 인감 관련 사기가 하도 많아서 선량한 시민들 재산 지켜 주려고 점점 더 보호되고 강화되는 쪽으로 개정되고 있다. 사실 인감 제도가 없어져도 좋으련만 없어질 때까지는 인감 사고 피해자가 생기지 않도록 최선을 다하고 있는데 대체 당신은 어찌하여 이러시는 게요. 이보시오. 제발 좀 그만하시고 돌아가시오!

결국 그 민원인은 화를 내 봤자 본인 목만 아프다는 사실을 깨달았는지 가만있지 않겠다고 끝까지 협박하며 대한민국 공무원들을 싸잡아 성토한 후 쿵쾅거리면서 주민 센터를 떠났다.

위메, 정신없는 거. 맞아 본 적도 없는 폭격을 맞은 거 같다. 목소리는 어찌나 큰지 저런 사람들은 평소 복식 호흡에 발성 연습을 하나 보다. 무슨 연극배우 같다. 귀가 왕왕 울린다. 둘레에 선 그래도 위로랍시고 "저 정도 민원은 아무것도 아니야. 몇 날 며칠을 찾아오는 민원인도 있고 앞으로 공무원 생활 하다 보면 더 심한 사람도 많이 만나니까 잊어버려" 하고 한술 더 뜬다. 저 정도는 애교라 이거지. 으이구, 내 팔자야. 아무래도 도를 닦든지 해야 쓰겠다.

아무 일도 없었다는 듯 민원인들은 하나둘 찾아오고 주민 센터는 다시 북적댄다.

'우라질 놈의 인감. 없어진다더니 그게 대체 언제냐고.'

괜히 애꿎은 인감한테 구시렁거리면서 마음을 다잡고 일에 몰두하려고 하는데 뉴스에서 공무원들이 저지른 비리 소식이 흘러나온다. 자기네끼리 몇 년간 뇌물을 얼마를 받아먹었고 그 대가로 누구를 봐주고 관련 사업은 부실이 되고 어쩌고저쩌고…. 나도 모르게 내 입에서도 줄줄 푸념과 욕지거리가 새어 나온다.

"도대체 저런 인간들은 뭐하는 인간들이냐. 확 모가지를 잘라 버려야 돼. 삼대가 공무원 시험에 응시하지 못하게 해야 된다니깐. 나라가 어찌 되려고 공무원들이 저 모냥인지. 아주 내가 낯 뜨거워서 어디 가서 공무원이라고 하고 다니지를 못하겠다. 몽

땅 감옥에 처넣고 재산 환수를 해야 돼. 아니지, 먹은 돈의 세 배를 갚게 해야 된다니깐. 근데 뭐가 어쩌고저쩌? 고작 구속 수사? 씨발, 대통령 나오라 그래!"

| **서애련** 서울 글쓰기 모임 회원, 2011년 7월 |

여기 아니면
일할 데 없을 줄 알고?

"사장님, 내가 그렇게 못마땅하면 차라리 그만두라고 나한테 직접 얘기를 하지 남자가 왜 뒷담화하고 다니세요? 깔끔하지 못하게."

"술 마시고 세인 씨 자랑을 하려고 했던 게 험담을 해 버린 게 됐네."

"그러니까 왜 그런 말을 하고 다니세요? 나보고 어쩌라고. 내가 틀린 말 한 것도 아니고 못된 행동 하지도 않았는데…. 사장님, 이번에 나도 다른 일자리 찾을 거니까 사장님도 다른 주방장 구하세요. 이렇게 그만두는 건 예의가 아니지만 나도 어쩔 수 없네요."

화가 나서 말을 쏟아 냈다. 그러자 사장이 다급한 목소리로 말한다.

"세인 씨, 세인 씨, 야, 세인아, 나랑 좀 더 이야기하자. 어? 이틀 쉬고 월요일에 출근해. 알았지? 기다린다."

내가 일하고 있는 식당의 사장과 나는 요리 학원에서 만난 친구 사이다. 함께 일한 지 8년이 넘었다. 조리실장으로 열심히 일했다.

우리 식당은 올해 초부터 토요일에 쉬기로 했다. 토요일 휴무로 명절 떡값을 없앤다는 말을 해서 그것 가지고 사장과 조금 싸웠다. 그리고 떡값은 절반이나마 받는 것으로 마무리됐다.

그런데 토요일에 쉬기로 해 놓고 막상 손해 보는 생각이 드는지 사장이 걸핏하면 툭툭 한마디씩 했다. "만약에 도시락 주문이 있으면 토요일에도 출근을 해야 한다. 예약이 있으면 나와야 된다", "(사장의) 친구 모임을 여기서 해야겠다"라는 말을 할 때마다 원래 뒤끝이 있는 사장이라 그러려니 했다.

가끔 사장이 다른 식당 이야기를 하곤 했다. 식당 사장들끼리 술 마시다 보면 주방장들 이야기가 주로 나오나 보다. 중화요리를 만드는 주방장은 월급도 많은데 툭하면 출근을 안 해서 속을 썩인다고 하고, 또 여자 주방장은 아이들 학교 문제와 시댁, 친정 일 핑계로 자주 출근을 안 한다는 등 사장들이 그런 일로 골치를 앓는다는 말을 하곤 했다.

그리고 며칠 뒤다. 나랑 일하기 불편하다고 그만뒀으면 좋겠다는 소리가 들렸다. 몇 년 동안 같이 일해 보니까 야무지게 일하는 건 맘에 들지만 사장을 이겨 먹으려고 하는 건 싸가지 없다고. 나는 사장한테 따졌다.

"내가 그렇게 못마땅하면 차라리 그만두라고 말하지."

"누가, 누가 그래? 어?"

"그런 말을 본인이 하고서 다른 사람 탓하면 안 되죠. 안녕히 계세요."

찜찜함을 뒤로한 채 가게를 그만뒀다. '내가 여기 아니면 일할 데가 없을 줄 알고? 아쉬운 사람은 너지! 내가 아니야.' 사장하고 싸우고 일터를 박차고 나오고야 말았다.

어느 식당 주방장이 월급 타고 안 나왔다는 그런 말 듣기 싫어서 8년이 넘게 결근 한 번 안 하고 일을 했는데 한순간에 그만둔다는 말을 뱉어 버렸다. 사장에게 서운하기도 하고 화가 난 내 자신을 누르지 못했다.

바로 다음 날 인터넷을 뒤졌다. 찬모를 구한다는 문구를 봤다. 거기에 내 연락처를 남기자 면접 보러 오라는 연락이 왔다. 평소에 일해 보고 싶다는 생각을 했던 호텔이라 마음에 들었다. 나는 면접을 보기 위해 평소에는 하지 않던 눈썹 마스카라 화장까지 하고 나갔다.

"안녕하세요? 김세인입니다."

"네. 이쪽으로 오세요. 이력서와 자격증 가져오셨죠? 한식 자격증은 올해 따셨네요. 한곳에서 이렇게 오래 했는데 왜 그만뒀어요?"

별것도 아닌데 물어보는 것 같아 그 질문에는 대답을 안 했다.

"오늘 반가웠습니다. 내일 전화가 갈 겁니다."

다음 날 손전화를 통해 면접 봤던 사람의 목소리를 들었다.

"오래 기다리셨죠? 다음 주에 출근해서 ○○를 찾으세요."

초조한 마음으로 기다렸는데 기쁜 마음보다는 걱정을 덜었다는 생각을 했다. 왜일까? 에휴, 나도 모르겠다. 시골이나 다녀오자. 오랜만에 엄마 아빠가 잠든 곳, 절에 갔다. 거기서 밥도 먹고 부처님 앞에서 천 배도 하고 스님이랑 다과상 차려 놓고 앉았다. 차를 마시는데 스님께서

"보살님 근심 있는 거 툴툴 털고 올라가세요. 빈틈없이 처신하려고 하지 말고 누운 풀처럼 자세를 낮추세요. 왜 스스로 가슴을 후비세요. 제가 내일 격포에 갈 일이 있는데 차로 태워다 줄 수 있어요."

"스님께선 어떤 일로 가시게요?"

"오랜만에 바다도 보고 소주 한잔해야겠어요."

바다를 보면서 갈치조림에 소주 한잔하고 복잡하던 내 마음도 한 꺼풀 벗겨서 바다에 던졌다. 손전화기를 열어 보니 사장이 보낸 음성 메시지가 몇 개 들어와 있다.

"세인 씨, 왜 월요일에 출근 안 했어? 많이 기다렸는데. 몸이

아픈 건 아니지? 그렇게 나가면 너 마음도 안 편하잖아. 고집부리지 말고 이제 나와라. 내가 잘못했으니까 화 풀고 다시 같이 일하자. 혼자 나오기 부끄러우면 내가 모시러 갈까요?"

나는 손전화로 문자를 확인하고 대꾸도 안 했다. 며칠 동안 연락을 안 했더니 또다시 음성 메시지가 들어와 있다. 제풀에 꺾이겠지 했는데 집요하게 나온다.

문자가 와도 대꾸도 없이 며칠을 보냈다. 사장은 속이 타나보다. 집에 있을 때 문자가 왔다. "나 수유동에 왔으니까 호프 한잔하자. 너 나올 때까지 기다린다."

더 이상 못 참고 왔구나 싶어 못 이기는 척 나갔다. 내 친구가 장사하는 호프 가게로 갔다. 사장 얼굴이 야위어 보인다. "실연당한 사람처럼 얼굴이 왜 그래요?" 나도 모르게 눈물이 핑 돈다.

"네가 나 배신 때렸잖아."

"뭐라고요? 내가요? 누가 들으면 불륜인지 알겠네. 말조심하세요."

"세인아, 나랑 같이 일한 지가 8년이면 적은 세월 아니다. 너라고 해서 미안한데 우리는 친구니까 편하게 얘기하자. 내가 너미워한 건 아니야. 다만 서운해서 그랬어. 너는 항상 내 편인 줄 알았는데 그때 직원들 감싸 주고 나한테 심하게 대꾸한 게 괘씸했었어."

"내가 내 마음대로 토요일 휴무 결정한 거 아니잖아. 사장님이 검토해 보고 나서 어느 쪽이 현명한지 충분히 생각하고 결정하고 나서 말한 거잖아. 휴무에 대한 검토는 나보고 하라고 해놓고 내 뒤통수 친 거는 사장님이잖아. 나도 지혜롭게 하지 못한 게 아쉬웠어. 하지만 물에 물 탄 것처럼 맹숭맹숭하게 넘기는 건 내가 싫어."

"내가 너를 처음부터 가르쳤는데 다른 식당에서 그 기술 써먹는 꼴도 못 보겠고, 나도 너 없으니까 힘들고, 손님들도 음식 맛이 다르니까 주방장 바뀌었냐고 야단이다. 대답해 줘라. 어? 일주일 동안 속 탄 거 보상해 줘라. 응?"

오래 같이 일한 사장의 마음을 애타게 하는 것도 몹쓸 짓 하는 거 같고 내 자신도 새로운 식당에서 적응하는 것도 두려웠다. 결국 내가 일하던 주방으로 다시 돌아갔다.

| 김세인 식당 노동자, 2011년 10월 |

착한 고객님은
없으신가요?

"365일 내내 싸게 팝니다."

이 문구에 대한 책임은 전적으로 매장에서 일하는 직원들이 떠안고 있습니다. 아침부터 영업부는 2교대 내지 3교대로 상품을 진열하고, 행사 내용을 확인하며, 구매를 유도합니다. 저는 대형 할인점에서 근무하는 계산원이기에 아침부터 시간대별로 계산대를 열어 구매하는 제품의 계산을 돕습니다. 단순 계산 업무이기에 비정규직으로 저임금을 받고 있지만, 하루도 같은 날이 없습니다.

계산원이 제일 싫어하는 날은 명절입니다. 고객이 많고 구매하는 물건의 양이 많기도 하지만 선물 세트를 포장하는 20원짜리 선물용 봉툿값 때문입니다.

20원은 선물 세트에 포함된 금액도 아니고, 환경 보호 차원에서 실시하는 정책임에도 불구하고, 매번 명절 때마다 봉툿값 때문에 물건을 던지기도 하고, 심지어는 반품을 하거나, "여태 지불한 적 없는데, 왜 당신만 받느냐"는 트집을 잡기도 합니다. 즐거워야 할 명절에 우리는 한숨 푹푹 내쉬면서도 항상 웃으며 응대해야 합니다.

　이렇게 온종일 시달리고 퇴근하는 길에 명절 음식 준비를 위해 장을 보고(재래시장이 훨씬 싸다는 걸 피부로 느끼기 때문에 주로 재래시장에서 봅니다.) 파김치가 된 몸을 이끌고 시간 날 때마다 음식을 준비합니다. 우리도 다른 사람들처럼 주말에 쉬면서 가족과 함께 지내고, 명절 때에는 음식 준비해서 마음 편하게 즐기고 싶습니다.

　그런데 매장은 365일 내내 열어야 하기 때문에 가족들을 뒤로하고 다시 일터로 나가야 합니다. 어떤 동료들은 출근하기 때문에 본인을 제외한 식구들을 친척 집으로 가라고 했다며 쓴웃음을 짓습니다.

　이렇게 열심히 일한다고 나름 애쓰며 사는데 이상한 고객(진상 고객이라 부릅니다.)한테 걸리면 그날은 눈물 빼는 날입니다.

　예전에 장바구니를 가져오면 50원씩 물건값에서 할인을 해주던 어느 날, 술을 먹고 매장을 찾으신 건지 커피 1박스와 껌, 건전지를 사면서 장바구니 3개를 할인해 달라던 고객이 있었습니다. 제품 양이 많지 않아서 2개 할인으로 해 드리겠다 했더니 다짜고짜 커피 박스를 계산원 얼굴에 던지는 바람에 계산원이 쓰러지는 사건이 있었습니다.

그 후유증으로 그이는 병원에 입원해 외상 치료와 심리 치료를 받았습니다. 그리고 한동안 우리 계산원들은 고객들이 두려워 제대로 웃지도 못했습니다.

이건 다른 매장에서 있었던 일인데, 계산대를 지나가며 계산된 제품인지 확인차 물어봤다는 이유로 자신을 도둑 취급했다고 소리 지른 일도 있었습니다.

계산원이 오해하셨다면 죄송하다며 규정에 대해 양해를 구하는데도 가족들까지 동원해서 몇 시간 동안 온갖 횡포를 부리더니 마침내 조퇴하는 계산원 뒤를 쫓아 탈의실에서 일방적으로 온갖 욕설을 퍼붓고 구타까지 한 손님도 있었지요.

결국 그 계산원은 간신히 기어 나와 집이 아닌 병원으로 가야했습니다. 회사는 착한 직원 착한 서비스를 강요하는데, 어찌 우리 주위에는 따뜻한 마음을 가진 착한 고객님은 없으신가요?

새해도 밝았습니다. 올해에는 착한 고객님과 더불어 일한 만큼 보상받아 모두의 행복이 실현되었으면 좋겠습니다.

| 김선영 마트 노동자, 2012년 3월 |

유리 천장을 깨려면
어떻게 해야 될까요?

"증권 회사에서 인정받는 여직원이 되려면 어떻게 해야 될까요? 뿌잉뿌잉~."

"다른 거 필요 없어요. 절대 여성인 척하지 않으면 돼요. 무급인 생리 휴가보다는 유급인 연차 휴가를 꼭 먼저 사용하고요. 아침 일찍 나와서 부장님 책상도 닦아 놓고 화분에 물도 주고요, 남자 동기보다 승진이 좀 늦어도, 소문과 달리 저임금이라도 불평하지 마세요. 그리고 영업을 너무 잘하면 '욕심 많고 독한 여자'가 되니까 주의하시고요. 결혼을 해서 출산을 하게 되면 절대 육아 휴직 쓰지 마시고 출산 휴가도 끝나기 전에 미리 출근한다면 인정받는 증권사 여직원이 될 거예요. 뿌잉뿌잉~."

요즘 유행하는 개그 코너로 패러디한 증권 회사 여직원들의 현실이다.

나는 입사한 지 25년 차, 직급은 과장이다. 남들이 보면 베테랑 증권사 영업 직원이지만 노동조합 전임 간부로 10년 정도 활동했기 때문에 영업은 초보나 마찬가지다.

1987년에 고졸로 입사한 나는 같은 고졸인데도 남자는 갑, 여자는 을이라는 직급으로 채용되어 남자 동기보다 임금을 적게 받았다. 남녀고용평등법이 제정되어 동일 학력에 대해 동일 직급으로 임금 수준을 맞추어야 되니까 몇 년 후배인 남자 직원보다 낮은 호봉으로 직급이 통합되었다. 대졸 호봉으로 승진하는 데는 10년이 더 걸렸다. 대졸 남자 입사 동기가 임원이 되는 사이 나는 입사 20여 년 만에 과장으로 진급했다.

물론 제도적으로는 남녀 모두에게 동일한 승진 기회가 주어져 있다. 하지만 현실은 바늘구멍을 통과하는 것과도 같다. 회사는 여성 지점장을 몇 명 임명해 수많은 여직원들에게 희망 고문을 하기도 한다.

증권 회사는 여성의 비중이 50퍼센트 가까이 되는 직종이다. 그렇지만 과장급 이상은 여성이 10퍼센트가 되지 않는다. 해마다 신문지상을 통해 높은 연봉을 받는 직업으로 소개되곤 하지만 증권 산업에 종사하는 여성은 대리급 이하의 하위직이나 비정규직이 대부분이라 지위와 임금이 높지 않은 것이 '불편한 진실'이다. 여성을 하위직에 머무르게 만드는 보이지 않는 차별,

'유리 천장'이 있어 대리급 정도가 사실상의 승진 한계선이다. 나는 이 유리 천장을 깨고 싶다는 생각을 20여 년째 하고 있다.

노동조합에 대해 무지했던 고졸 출신의 나는 1987년 대투쟁 때 우연히 노동조합 설립에 참여하게 된 후 투쟁을 통해 단협이나 제도 개선을 조금씩 이루어 가며 여성 노동자의 삶의 질이 달라지는 것을 체험했다. 그 결과 지금은 '미스 강'이나 '강 양'으로 불려야 했던 과거와 달리 당당히 내 이름 석 자와 직책을 가질 수 있다. 그 밖에도 많은 부분에서 차별이 개선되어 온 것이 사실이다.

하지만 고액 연봉의 증권사 여직원이라는 허울 좋은 이름 아래 여성들만 입는 유니폼, 커피 심부름, 청소 등 성차별적 노동 환경은 여전하다. 또 승진, 배치 등에서 제도상으로는 보이지 않는 차별이 존재한다.

이를 바꾸기 위해서는 더 많은 여성 노동자들이 '불편한 진실'에 대해 이야기하고 조직적으로 행동해야 한다고 생각한다. 지금도 증권 산업에는 콜센터를 포함하여 많은 수의 여성 노동자들이 감정 노동을 하며 인권의 사각지대에 놓여 있다. 이를 개개인의 힘으로 바꿀 방법은 많지 않다. 그래서 노동조합 중심으로 연대해야 한다.

물론 노동조합 내부에도 성차별적 요소가 없는 것은 아니다. 가부장적인 문화나 조합원 수가 줄어 노동조합의 간부 숫자를 줄여야 할 때 여성 간부가 1순위가 되는 현실 등 기업과 별반 다르지 않은 모습도 있다. 하지만 그럼에도 불구하고 나는 여전히 노동조합이 희망이라고 생각한다.

여성 노동자들이 노조 내의 주체가 되어야 노동 환경과 차별이 개선될 수 있다. 올해 우리 회사 노동조합 전임 간부 여섯 명 중에 두 명이 여성으로 선임되었다. 50퍼센트 가까운 조합원이 여성이기 때문에 간부의 수도 비례대로 여성 할당이 되어야 한다. 또 노조가 여성 친화적인 정책을 제시하고 차별 개선 활동을 하는 것은 당연한 일이다.

유리 천장을 없애는 일도 마찬가지이다. 여성들이 더 많이 진출하고, 평생 일하고, 후배들을 더 많이 보듬어 가면서 함께 가다 보면 유리 천장은 자연히 사라지게 되지 않을까.

나는 신입 사원 때 서른이 넘은 선배를 보면서 '왜 저렇게 나이 먹도록 구질구질하게 회사를 다니냐' 하고 생각했던 적이 있다. 그때 여직원들은 결혼만 해도 퇴사를 했다.

하지만 나이 마흔이 넘은 올해, 처음으로 정년퇴직하는 여자 선배를 보았다. '아, 멋지다!' 하는 생각이 들었다. 여성 노동자가 정년퇴직을 하다니.

결국 유리 천장을 깨는 일은 승진으로 임원이 되는 그 1퍼센트도 안 되는 문을 통과하는 것이 아니라 남성 중심적인 문화에 금기시되는 모든 것들을 유쾌하게 깨부수는 것이다.

이 어려운 취업난에 이만한 직장을 다니고 있는 것에 감사하고, 어느 정도의 차별을 용인하며 자기만족의 삶을 살아야 할까? 아니다.

"생각한 대로 살지 않으면 사는 대로 생각한다"라는 말이 있다. 부당함을 발견할 때, 바꾸어야 한다고 생각할 때, 차별로 인해 눈물 흘리는 후배들을 보듬고 싶을 때 내 생각대로 살기 위해 내 목소리를 내기 위해 무엇을 할지 생각해 본다.

| 강은영 증권 노동자, 2012년 7월 |

누가 나한테
5만 5천 원을 주겠는가

　나는 나이가 오십이다. 현재 대전에 있는 택배 회사에서 야간 일을 하고 있다. 저녁 여덟 시에 일을 시작하여 다음 날 오전 여섯 시까지 밤을 새워 일을 하면 일당 5만 5천 원을 받는다. 건설 일용직으로 잡부 일을 하면 9만 원을 받는데 소개 수수료와 왕복 차비를 공제하면 7만 8천 원이 수중에 들어온다.

　택배 일보다는 건설 일용직 일이 보수도 낮고 무엇보다 사람이 활동하는 낮에 일을 하므로 좋기는 하지만 일감이 고정적이지 않다. 조금 있으면 여름 장마가 닥쳐오는데 장마가 오면 일을 하고 싶어도 못 하는 상황이 되고 겨울은 겨울대로 추위 때문에 일이 없으니 고용이 너무도 불안하다. 택배 일은 그래도 나만 부지런히 나가면 한 달에 네 번이나 다섯 번의 토요일만

제하고는 일을 할 수 있어 안정적이다. 그래서 보수는 열악하지만 택배 일을 선택하였다.

그런데 사실 밤을 새워 가며 바쁘게 화물을 싣고 내리는 일이 그리 녹록치 않아 한 달에 20일 일하는 것도 버겁다. 20일을 기준으로 하면 월 110만 원인데 일용직 아르바이트인지라 일을 하지 않으면 임금이 주어지지 않으므로 몸이 안 좋거나 다른 일로 며칠 더 쉬었다 하면 110만 원에서 100만 원으로, 다시 90만 원으로 곤두박질친다. 겨우 입에 풀칠이나 할 정도의 급여로 한 달을 겨우겨우 버텨 나가고 있다.

나도 술, 담배를 무척 즐긴다. 집이 아닌 식당에 가서 거나하게 술을 마셨다 하면 저축은 고사하고 빚을 지지 않는 것만 해도 다행이다. 물론 모든 것은 하기 나름이겠지만 말이다. 오십의 나이에 안정적, 고정적이며 생활이 보장된 직장을 구한다는 것도 말처럼 쉽지 않다. 사실 죽지 못해서 입에 풀칠이나 하고 살아가는 꼴이다.

1980년대나 1990년대에는 그래도 한 직장에 열심히 고정적으로 다니면서 성실히 일하면 그에 상응하는 대가가 있었다. 예를 들면, 주차니 월차니 연차니 성과급이 주어졌는데 이놈의 일용직 아르바이트는 어찌된 일인지 10대 알바생도 5만 5천 원, 50대 아저씨도 5만 5천 원, 5년 전에도 5만 5천 원, 지금도 5만 5천 원이다. 나날이 다달이 해마다 물가는 상승하는데 오히려 택배 일용직 급여는 제자리걸음 내지는 내려가기만 한다.

무엇이 어디서부터 잘못되었는지 아무리 생각해 봐도 감을 잡을 수 없다. 딱히 다른 일자리를 구할 수도 없고 또한 목구멍이 포도청인지라 오늘도 잠을 설쳐 가며 물건을 내리고 있다.

새벽 두세 시 무렵이면 눈꺼풀이 천근만근, 몸도 천근만근이다. 그래도 살아야 한다. 이렇게라도 힘들게 날밤을 새워 가며 일을 하지 않으면 누가 나한테 5만 5천 원을 주겠는가.

오늘도 지치고 지친 몸으로 눈꺼풀이 내려앉는 것을 애써 추슬러 가며 통근 버스에 몸을 싣고 집으로 향하고 있다. 아침의 따뜻한 햇살이 창문을 통해 들어와 내 눈꺼풀을 더더욱 무겁게 한다.

| 이수복 일용직 택배 노동자, 2012년 8월 |

천만원 매상의
악몽

아는 언니가 부탁이 있다며 연락이 왔다. 아르바이트가 하나 있는데 5일만 도와줄 수 없겠냐는 거였다. 백수 생활 4개월째 접어든 나는 바쁠 일이 없었다. 언니가 부탁한 아르바이트는 백화점 아동복 할인 행사 판매 보조였다.

순간 백화점이란 말에 "내가 가서 할 수 있을까요? 나는 그런 서비스 일은 잘 못하는데" 하고 말했다. 괜찮다는 언니 말에 그래, 돈도 없는데 가서 해 보자는 생각이 들어 오케이를 했다.

아르바이트 첫 출근. 아침 9시 반. C역 3번 출구 H백화점. 앞으로 5일을 이곳으로 출근해야 한다. 건물이 무지하게 컸다. 잠깐 아르바이트지만 내가 이런 데도 와 보네, 하는 생각이 들었다. 나는 이런 큰 건물에서 일을 해 본 적이 없었다. 비싸서 백화점 쇼핑도 거의 해 본 적이 없다. 백화점 정문에서 언니를 따라 9층으로 갔다.

"여기서 일할 거야"라며 나이가 있어 보이는 여성분에게 인사를 시켰다. 매장 매니저였다. 매니저와 간단하게 인사를 하곤 내가 일할 자리라며 행사 매대 앞으로 나를 안내했다. 내가 5일 동안 팔아야 하는 것은 D사 아동복이었다.

매대에 있는 옷들은 50퍼센트 할인 행사를 한단다. 50퍼센트 할인이면 싸겠다 싶어 조카 옷이나 하나 사 줄까 하고 가격표를 들춰 봤다. 헉. D사 아동복은 50퍼센트 세일을 해도 여자아이 원피스가 20만 원이 넘었다. 내 하루 일당은 오만 오천 원이다.

매대 앞에 먼저 와 있던 판매 베테랑 같은 여자분이 내게 이것저것 설명을 해 줬다. 가격표는 이렇게, 계산은 이렇게, 물건은 이렇게 찾아 주면 돼. 설명을 한참 듣고 있는데 사람들이 미친 듯이 들이닥쳤다.

정신을 차리고 핸드폰 시계를 보니 1시였다. 누가 내 등을 툭툭 쳤다. 언니였다. 밥을 먹으러 가자고 했다. 언니를 따라간 곳에는 직원 출입구라고 써 있는 문이 있었다. 내가 백화점 직원들만 출입하는 곳에 오다니. 너무 신기했다.

문을 밀고 들어갔다. 몇 발자국 못 가 코너를 돌았는데 발밑에 사람 발이 있었다. 너무 놀라 다시 살펴보니 어떤 남자 직원이 박스를 깔고 코너 귀퉁이에 누워 있었다. 헉, 이게 뭔가. 순간 너무 놀라 서 있는데 언니가 밥을 먹자며 이리 오란다. 의자가 있다. 앉았다. 직원용 화장실 앞이다.

"언니, 여기 직원 휴게실 없어요?"

"어. 있었는데 없앴대. 그냥 여기서 먹자."

언니가 내 몫까지 싸 온 도시락을 꺼낸다. 나는 입맛이 뚝 떨어졌다. 밥을 먹고 좀 쉬다가 다시 매대 앞에 섰다. 아까 아침에 손녀 옷을 사 갔던 노부부가 다시 왔다. 오자마자 승질이다.

"아니, 내가 아까 130 사이즈 달랬는데 가서 보니까 120인 거야. 갔다가 다시 왔잖아. 이거 원, 힘들게 이게 뭐야?"

할머니가 난리다. 아까 손님이 너무 많아서 정신이 없어 숫자를 잘못 보고 넣었나 보다. 베테랑 여자 직원분이 친절하게 130 사이즈를 다시 찾아 줬다. 할아버지까지 '이거 우리 고생해서 왔는데 이게 뭐냐'며 무언가를 요구했다. 나도 베테랑 여자분도 그 말에 답을 할 수가 없었다.

손님들이 다시 몰려들면서 다행히 상황이 무마됐다. 손님이 미어 넘치니 대가를 바라던 노부부도 구시렁구시렁 짜증을 내며 사라졌다.

다시 다른 손님들이 옷을 사기 위해 나에게 이것저것 묻는다.

"언니, 이거 120 사이즈 없어요?"

사이즈를 찾았다. 없다.

"행사 상품이라 재고가 없는 게 많아요."

"언니, 열두 살짜리 걸로 주세요."

"몇 사이즈 입죠?"

"사이즈는 모르겠어요. 열두 살인데…."

나는 사이즈 표를 확인한 후 150 사이즈를 찾아 줬다. 열두 살은 150 사이즈라는 사실을 오늘 처음 알았다. 쉴 틈 없이 옷을 찾아 주다 보니 허리며 다리며 발이며 감각이 이상해졌다. 정신 없는 와중에 베테랑 여자분이 나더러 20분 쉬다 오란다.

휴식 시간인가 보다. 직원 출입구 앞에 섰다. 다른 곳에 가서 쉬고 싶었지만 백화점 안에는 매장 말고는 갈 데가 없어 창고 같은 직원 공간으로 들어갔다. 다른 매장 직원들은 박스 더미들 사이에 빈 박스를 깔고 앉아서 스마트폰을 하거나 누워 있었다.

의자가 있는 화장실 앞이 싫어 직원용 엘리베이터 쪽으로 갔다. 어떻게 앉을까 고민하는데 엘리베이터 앞 박스가 비어 있었다. 그 박스에 들어가 앉았다. 잠깐 눈을 감았다 떴는데 20분이 지났다. 드디어 8시 반 백화점 폐장 시간이다. 나는 이미 혼이 나갔다. 옆에서 매니저와 베테랑 언니 말소리가 들렸다.

"오늘 천만 원 넘었네."

끝날 시간이 지났는데 가라는 말이 없어 어질러진 매대 정리를 했다. 그래도 손님이 없어서 살 것 같았다. 그런데 분위기가 심상치 않다. 백화점 계산 직원과 매니저 사이에 일이 벌어졌다. 그 상황을 지켜보던 베테랑 여자분이 매대 쪽으로 오더니

"아까 5시쯤 환불 24만 원 있었어?"

"네?"

5시라. 나에게 오늘 5시라는 시간이 있었던가. 백화점에는 시계가 없어 시간 체크도 힘들다. 몰래몰래 핸드폰을 보며 시간을 봤지만 5시에는 뭘 했는지 모르겠다.

상황이 점점 더 심각해지더니 20대 후반으로 보이는 계산 직원이 50대 매니저에게 꺼지라며 욕을 했다. 매니저는 너 이리 나오라고 소리를 친다. 나는 잘 알 수 없었지만 그 환불이 문제인 것 같다. 10여 분 개쌍욕이 오간 후 주변 사람들의 만류로 상황이 종료되었다. 나는 그제야 퇴근을 할 수 있었다.

다시 다음 날 출근. 전날 무리해서 걱정했는데 생각보다 몸이 피곤하지 않았다. 베테랑 언니가 당부를 했다.

"오늘은 어제 사 간 행사 상품 환불이 많을 거야."

백화점은 50퍼센트 할인한 상품도 환불이 되는구나. 내가 가는 동네 옷가게는 할인이란 글자가 붙은 건 절대 환불 불가인데. 걱정했던 것보다 환불이 많지 않았다.

베테랑 언니의 말로는 이 브랜드가 할인이 없기로 유명해서 환불이 없는 것 같다고 했다. 환불하면 절대 이 가격에 사지 못한다며. 어제 왔던 아줌마 손님이 또 왔다. 환불이 아닌 사이즈 교환이다. 어제 못해도 20만 원어치는 사 간 아주머니는 사이즈 교환과 동시에 크면 입히겠다며 옷을 더 골랐고 오늘도 20만 원

어치를 더 사 갔다.

점심시간. 매니저가 전날 고생했다며 고급 도시락을 사다 줬다. 역시 먹는 곳은 화장실 앞이다. 배가 고파 오늘은 밥이 꿀맛이다. 점점 물건 찾는 것도 쉬워지고 옷을 정리해서 개켜 넣는 것도 빨라졌다.

하다 보니 계속 서 있는 것도 그렇게 힘들지 않았다. 몸을 마구 움직여 대서 그런지 왠지 다이어트도 되는 것 같았다. 이젠 어려웠던 백화점 인사법도 입에 착착 붙는다.

"안녕하십니까? 어서 오십시오, 고객님."

옆에 다른 직원들이 이제 인사도 잘한다고 칭찬을 했다.

퇴근 때쯤 매니저와 베테랑 언니의 대화가 들린다. 오늘 매상이 600만 원 선인가 보다. 퇴근길이 어제보다 가뿐하다.

3일째 되는 날. 점심을 먹고 왔더니 매니저가 본사에서 행사를 끝내라고 했다며 오늘까지만 나오면 된다고 했다. 5일 아르바이트 계획은 3일로 줄어들었다. 그리고는 어린이날 와서 도와줄 수 없겠냐고 물었다.

순간 첫날 천만 원의 악몽이 떠올랐다. 어린이날은 왠지 이천만 원은 팔릴 것 같았다. 나는 일이 있어서 힘들 것 같다고 둘러댔다.

백화점 폐장을 하고 3일 동안 수고 많았다며 매니저가 치킨과 맥주를 사 줬다. 맛있게 먹고 마지막 인사를 한 뒤, 집으로 돌아가는 길에 연락 온 것 없나 핸드폰을 뒤적였다. 학벌이 좋아 고액 미술 학원을 하는 친한 언니에게서 문자가 와 있었다.

"너 뭐하냐? 나 지금 애들 사교육비로 월 천만 원씩 쓰는 아줌마 상담 온다고 해서 기다리고 있다."

"언니, 나는 3일 동안 백화점에서 아동복 팔았어. 이 백화점엔 직원 휴게실도 없어서 맨바닥에 박스 깔고 누워 있다."

"세상 참. 웃기다."

"그러게."

| 양인순 서울 글쓰기 모임 회원, 2013년 6월 |

낮은 손

자신은 살아 보지도 못할 집을 짓느라
가장 높은 곳에서 야위어 가는
가장 낮은 손

| 최규화 2010년 2월 |

손님, 손님, 그리고 손놈

"여기 이거 얼마예요?"

우레탄 폼(틈을 메꿔 주는 메꿈재)을 손에 든 손님은 큰 소리로 내게 묻는다.

"예, 5천 원입니다."

"에이, 이게 무슨 5천 원이야. 다른 데는 3천 5백 원 하드만."

"그럴 리가요, 어디 가도 5천 원은 주셔야 하는 물건입니다."

"아이, 이 집 왜 이리 비싸? 내가 거짓말하는 줄 알아?"

저나 나나 몇 살 차이가 나지도 않는 것 같은데 뒷말이 짧다. 그건 그런대로 익숙해졌으니 견딜 만한데, 뻔한 가격을 갖고 입씨름이 시작되면 피곤해진다. 그것도 아침 첫 손님이 그럴 때면 그날 하루가 만만찮을 것임을 직감하게 된다.

그 손님은 대뜸 휴대폰을 꺼내 전화를 했다.

"○○철물이죠? 폼 얼맙니까? 3천 5백 원요. 알았습니다."

짧은 통화를 끝내고 난 뒤 그 손님은 내게 말했다.

"봐, 여긴 3천 5백 원이래. 이 집만 비싸. 얼마에 줄래?"

하지만 나는 안다. ○○철물의 폼 가격도 알고, 그 손님의 전화가 쇼였다는 것도. 그렇다고 아침 시간부터 기분 잡칠 수도, 붙잡고 싸워 이길 수도 없다는 것을 말이다. 적당히 구슬려(?) 5백 원 깎아 주고 보낼 수밖에.

대부분의 경우 손님과 가게 주인이 입씨름을 하면 가게가 진다. 앞의 경우처럼 그 손님은 다른 사람들보다 5백 원 싸게 물건을 구입했을지는 몰라도 하루가 됐건 이틀이 됐건 아니면 더 훗날이 되어 우리 가게에 들를 땐 5백 원 이상 몇 배의 바가지를 쓸 수도 있다는 사실을 모른다.

기본적으로 장사꾼은 손해를 보지 않는 데다 이른바 '진상'들을 빨리 파악하기 때문이다. 그리고 그런 부류의 손님은 기분 나쁘지 않게 적당히 처리(?)할 수 있는 노하우가 있다. 비록 시골 난전의 노점상이라도 그렇다. 적어도 내가 알기에는.

그런가 하면 이런 손님도 있다. 물건 하나를 골라 가격을 물어보고는 스스로 깎는다. 문제는 그 에누리의 과정에 상대에 대한 배려나 자신의 진솔한 요청이 없이 일방적이란 것이다.

"이거 얼마예요?"

"1만 2천 원요."

"그럼 2천 원 떼고 1만 원이면 되겠네."

"아저씨, 저건요?"

"그건 8천 원입니다."

"오, 그래요. 그럼 그건 5천 원이면 되겠네."

'얼마에 주세요'가 아니라 '얼마면 되겠네'라는 종결형, 지시형의 어투는 심히 언짢다. 그런데 결정적인 한 방은 역시나 마지막에 터진다. 예닐곱 가지의 물건을 구매한 그 손님은 스스로 깎은 그 금액의 자투리를 여지없이 날려 버린다.

"전부 5만 4천 원입니다."

"아저씨, 그럼 4천 원 떼고 5만 원만 받으면 되겠네."

헐, 하나씩 다 깎아 놓고 합계에서 또 깎아. 이쯤 되면 손님이 아니라 손놈(?)이란 말이 목젖까지 오르락거린다. 아차, 손놈이 아니구나. 여자분이니 손ㄴ….

군이 징크스라는 말까진 어렵더라도 대체로 하루의 흐름 같은 것은 있다. 그 흐름 중에 유독 사람의 기운을 쪽 빼놓는 '손놈' 같은 손님을 두세 차례 치르고 나면 그날 하루는 단단히 마음먹고 일해야 한다. 반면에 "좋은 물건 고맙다", "수고했다" 등등 좋은 이야기 한두 마디로 시작하는 하루는 굉장히 신나고 활기찬 흐름으로 이어지게 된다.

그런데 왜, 그 손님들은 나한테 '손놈'이란 마음의 욕을 먹어야 했을까? 아마도 내 입장을 고려하지 않는 일방적인 무례함과 어떻게든 깎아야 한다는 저돌적 태도에 대한 반감이 아닌가 생각한다.

조선 후기의 거상이었던 임상옥이 청과 인삼 무역 교섭권을 따내기 위해 당대의 세도가를 찾았을 때 세도가가 임상옥에게 물었다.

"자네는 하루 동안 저 숭례문을 드나드는 사람의 성씨가 모두 몇 개인지 아는가?"

며칠을 고민한 임상옥이 말했단다.

"단 두 개의 성씨만 드나듭니다. 하나는 대감께 이익이 되는 이(利)가요, 다른 하나는 대감께 해가 되는 해(害)가입니다."

그 손님들 역시 '이가'와 '해가', 둘 중에서 오직 '이가'만을 좇아서 그리도 박한 것 아닌가 싶다. 그런데, 그런데 말이다. 뒤집어보니 그분들이 '이가'만을 좇았다면 나 역시도 내게 편한 손님 '편가'만을 좇기에 그 손님한테 투덜거렸던 것이다.

'거지 같은 손님을 왕같이 대접하라'고 했는데 난 거지 같은 손님을 거지로 대접하고 있었던 게 아닐까. 수양이 모자라도 한참 모자란 게 맞지? 아직도 내 눈에는 손님, 손님…, 그리고 손놈이 보이니 말이다.

| **정연도** 괴산으로 귀농, 농사지으며 철물점에서 일하는 중, 2013년 11월 |

인생의 쓴맛 단맛을
느끼게 해 준 직업

중소 전자업체에 다니던 나는 급여 조건과 근무 시간이 자유로워 도시가스 점검원을 하게 되었다. 가스 점검원은 각 가정에 공급되는 가스 시설을 점검하고, 계량기를 검침하고, 가스 요금 고지서를 송달하고, 그리고 3개월 이상 요금이 밀린 수요자 집의 가스계량기 밸브를 잠그는 일을 한다. 처음 하는 일이라 적응이 쉽지가 않았다. 발로 뛰고 부지런히 하는 일에 대해서는 자신감이 있었지만, 각 수요자 집을 방문해서 점검하는 일은 생각하는 것 몇 배 이상, 상상 이상 어려움이 많았다. 말 그대로 더럽고 치사한 일을 겪는 건 허다하다.

이 직업에 대해 잘 모르는 세상 사람들은 가스 점검만 하는데 뭐 그리 더럽고 치사한 일이 있겠느냐고 할 것이다. 모르시는 말씀이다. 점검을 하기 위해선 골목부터 위치한 입상 배관을 꼼꼼히 살피고, 계량기를 살피고, 보일러를 살피고, 그리고 주방의 가스레인지를 살핀다. 계량기나 보일러를 점검하기 위해선 집 안 내부 깊숙이 방문해야 하므로 고객들의 집들을 부엌, 거실, 베란다, 어느 때엔 안방까지 들어가야 할 때도 있다.

평범한 집일 때는 괜찮다. 하지만 혼자 사는 남자가 있는 집을 방문할 때는 정말 섬뜩섬뜩할 때가 한두 번이 아니다. 일을 하러 온 직업인을 대하는 그들의 태도는 상식 이하, 별종 짓을 하는 경우가 있다. 당신들 집에 가스 시설을 안전하게 사용할 수 있도록 점검을 한다는데, 그들은 그런 의식이 없는 모양이다.

어느 날, 수치스럽고 억울하고 미칠 지경인 경우를 당한 일이 있었다. 점검원 사이에서는 방문 고객들 중 위험인물은 PDA에 미리 암호를 써 넣어 조심할 것을 당부한다. 그런데 그 고객 집엔 아무런 정보가 없었다.

한 집에 열 가구 정도 되는 다닥다닥 세입자가 많은 집 방문이었다. 똑똑. 문을 두드렸다.

"안녕하세요. 가스 점검 왔습니다."

잠시 후 현관문을 열어 주는 고객. 헉! 깜짝 놀라서 계단을 두세 칸씩 뛰어 내려갔다. 주인댁에 가서 주인을 불렀다. 주인아주머니는 울고 있는 나를 보며 왜 그러냐고 물으신다. 자초지종을 얘기하고 주인아주머니와 다시 찾아갔다.

잠시 후 다시 열리는 문. 이럴 수가. 정신병자가 틀림없을 게다. 미치지 않고서야 어찌 저런 모습으로 일을 하러 온 사람에게 문을 열어 줄 수가 있나. 그 고객은, 아니, 그 인간은 몸에 실오라기 하나 걸치지 않은 모습으로 서 있는 게 아닌가. 당황한 아주머니가 얼른 문을 닫고 이게 무슨 짓이냐, 얼른 방에 들어가 있어라 하니, 그 인간은 방에 들어가 침대 위에 대자로 눕는다. 여전히 옷을 입지 않은 채로. 주인아주머니의 도움과 배려로 겨우겨우 할 일을 마치고 돌아서는 난 정말 죽고 싶을 만큼 수치스럽고 화가 났다.

또 어느 집은 40대 중반쯤 돼 보이는 두 부부만 생활하는 집이었다. 가스 점검을 하려고 현관문을 들어서는 순간, 가스 냄새가 확 풍겨 왔다. 깜짝 놀라서 가스레인지 연결된 부분에 누출 검지기를 대어 보니 심하게 삐삐거리며 경고음이 들렸다. 황급히 밸브(퓨즈 콕)를 잠그고 창문과 현관문을 모조리 열어 환기시킨 다음, 주인에게 누출이 심하다고 말씀드렸다. 그랬더니 아줌마는 가스 냄새를 못 맡았다면서, 아저씨가 평소에는 정말 순하고 착한 분인데, 술만 먹고 오는 날에는 난폭해져서 부부 싸움까지 하게 된다고 말한다. 때리고, 부수고, 어느 때는 같이 죽자고 가스레인지에 연결된 호스를 확 잡아 빼 버릴 때가 몇 번 있었다고 한다. 그게 생활이다 보니 냄새에 무뎌져서 별생각이 없었나 보다. 정말 위험천만한 일이다. 거주하는 본인도 위험

하지만 만약에 누출되다가 큰 사고로 번질 경우 주변 사람들은 무슨 죄란 말인가. 이런 집들은 PDA에 메모해서 지역 센터에서 특별 관리를 하고 본사에까지 보고하게 된다.

이런 일이 있을 때마다 내가 필요해서 선택한 직업인데 계속 하기가 힘들 만큼 혼란스러웠다. 팬티만 입고 나오는 인간, 등 뒤에 와서 껴안는 인간, 사인하는 척 손을 잡고 놔주지 않는 인간, 별의별 사람들이 많다.

그리고 단독 주택의 경우 계량기가 지상으로부터 너무 높은 곳에 설치되어 있으면 숫자가 보이지 않아 사다리를 타고 올라가야 하기도 하고, 담장을 타고 올라가야 할 때도 종종 있다. 자칫 잘못하면 떨어지고 넘어지기 십상이다. 어느 점검원 한 분은 담장 위에 올라서서 검침하다 딛고 있던 부분이 떨어져 나가는 바람에 그대로 땅으로 추락했었다.

아파트 검침을 할 경우 입주민께서 복도에 비치된 검침표에 자가 표시를 하게 된다. 표시된 숫자대로 입력해서 가스 요금이 책정된다. 6개월에 한 번씩 안전 점검을 하므로 그때는 점검원이 직접 실검침을 해서 가스 사용량을 정확히 알게 된다. 고객 중에 겨울에 사용량이 많아 요금이 많이 나오니까 여름에 숫자를 늘려서 기입하고 겨울에는 숫자를 낮게 기입하는 분들도 간혹 있다. 그럴 때는 참 곤란하다. 작은 꼼수를 써서 요금을 조작하려고 하지만 그건 위법이다.

가스 안전 점검원으로 생활하다 보니 특별한 직업병이 생겼다. 이 일하고 상관없이 길을 가다가도 가스 배관이 눈에 띄면 낡고 부식된 곳이 없나 보게 되고, 보일러 연통이 찌그러지거나 막힌 곳이 없나 나도 모르게 살피는 버릇이 생겼다. 계량기 돌아가는 소리가 마치 째깍째깍 시곗바늘 소리처럼 귓속을 파고들 때도 있다.

계량기 검침하다 개에 쫓기고, 물리고, 높은 곳에서 떨어져 다리를 삐고, 다치고 했어도 항상 나의 부지런함과 성실함 그리고 책임 의식으로 고객님들이 안전하고 편안하게 생활할 수 있게 된다는 자부심을 가지고 일을 하게 된다. 그리고 어려움을 겪을 때도 있지만 보람 있고 정을 느끼게 되는 일들도 많다. 아주머니들께서 따뜻한 밥을 같이 먹자며 권할 때도 있고, 시골에서 올라온 농작물을 나눠 주고 조심하라며 걱정해 준다. 위험 시설을 안전하게 사용하게 해 준 것에 대해 감사함을 표현해 주는 사람들이 많은 건 참 고마운 일이다.

직업이란 내가 필요해서 선택하고 회사에서 필요한 것 이상으로 보답하고 싶은 게 사람들의 심정일 것이다. 도시가스 점검원도 공부해서 자격증까지 따서 하는 안전 관리사인데, 어째서 일부 사람들은 그 가치를 몰라주고, 그런 허섭스레기 같은 행동을 하는지 모르겠다.

이 세상 사람들에게 말하고 싶다. 이 세상 모든 직업에는 귀천이 없다고, 무슨 일을 하든 그 사람들도 그 일에 자부심을 느끼며 열심이라고, 선입견으로 판단하고 행동하지 마시라고.

4년여 동안 몸담은 도시가스 안전 점검원 생활은 인생의 쓴맛 단맛을 느끼게 해 줬다.

| **윤성의** 전 도시가스 점검원, 2014년 2월 |

두부에
무슨 약 탔나?

나는 두부를 만든다. 그냥 두부가 아닌 끝내주는 두부를 만든다. 이건 자화자찬이 아닌 남들이 하는 소리다. 정말이다. 울 동네 어르신 한 분은 무슨 약을 탔길래 이젠 딴 두부를 못 먹게 만들었냐 하신다.

"우리 남편이 이 집 두부 아니면 안 먹어".

"우리 딸이 이 집 두부만 찾아요!"

"아이들이 두부를 엄청 집어 먹어요."

마지막은 유치원 선생님이 전하는 말이다. 사람들이 이렇게 좋아하는 두부는 마르쉐의 인기 농부팀 '아빠맘두부'다.

대학로에서 열리는 마르쉐 도시 장터는 농부가 재배한 친환경 농산물, 예술가의 작품, 그리고 손맛이 담긴 요리 등을 나누는 자리다. 이곳에서 아빠맘두부는 완판 두부로 유명하다.

겉으로 내세우는 건 아빠의 맘을 담아 만들었다고 하지만 아빠 맘대로 만드는 두부라고 생각해도 뭐 별로 틀린 건 아니다. 두부 사러 온 엄마랑 같이 온 어떤 아이는 "엄마, 근데 아빠맘두부는 아빠'만' 먹는 거야?" 해서 배꼽을 잡게 했다.

각설하고, 내가 이놈의 두부를 만들기 전에 무엇을 했냐 하면 그전 7개월은 보험 설계사였다. 그전 6개월은 젖소 목장 일꾼이었고 그 사이사이 11개월은 소파에서 뒹굴뒹굴하거나, 책을 보거나, 사람들 꼬셔서 술 마시기를 했다. 그전에는 해상 조난 신호나 항공 비상 신호를 저장해 주는 장비도 만들고 디지털 이미지 프로세싱 장비도 만들고 민방위 경보 시스템도 설계하고 소프트웨어도 짰다.

그러고 보니 참 이것저것 많이도 했다. 다시 목공 일이나 농장 일, 상하차 일 없나 하고 빈둥, 뒹굴대다가 어찌어찌해서 동네 사람 몇몇이 "두부를 만들자"고 의기투합해서 지금 1년 9개월째 두부를 만들고 있다.

'일터에서 온 소식' 꼭지는 '노동' 이야기인데 실제 내 두부 일에는 그 '노동'은 별로 없다. 그야말로 순수 근력 노동만 있을 뿐 노동, 자본, 소외, 갈등, 파업, 투쟁 뭐 그런 것들은 없다. 대신 두부라는 게 어찌 만들어지고 어떤 두부가 진짜 두부인지 이야기를 들려줄까 한다.

나도 그랬고 많은 사람들이 두부는 맛이 없는 것, 맛이 나쁜 게 아닌 무(無)맛, 그래서 양념으로 맛을 내어 콩 단백을 섭취하는 것으로 인식하고 있다. 그래서 정말 맛있는 두부를 만나면 '야, 이거 옛날에 먹던', '할머니가 해 주시던'이라는 말을 하게 된다. 맞는 말이다.

　옛날에 할머니들이 두부를 만들 때는 콩을 불려서, 갈아서, 끓여서, 간수를 쳐서 만들었다.

　그럼 뭐 지금은 다른 방법으로 만든단 말인가? 맞다. 다르게 만든다. 불리고 가는 건 같다. 손으로 맷돌 돌리는 대신 모터 달린 맷돌을 쓰는 차이 정도고 끓이는 프로세스. 여기서 확 달라지는 거다. 많은 두부 공장이 스팀으로 끓인다. 왜? 탈 일이 없으니까. 삶고 찌는데 타는 거 봤나? 이제 감이 오시나? 숯불구이와 수육의 차이인 거다. 뭐 수육도 나름 맛있지만 두부에서는 차이가 확연하다. 또 하나의 차이는 첨가물이다. 콩물을 끓일 때 거품이 많이 나서 자꾸 넘치므로 걷어 내야 하는데 많은 집들이 규소 수지라는 소포제를 써서 편하게 간다. 그리고 간수를 치고 난 후에 순두부가 생기는데 이 순두부의 상태가 항상 일정치 않다. 응고제를 넣어 저어 주는 작업을 간수를 친다고 한다. 간수는 소금 가마니에서 빠진 물을 말하는데 이것을 주로 두부 응고제로 썼기 때문에 간수가 두부 응고제의 통칭이 되었다.

　정종이 청주의 대명사가 되고 포클레인이 굴착기, 호치키스가 스테이플러, 바리캉이 이발 기계의 통칭이 된 거와 같다. 보통 시중 두부 응고제로는 바닷물, 간수, 화학 응고제가 쓰인다. 물렁하거나 뻑뻑하거나 딱 좋거나 한다.

이 상태에 따라 순두부를 잘 부수고 물을 빼고 누르는 힘을 조절해서 작업하는데 이것이 귀찮으니 탈수제, 경화제, 유화제, 계면 활성제, 점도 강화제를 써서 처리한다.

즉 너무 물컹하면 염화칼슘을 넣어 물기를 빨아 먹고 아이스크림이나 젤리에 넣는 점도 강화제로 탄력을 주는 것이다. 이러니 콩 본연의 맛이 나는 두부가 될 일이 없다. 정말 조그만 시골집의 할머니가 끓이는 손두부는 몰라도, 좀 유명하다 싶은 큰 식당의 두부는 대부분 이럴 것이다.

그런데 왜 사람들이 맛있다고 할까? 아마 그건 맛있다고 느껴지는 걸 게다. 산 좋고 물 좋은 시골집인 데다 배도 고프고 막 뺀 따끈한 두부니까. 정말 맛있는 두부는 차가운 상태에서 아무것도 가미하지 않고 그냥 먹었을 때 맛있는 두부다.

두부는 그야말로 슬로푸드이다. 우선 열두 시간 정도를 불려야 한다. 그리고 깨끗이 씻어서 맷돌에 간다. 그러고 나서 한 판 단위로 콩물을 끓이는데 조금씩 부어 가며 끓여야 한다. 보통 15분 정도 걸린다. 다 끓인 콩물은 15분 정도 식힌다. 간수를 치고 다시 15분 정도 지나서 압착 성형기 틀에 부어서 앞서 얘기한 순두부 조절 작업을 한다.

압착을 하고 적당한 두부의 탄력이 나오기까지는 평균 20분 정도 걸리는데 상태에 따라 더 걸리기도 한다. 성형기에서 나온 두부는 냉각기에서 20분 정도 센 열을 식힌다. 그러고는 냉장고에 한 시간 정도 더 두었다가 잘라서 포장을 한다.

이렇게 두부를 식히는 이유는 공기 중의 바실러스 곰팡이가 두부를 공격하여 찐득해지게 하는데, 청국장이 되는 발효 과정 같은 거다. 부패가 아니므로 큰 문제는 없지만 식감이나 질감이 달라지므로 꼭 냉각을 시킨다.

두부 만드는 일 외에도 식당 설거지, 면포 빨기, 바닥 청소, 콩나물 씻고 담느라 손가락, 손목에 염좌를 달고 살고 물량이 많은 날은 열두 시간을 앉아 볼 틈도 없이 일해야 하는 등 빡센 일이긴 하지만 이전 직업에서는 누릴 수 없었던 육체노동의 상쾌함과 건강한 먹을거리를 공동체에 제공한다는 기쁨과 자부심으로 이 노동을 하고 있다.

| 차익수 아빠맘두부 일꾼, 2014년 4월 |

촌 여자
대기업에서 살아남기

공과 계열을 전공하고 주방 제품으로 잘 알려진 기업에 취업을 했다. 학교를 졸업하고 몇 달이 지나자 집에 있는 것이 편치 않았다. 동생들이 서울에서 학교를 다녀 서울로 가야 한다는 강박감이 있었다.

노심초사 기다리던 K 회사에서 연락이 왔다. 총무부라며 "합격하셨어요. 면접 보러 오세요"라고 했다. 소식을 듣고 '세상을 얻은 것이 이런 걸까' 하고 잠시 기뻐했다. 아버지도 서울 쪽에서 취업하기를 기다리고 있었다.

마루에 앉아 오는 사람 가는 사람에게 딸이 취직한다며 술을 권하고 계셨다. "우리 딸이 취직을 하는데 신용 보증을 떼 오래" 하시며 은근히 으쓱해하셨다.

전철을 타고 인천 주안역으로 가서 통근 버스를 탄다. 사무직 사원들만 타는 버스와 현장에서 일하는 사원들의 버스는 달랐다. 사원들은 새로운 얼굴을 보자 이것저것 묻는다.

"신입 사원이세요? 서울 사무실로 출근해야 하지 않아요?"

"공장과 사무실을 통합한다고 인천으로 발령받았어요."

젊은 남자 사원은 해외 영업 담당이라며 같이 일할 거라고 인사를 건넸다.

회사에 도착하자 '콰' 하는 기계 소리에 어깨가 눌린다. 아침 공기는 텁텁하기도 하고 서늘하기도 했다. 사무실은 활기찬 목소리와 냉랭한 목소리가 섞여 있다. 지나가던 남자 사원이 장사꾼처럼 묻는다.

"어디 출신이야?"

"네, 충북 제천에서 왔어요",

"어, 그래. 그곳이 단양 옆이지? 출세했네. 이런 기업체에 취직도 하고."

모두들 웃음으로 지나갔다. '출세?' 촌에서 대기업에 왔으니 그렇게 말할 수 있다고 인정했다. 회사에서 준 스커트와 블라우스를 단정히 입고 옷맵시에 신경을 썼다. 부장의 인사말은 "착하고 순하게 생겨서 채용했어. 다른 면접자들은 드세 보이더라고. 덩치들은 산만 하고"였다. 다른 말은 귀에 들어오지 않고 인사말은 또렷이 들었다.

"아, 그리고 아침에는 내 책상에 차 한 잔 꼭 올려놔."

나는 매일 아침 스타킹은 못 신어도 차는 꼭 올려놓고 내 업무에 들어갔다. 반복되자 살살 짜증이 났다. '착해' 보여서 채용했다는 말이 귀를 흔들었다.

출근하면 복사기에 붙어 서류 복사, 도면 복사를 하고, 다른 부서에 복사한 서류를 배달했다. 회사 사정을 알게 되었고 신입 사원 신고식은 복사 서류를 배달하면서 저절로 지나갔다. 몇 달이 지나자 현장 사원들과 본격적으로 일하게 되었다.

내가 하는 일은 압력밥솥, 숟가락, 포크를 만드는 작업 도면을 설계하고 현장에서 도면대로 진행 중인지 검사하는 일이다. 공장 한쪽에는 잘라 놓은 쇠판이 바닥에 뒹굴고 안은 어둡고 컴컴했다. 누군가 툭 튀어나올 것 같아 겁도 났다. 개인마다 조명이 있어 예리한 작업은 개인 전등을 몇 개씩 켜 놓고 작업을 한다. 도면과 생산품이 다르게 나와 문제를 제기하면 나이 든 현장 사원은 되레 툴툴댄다.

"그거야 도면이 잘못된 거지."

"제가 설계자인데요."

"잘해 봐."

"무엇이 잘못됐나요? 뭘 잘하라구요?"

"몇 살이야? 이쪽은 내가 더 전문가야. 우리는 도면 없이도 일해."

나를 못마땅해했다. 맞는 말이다. 그들이 오래 근무하고 숙련되어 있으니 전문가이고, 도면 없이 일할 수 있는 사람들이었다. 이런 일이 생기자 상사들은 내가 여자라서 그러는 거라며 안심시키듯 말한다. 남자 사원의 도면은 지시만 내려도 술술 잘 풀렸다. 내 도면은 문제 제기를 하고 몇 시간이고 벌 받듯 서서 설명에 또 설명을 해야 했다. 화도 나고, '개자식' 하고 욕도 해 보다 무기력해졌다.

공무원 시험 준비하는 친구들이 생각나고, 아버지는 되지도 않는 일 한다고 '애기 보는 유아교육과나 가지 여자가 무슨' 했던 말이 기억이 났다. 후회도 하고, 억울했다.

적당히 하라는 상사의 말 한마디에 그는 선심이라도 베풀 듯 누그러졌다. 내가 그와 말다툼했다는 것은 회사 내의 가십거리이기도 했다.

"현장에서 싸웠다며, 잘해 봐" 하고 다른 부서 남자 사원들이 더 흥미로워했다. 창피하기도 하고 내 뜻과 달라 속이 상했다. 일은 풀리지 않고 내 행동에 달렸다는 표정이다. 뒤통수에 대고 말을 던진다.

"디자인실 여자들은 싸가지가 없어. 인사도 안 해. 자기들 말 들어줄 줄 알고. 힘들게 내버려 둬."

한숨만 나오고 착잡했다. 심장을 후벼 파고, 잘 들어 하는 무시하는 언어다. 햇살이 따뜻한 날은 시골 맑은 하늘이 생각나

우울해지기도 했다. 현장 부장한테 인사 갔을 때, "커피는 필수야, 빈손으로 오지 마" 했던 기억이 났다. 현장 부장과 점심을 먹으며 힘들다고 속마음을 털어놓자 그는 타이르듯 말했다.

"현장에서 하는 말은, 도면으로만 일을 하지 말고, 사람들과 어렵게 지내지 말아야지. 학교에서 배운 건 아무 쓸모없어. 처음부터 다시 배워야지."

정신이 번쩍 들었다. 내 행동에 문제가 있었다는 것을, 아마도 그들 입장에서 건방져 보였다는 것을, 또한 내가 그들보다 어린 여자임을 인정해야 했다.

도면을 가지고 현장 방문할 때는 커피와 빵을 들고 가서 애교를 부리기도 했다. 구십 도 인사에 더 씩씩하고 친절해졌다. 처음에는 내 자신이 비겁해 보이기도 했다. '착한' 척이랄까⋯. 점점 더 '착한' 내가 되어 갔다.

마음도 단단해져 갔다. 시큰둥하고 내가 옳다고 생각하던 부분을 그들과 상의하고 일을 시작했다. 내 새로운 모습을 발견했다. 도면대로 제품이 생산될 때는 대견스러웠다. 나도 현장 직원이 된 것 같았다. 다른 여직원들은 아이돌처럼 빨간 스커트에 흰 블라우스와 빨간 조끼를 입어 예뻐 보였다. 유니폼은 꼭 입어야 했지만 내 옷차림은 바지에 검푸른 작업복으로 바뀌었다. 일하기에는 편했다.

입사 후 몇 달이 지나자 그들은 격 없이 대하고 친절했다. 도면 탓도 하지 않았다. "커피 가져왔어?" 하며 툭 던지던 말도 하지 않았다. 그들과 스스럼없이 지낼 때는 이것이 사회생활이구나 하고 나를 달래기도 하고 한 뼘 더 커 가는 느낌이었다. 상사는 현장과 마찰이 없어 편하다고, 일이란 그렇게 하는 거라며 거들먹거리기도 한다.

상사가 착해 보여서 채용했다는 말이 생각났다. 아마도 말 잘 듣는 여자를 원했던 것이다. 그렇지만 회사란 착하기보다는 창의성을 가지고 이익이 날 새로운 제품을 생산해야 했기에 부담감이 있었다. '여자니까' 하는 소리는 듣고 싶지 않았다.

남자들과 어울려 일해야 한다는 생각에 여성 비하의 소리도 웃어넘기는 일이 다반사였다. 상사는 "퇴근 후 뭐 하냐, H씨는 연구 대상이야" 하고 조롱하기도 했다.

선배들이 남자들과 일하려면 거칠고 농담이 짙으니 잘 넘기라고 했던 충고가 맞았다. 저들과 무리 없이 일하기 위해 '착한 H씨'가 되는 쪽이 편했다.

사회는 남자들이 돈을 벌어 생계를 이어 가는 가부장적 사회였다. 사회 구조를 탓하기보다는 전통적으로 내려오는 생계 방법을 이해하는 편이 쉬웠다. 그들의 가부장적 행동은 그들만의 권력이었다.

한편 울고 있는 어린 여직원을 달래는 남자 사원을 볼 때 '진정 달래는 속마음이 뭐니' 하고 묻고 싶기도 했다. 여직원을 보호한다는 입장은 보호가 아닌, 남성 위주의 여성을 만들기 위한 방책으로 보였다. 입사 동기인 남자 사원은 1년이 안 되어 대리 님이라고 호칭이 바뀐다.

가정에서 착한 딸, 직장에서 착한 사원으로 살기에는 내 의지와 상관없이 남을 먼저 배려해야 하고 내 주장을 내세우기보다는 상대방을 먼저 생각해야 하기 때문에 벅차기도 하고, 힘이 든다. 하지만 착한 척이라도 하지 않았다면 어떠한 상황이었을까, 생각도 해 본다.

비겁하지만 비열하지 않은, '착한' 여자로 사는 방법도 사회의 한 구성원이 된다. 가부장적 사회에서 '착한' 틀을 벗어나기 힘들다는 것도 안다.

착한 콤플렉스를 넘는 것은 열정적으로 자기를 위해 살고, 다른 사람에게 피해 주지 않는, 자신을 가장 먼저 사랑하는 여자가 되어야 비로소 착한 여자 콤플렉스를 넘어선다고 생각한다.

| 홍한옥 두 아이의 엄마, 2014년 12월 |

글모음
넷

스뎅미스도 비혼한다!

그 여자가
연애를 못하는 까닭은?

휴일, 한참 맛있게 늦잠을 자고 있는데 누군가 현관문을 쾅, 쾅 두드린다. 놀라서 번쩍 눈을 떴다. 시계를 보니 휴일치곤 이른 9시 30분이다. 당황해서 "누구세요?" 하고 목소리 높여서 물었다. "우체국 택밴데요!" 신원 파악은 되었는데, 문을 열어야 할지 말아야 할지 순간 망설였다. 자다가 일어났으니 윗옷은 체육복에다 바지는 수면 바지를 입었고, 눈곱이 낀 얼굴에 머리는 부스스했다. 바지라도 갈아입을까 하다가 추운 날씨에 택배 기사님도 바쁠 테고, 보통 택배를 받으면 밖에서 물건만 주고 가니까 얼른 현관문을 빠끔히 열었다. 몰골이 쑥쑥한지라 고개를 푹 숙이고 손만 문틈으로 엉거주춤 내밀었다.

"아이고, 이제야 얼굴을 보네예. 혼자 사신다면서예?"

내가 혼자 사는 건 어떻게 알았을까? 대충 머리를 굴려 보니, 평소에 가격이 싼 것들은 인터넷으로 많이 구입하는 편인데, 낮에 집에 사람이 없으니 택배 아저씨가 늘 경비실에 택배 물건을 맡기면서 경비 아저씨한테 물어본 것 같다. 현관 안에서 얼른 택배 물건을 받았다. 그런데 갑자기 택배 아저씨가 현관 안으로 불쑥 들어왔다. '어! 이 아저씨가 왜 이러지? 뭐꼬? 와 이라노?' 갑자기 일어난 돌발 상황에 너무 당황해서 어찌할 줄 몰랐다.

"헤헤~, 제가 총각이거든요."

"예?"

"제가 총각이라니까요!"

"아~ 예~, 됐습니다. 알겠습니다."

세상에, 이 무슨 자다가 봉창 두드리는 소리도 아니고, 도대체 뭐 하자는 건지. 하도 어이없고 황당해서 "네~ 네, 됐습니다"만 두어 번 되풀이했다. 서너 번 자기가 '총각'임을 강조하더니 "됐다고요?" 하며 등을 돌리고 가는 거였다.

얼른 문을 꼭 잠그고 다시 잠을 자려는데, 그제야 긴장이 풀리면서 슬슬 짜증이 났다. 짧은 순간이지만 내가 불리한(?) 상황에서 생면부지의 남자에게 느끼는 본능적 두려움(?)과 혼자 사는 여자면 무조건 들이댈 수 있는 택배 아저씨의 '무모한 들이댐'에 모욕감이 들었다. 흔히 여자가 나이 많이 먹어서 혼자 살면 온갖 놈들이 다 껄떡댄다더니 바로 이런 경우를 두고 하는 말이구나 싶다. 내 참, 졸지에 자다가 일어나서 잠옷 차림으로, 내 집 현관에서 번개팅(?)을 하다니. 정말 "재수 없다!"

혼자 사는 여자들이 일부러 남자 신발을 사서 현관에 놔둔다 더니 나도 그래야 하나? 아님, 친구 집처럼 장검을 현관 입구에 걸어 놓을까 하고 생각했다. 예전에 우연히 친구 집에 놀러 갔 는데 친구 신랑이 기천무 사범이라서 거실에 장검을 훈장처럼 걸어 둔 것이 퍽 인상적이었다. 잠깐 이런 생각까지 하면서 다 음부턴 당황하지 말고 당당하게 대처해야겠다고 다짐했다.

아주 가끔 열 번 찍어 안 넘어가는 나무 없다며 싫다는데도 무모하게 들이대는 남자들이 있다. 뭐, 우스갯소리로 "마흔이면 처다봐 주는 것도 고맙지" 하는 말도 하지만, 혼자 사는 여자이 기에 쉽게 찔러 봐도 된다는 '수컷 본능적 들이댐'은 단호히 거 부한다. 그런 남자는 굳이 내가 아니어도 여자면 되는 거다. 이 성에게 호감을 갖는다는 것은 지극히 당연하고 건강한 본능이 다. 그러나 "노!" 하면 정말 싫다고 생각해야지, 괜히 팅기는 거 라 생각하며 자꾸 도끼 자루 휘날려 봐야 나중엔 사람에 대한 신뢰까지 깨진다.

세월이 눈 한 번 깜박하고 나니 어느새 마흔이다. 오만해서 하는 말이 아니라 마흔까지 혼자 살 줄은 정말 몰랐다. 어느 날 '짠~, 나 여기 있지롱' 하고 인연을 만날 줄 알았다. 한때는 운동 권 남자가 이상형이었지만 여성에게는 여전히 보수적인 입장을 고수하는 이중적인 사람들을 보며, 운동권 남자에 대한 막연한 기대(?)도 버린 지 오래다. 노동운동과 여성운동은 엄연히 다른 것 같다. 여성 노조에서 상근을 하는 성임이 말처럼 '진정한 인간 해방은 여성 해방이 되는 그날'이 아닐까?

여태껏 연애 한 번 안 해 본 고향 친구 은주는 둘레의 시선과 나이의 중압감에 못 이겨 "이혼해도 좋으니 기필코 결혼할 끼다" 하고 가당찮은 새해 포부를 밝혔다. 뭐, 지 인생 지가 사는 거지만 제발 힘든 인생 더 꼬이게 살지 말라며 쓴소리를 했다. 아이가 없다고 이혼이 쉬울까? 연애를 10년 하든지, 동거를 몇 년 하든지 아무튼 결혼을 하기 전이면 당사자끼리만 난리 치면 끝이다. 그러나 일단 결혼을 하면 둘만의 문제가 아니다.

지금은 워낙 '돌싱'(돌아온 싱글)이 많으니까 그러려니 하지만, 14년 전 나는 어이없는 일들이 많았다. 더는 사랑하지 않아서 헤어진 것뿐인데 왜 그리 뒷담화를 많이 하는지…. 무슨 인생의 낙오자를 보듯이 뜨악한 시선으로 바라보기에 내가 먼저 당당하게 굴어야겠다 싶어서 돌싱이라고 당당하게 얘기했다. 간혹 결혼을 '삶의 도피처', 남자를 '구세주'쯤으로 생각하고 결혼한다면 극구 말린다. 결혼은, 혼자서도 이 험난한 세상에 휘둘리지 않고 굳건히 살 자신이 있거든 그때 하길 바란다.

며칠 전 드라마를 보다가, 애절하고 아름다운 자기희생적인 사랑으로 유명한 안데르센의 인어 공주가 오늘날에는 자존감 없는 여자로 평가되는 것을 보면서 신선함을 느꼈다. "인어 공주가 그리 죽은 것은 자존감이 부족하기 때문이야. 정말 자존감 있는 공주라면 왕자를 꼬셔서 용궁으로 데리고 와서 살아야지 지가 죽기는 왜 죽어?" 하고 연애에 서툰 손녀를 꾸짖는 할머니의 모습에서, 여자들의 희생적인 사랑을 아름답게만 포장한 남성 중심의 시선이 조금씩 바뀌는구나 싶다. 예전에 읽은 노르웨이 작가 게르드 브란튼베르그의 《이갈리아의 딸들》이 생각난다. 남성과 여성의 성 역할이 바뀐 일상에 관한 소설이었는데 무척 재미있게 읽었다. 만약, 안데르센이 여자였다면 과연 인어공주를 지금처럼 쓸 수 있었을까? 글쎄다.

겨울이 막 끝나고 봄이 슬금슬금 오는 이 계절에, 풀빛을 머금은 산을 보면 은밀한 밀회를 나누고 있는 것 같아서 나도 모르게 설렌다. '연애'. 그래, 나도 연애가 하고 싶다. 하지만 둘레의 여자 싱글들 대부분이 "대화가 통하는 남자가 없다"고 얘길한다. 하긴, 오죽하면 《화성에서 온 남자, 금성에서 온 여자》라는 책도 있지 않은가.

나른한 오후, 늘 되풀이하는 공장 일의 지겨움을 참기 힘들어 선미는 슬슬 나를 건드린다.

"아이고, 마흔! 우짜것노~, 불혹! 불혹! 히히히."

"니도 마흔 돼 봐라, 불혹이 되는지. 마음은 아직도 18세 꽃순이거든!"

"많이도 묵었다. 언니는 도대체 어떤 타입을 찾는데?"

"뭐~, 어떤 타입은 없고 일단 대화만 통하면 된다."

소박한(?) 나의 이상형을 얘기했다. 그러자 선미가 고개를 모로 꼬더니 아주 심하게 걱정된다는 얼굴로 바라보며

"언니야, 언니 진~짜 결혼하기 힘들것다. 남자들하고 대화가 통할 것 같나? 지금 결혼해 사는 부부들 중에 대화가 통하는 부부가 과연 몇이겠노? 아마 열 커플 중에 두 커플도 채 될까 말까 할 끼다. 아마 3, 40퍼센트 정도 대화 되모 마이 되는 기다. 지금 결혼한 부부들이 무늬만 부부인 사람들이 얼마나 많노? 대화가 통해? 아이고~ 어렵다, 어려워."

"정말?"

"아이고, 언니야~, 내가 올해로 결혼 9년차다. 인자 한 40퍼센트 정도 대화된다. 처음엔 말도 마라. 내가 이때까지 휴대폰 3개 집어던졌고, 우산 하나 뽀사 무웃꼬, 차 타고 오다가 열 받아서 카오디오 발로 주우~차 삐꼬, 얼마 전에 쌀 씻다가 씻던 쌀을 그대로 거실에 집어던졌제, 엊그제는 음식물 쓰레기를 신랑 뒤통수에다 확 집어던졌고. 마~, 죽기 아이모 안 살 각오로 맞짱을 뜨는 기지 뭐…."

결혼 9년 동안의 투쟁(?)들을 오후 내내 열변을 토하며 얘기했다. 치열한 투쟁의 성과물(?)로 쓰레기 분리수거와 가사가 많이 분담되었다고 아주 흐뭇해하며 더욱더 군건한 투쟁의 결의

를 다졌다. 그 모습을 옆에서 지켜보며 난 그저 입을 다물지 못하고 감탄하기만 했다.

"투쟁 없인 어떠한 행복도 거저 생기지 않는다"는 만고의 진리 앞에서 투쟁할 의욕을 점점 상실해 가는 나는, 해마다 세웠던 '연애하기' 계획을 과감히 뺐다. 소박한 나의 이상형이 실은 너무나 어려운 조건의 상대였다는 참담함에 마음이 추슬러지지 않는다. 선미는 20퍼센트만이라도 대화가 되면 많이 되는 거라고 조언을 해 준다. 그럼 내가 결코 포기할 수 없는 20퍼센트는 무엇일까? 희망을 버리지 않았기에 지금부터 '화성어'라도 배워야 할까? 체력 관리도 열심히 해야겠다. 혼자 살면서 껄떡대는 남자도 물리쳐야 하고, 나중에 혹시 둘이 살게 되면 쓰레기 집어던질 힘이라도 있어야 하니까.

아는 언니 남동생이 결혼한 지 10년이 넘었는데 이혼을 한다. 다른 이유도 많겠지만, 가장 큰 이혼 사유가 여자가 청소도 안하고 밥도 안 해 준다는 거였다. 요즘처럼 맞벌이 시대에 몹쓸, 간 큰 남자다. 퇴근길, 노동에 찌든 몸은 손가락 하나 움직이기 싫다. 집밥이 그리워 밥을 해 먹고 싶지만 거의 밖에서 사 먹는다. 이런 날 "나도 우렁 신랑이 있으면 좋겠다" 하고 외쳐 본다.

뭘 선언하는 것에 심한 경기(?)가 있지만 특별히 여성의 날을 맞이하여 자존감 있는 금성인의 한 사람으로서 몇 가지를 선언해야겠다.

하나, 여자는 나무가 아니다. 함부로 도끼 자루 휘두르는 '무모한 들이댐'은 단호히 거부한다. 둘, 여자를 몸종으로 생각하는 화성인들은 '이갈리아'로 보내서 1년 동안 살게 할 것이다. 그래도 죄를 뉘우치지 않으면 마법사 해리 포터 집행관에게 일러 금성인으로 평생 살게 할 것이다. 셋, 정부는 화성어와 금성어를 정규 수업에 포함시키고, 화성인과 금성인이 소통할 수 있도록 정부 정책에 적극 반영하여, 갈수록 늘어나는 싱글들을 최소화하는 데 앞장서야 할 것이다. 이 모든 요구가 이루어질 때까지 끝까지 투쟁할 것을 결의한다. 화성인, 금성인 소통하라! 투쟁!

둘레에서 더 이상 혼자 늙어 가는 꼴을 못 보겠다며 소개를 받아라 권유하지만 시큰둥하기만 하다. 끝까지 고수해야 할 20퍼센트를 아직 정하지 못했고, 화성인들과 소통하는 힘겨움보다는 다행스럽게도(?) 이것저것 하고 싶은 일들에 더 마음이 간다. 그저 연애는 더 이상 나의 의지대로 할 수 없기에 윤정이 말처럼 '하늘의 뜻'에 맡기련다.

세상은 넓고 돈과 시간만 있으면 놀거리는 무수히 많다.

아하! 이런~, 돈이 없다고요? 소박하게 놀 방법도 많거든요. 어때요? 저랑 봄 맞으러 산에 가실래요?

| 박미경 생산직 노동자, 2011년 4월 |

저 남자 잡아야
내 팔자 편다

'저 남자 잡아야 내 팔자 편다.' 대학 1학년 세 번째 미팅, 나는 파트너 앞에서 결심했다. 그는 고대 행정학과 3학년. 곧 입대할 거라 했다.

내가 9살 때 아버지가 돌아가시고, 엄마가 가끔 한숨 쉬며 말했다. "여자 팔자는 뒤웅박 팔자다." 내 성적표를 보시면서 말했다. "남편 복 없는 년은 자식 복도 없지." 아빠가 세상을 뜨자 엄마는 개띠 남편 잡아먹은 범띠 며느리가 됐으니, 엄마도 세상이 미웠을 게다.

나도 부잣집 친구가 "할머니가 아빠 없는 애랑은 놀지 말라더라" 했고, 사춘기 시절 친구들은 우리 집에 왔다가 나를 왕따 만들기 시작했다. 나도 싫었다. 부자만 행복한 더러운 세상이.

난 두 가지 탈출구를 찾았다. 주한 미군과 결혼해 이민 간 고모를 따라 미국으로 가든지, 남자를 잘 만나 신분 상승을 하든지. 여차여차해서 유학은 물 건너가자, 나는 남자 만나기에 몰빵하기로 했다. 당시 나는 세상 물정이 어두워서, 행정학과만 나오면 고시 패스하는 줄 알았다. 3학년이니 졸업 빨리해 좋고, 군대야 기다리면 된다. 나는 그이를 세 번 만났고, 부산에서 올라온 그가 외로울까 봐 하숙집으로 전화도 몇 번 걸었다. 콧소리를 섞어서 이렇게 말했지, 아마. "오빠~, 밥 먹었어여?" 젠장, 손발이 오그라든다. 입대는 다가오는데 그놈, 연락을 끊었다. 그렇게 내 팔자 고치기 마스터플랜이 끝났다.

1학년 1학기는 땡땡이, 막걸리, 미팅 세 번으로 막을 내렸다. 허탈했다. 여름 방학이 길었다. 농활을 신청했다. 평택으로 농활을 갔다. 당시 농활대 숙소였던 마을 회관 옥상에 올라가면 저 멀리 미군 기지가 보였다. 아, 물 건너간 내 파라다이스여. 옆에서 선배 언니가 수입 개방 강요하는 미국 놈이 나쁘단다. 귀에 들어오지 않았다.

2학기 개강이다. 선배 언니가 나를 지하 동아리방으로 불렀다. 거기에는 과 동기 녀석이 열 명 정도 있었다. 나만 여자였다. 세미나 할 때마다, 나는 삼종지도 정신으로 토론을 다소곳이 듣기를 즐겼다. 세미나 모임은 《철학에세이》를 마치고 《사람과 세계》를 공부했다. 책이 내 뒤통수를 세게 친다. 그 책은

"내 인생의 주인은 바로 나", "내가 운명을 개척한다"라고 말한다. 얼씨구, 이거 내 철학과는 정반대 아닌가.

2학기 어느 날, 이번엔 다른 언니가 나를 부른다. 휴대용 크리넥스 두 봉지를 주며 "일곱 장씩 이렇게 세모 모양으로 두 번 잘 접어서, 지하 동아리방으로 와." 그냥 시키는 대로 했다. 마침 나는 심심했다. 동아리방 문을 열었다. 아, 석유 냄새가 코를 찌른다. 나는 화염병 제조에 동참했다. 2학년 5월 동기 녀석이 "노태우 살인 정권 타도하자"며 분신했다.

나는 미친 듯이 신촌 거리를 뛰어다녔고, 엄마는 9시 뉴스에서 팔뚝질하는 내 모습을 확인했다. 나는 점점 운동권 학생이 됐고, 깨달았다.

'우리 집이 가난한 건 돌아가신 아빠 때문이 아니다.'

'눈비가 와도 배달하는 우리 엄마는 훌륭한 사람이다.'

20년이 흘렀다. 우리 집은 아직도 가난하고, 좋은 남자도 만나지 못했다. 대학 때 내가 그 책을 읽지 않았다면? 그 남자를 잡았다면? 농활을 가지 않았다면? 과연 지금 행복할까? 나는 "내 운명의 주인은 바로 나"라는 믿음을 가지고 노동운동을 한다. 나는 지금 행복하다.

| 정진희 전국공무원노동조합 홍보부장, 2011년 4월 |

재수
없는 날

아침 7시 50분, 현관문 밖에서 '삐삐' 하고 번호 키를 누르는 소리가 들린다. 활동 보조인(활보)이 도착하면 그때부터 내 하루가 시작된다. 나는 씻는 것, 옷 입는 것, 먹는 것, 화장실 가는 것까지 활보의 손이 필요하다.

처음 활동 보조를 받을 때만 해도 낯선 사람에게 내 모든 것을 보여야 한다는 것에 부담스러웠다. 그러나 짧게는 일주일도 안 돼서 활보가 바뀌었고, 그렇게 8년 가까이 이런저런 일들을 겪다 보니 어느새 나도 많이 무뎌졌다.

오늘 오전에 오는 활보는 나와 만난 지 3개월이 넘어간다. 나랑 성격이 맞진 않지만, 시간과 물리적인 조건을 맞는 사람을 쉽게 찾을 수가 없어서 지금까지 활보를 받고 있다. 말이 없는 편인 활보는 짧게 "안녕하세요" 하고 인사만 하고 서둘러 내가 오늘 입고 나갈 옷을 고른다. 말과 손짓을 사용해 옷을 꺼내는데 유난히 추위를 많이 타는 탓에 꺼낼 옷이 많다.

"제가 워낙 추위를 많이 타서요."

약간 어색하게 웃으며 살짝 활보의 눈치를 봤다(활동 보조 서비스는 중증 장애인에게 선택과 결정권이 있어서 당당하게 요청해야 하지만 나는 왠지 조금 힘든 일을 시키면 마음이 불편하다). 그러곤 활동 보조를 받아 재빠르게 씻고 초가을에 어울리지 않는 옷들을 입기 시작했다. 활보는 무표정한 얼굴로 구부러지지 않는 내 팔을 억지로 옷에 넣는다. 나는 가끔 활동 보조를 받을 때 아무 느낌 없이 내 몸을 맡기고 다른 생각에 빠지기도 한다. 그렇게 집에서 활동 보조를 받은 뒤 사무실에 출근하려고 나왔다.

지하철역에 도착해서 직원에게 리프트를 탄다고 눈짓을 보냈다. 리프트가 올라오길 기다리며 지나가는 사람들의 불편한 시선을 피하기 위해 고개를 푹 숙인 채 핸드폰을 만지작거렸다.

흔들리는 리프트에 올라탄 나는 불안하고 초조했다. 어제 못 마친 일을 하려면 좀 더 일찍 가야 하는데 오늘따라 활보는 늦게 왔고 리프트는 더디 내려간다. 옆에선 사람들이 황급하게 계단을 밟고 뛰어 내려간다. 그렇게 내가 타야 될 시각에 오는 지하철은 요란한 소리를 내면서 떠나간다. '아… 이 빌어먹을 리프트!' 마음속으로 외친다.

사무실 근처 역에 도착했다. 나는 엘리베이터 앞에 줄 지어 서 있는 사람들 사이를 파고들었다. 엘리베이터 외엔 나갈 수가 없으니 어쩔 수가 없다. 나는 늘 사람들이 따가운 눈초리로 쏘아봐도 다른 사람들보다 먼저 엘리베이터를 탄다. 사실 그 좁은 공간에 모르는 사람들과 얼굴 보고 있는 것이 불편하다. 차라리 내가 먼저 타서 벽 보고 있는 게 낫다. 문 닫히는 시간까지 계산한다면 1분 남짓이지만 그 1분 동안 어이없는 일들을 겪는다.

아침부터 어딜 가냐, 누가 이렇게 치장해 주냐, 이 휠체어는 얼마냐, 보호자 없냐, 수많은 물음이 쏟아진다. 내가 아무런 대꾸를 안 하면 "말 못 하나 봐." "가방 보니 학교 가나 봐." "아냐, 복지관 가나 봐." "에휴, 불쌍해라. 어쩌다 쯧." "그래도 세상 많이 좋아진 거. 이렇게 돌아다니는 게 어디여." 웅성웅성…. 이렇게 사람들은 멋대로 질문하고 멋대로 결론을 지어 버린다. 내가 일을 하고 있는 노동자라는 걸 아무도 인식하지 못한다. 그래서 난 늘 이어폰을 끼고 다닌다. 이런 사람들을 상대하기 싫어서.

지하철역에서 15분 걸리는 사무실을, 휠체어로 위험천만한 레이싱을 하며 5분 만에 도착했다. 지하철역에서 내리면 흔들리는 리프트도, 웅성거리는 엘리베이터도 없으니까 마음껏 달릴 수 있다.

하지만 사무실 건물 앞에 도착해서 난 또 머뭇거렸다. 사무실 건물 주인이 걸어 다니는 사람들에게 미끄럽다고 경고를 해서 경사로를 늘 설치해 놓을 수가 없다. 사용할 때만 가져다 써야 한다. 어쩌다 운이 좋을 땐 옆집 가게 아저씨와 마주쳐서 부탁하면 조금 덜 서성거려도 된다. 하지만 오늘도 사무실에서 누가 나오길 기다렸다.

드디어 사무실에 들어왔다. 가장 먼저 하는 일은 컴퓨터를 켜고 주문 메일함에 있는 현수막 주문을 살펴보는 거다. 아직 초보 디자이너이기에 이것저것 서투르고 속도도 느리다. 이곳이 아무리 효율성과 속도를 문제 삼지 않는다고 하지만 나는 부담스럽다. 워낙 창의성이 없어서 디자인 방향만 잡는 데도 오랜 시간이 걸린다.

사실 내가 이 일을 하게 된 것은 뭔가 잘하고 싶은 일을 찾고 싶었기 때문이다. 장애인 단체 활동가로 일했을 때 내가 너무 부족함이 많아서 늘 괴로워해야 했다. 그래서 무모하게 나는 다른 길을 택했다. 그러나 이 길도 평탄하진 않았다. 디자인이 떠오르지 않아 한숨만 내쉬고 손동작이 느린 탓에 주문이 밀려 초조했다.

정신없이 온갖 생각과 디자인 업무를 하고 나니 퇴근 시간이 됐고 몸은 지쳤다. 지친 몸을 추슬러서 집으로 가는 지하철을 또 타기 위해 엘리베이터 앞에 있었는데 한 여자가 내게 오더니 도와주고 싶다면서 막무가내로 나를 만졌다. 됐다고 뿌리쳤지만 얼굴을 만지며 자기 친구랑 닮았다며 들고 있던 꽃을 내게 주려고 했다.

완강히 거절하고 엘리베이터를 탔는데 그 여자가 같이 타는 것이다. 나는 올라가서 역 직원에게 도움을 요청하는 것밖에 방법이 없을 것만 같아서 일단 같이 탔는데, 그 여잔 갑자기 통곡을 하면서 "주여~"라고 외치며 기도를 하는 것이다.

'아…. 젠장…. 정말 피곤해' 하고 생각하며 엘리베이터에서 내려서 감정이 섞이지 않은 말투로 그 여자에게 말했다.

"전 도움이 필요 없고요. 여기서부턴 따라오지 않았으면 좋겠습니다."

그 여자는 잠시 망설이는 모습을 보이더니 다행히 다시 엘리베이터를 타고 내려갔다. 정말 재수 없는 날이다. 집에 오면서도 몇 번을 뒤를 돌아봤다. 온몸에 힘이 빠져서 집에 들어왔다.

저녁 활보분이 오셔서 저녁밥 준비하는 것을 무심히 쳐다봤다. 오늘은 오징엇국을 끓이신다. 이번 저녁 활보는 연세가 좀 있으셔서 그런지 요리를 잘하신다. 그전까지만 해도 반찬을 거의 사 먹거나 김과 김치로 대충 먹었다. 그런데 활보가 바뀐 뒤부터 국도 끓여 먹을 수 있게 되었다. 오늘은 내가 좋아하는 오징엇국을 요리해 주셨지만 몸이 너무 피곤해서 밥이 잘 넘어가지 않았다. 그래서 밥은 반 그릇 정도만 비웠다. 활보분이 자기 집에 가실 시간에 맞춰서 얼른 내가 잘 잠자리 준비를 해 주시고는 짧은 인사를 하고 가셨다.

어느덧 집에서 혼자 나와 산 지도 7년이 넘어간다. 지난 7년 동안 오늘처럼 수많은 일을 겪으면서 지치고 힘들 때도 많았다. 그러나 힘든 하루 일과를 마치고 늦은 밤, 활보도 가고 아무도 방해하지 않는 이 순간이 있어서 나는 다시 하루를 살아갈 수 있다.

| **상희** 노란들판 디자이너, 2011년 12월 |

책
버리는 날

 수능이 끝난 지 5일이 됐다. 3학년 교실에 가려다가 건물 옆에 아이들이 몰려 있어서 가 봤다. 3학년 건물 3층과 2층 창문에서 아이들이 책을 버리고 있었다. 지난 1년 동안 공부했던 참고서, 문제집을 버리는데 학교 폐휴지 수집통은 어림도 없어서 건물 옆에 버렸다. 재활용품 수집 업자가 트럭을 가지고 와서 대기하고 있다.

 후배들은 쓸 수 있을까 싶은 책을 골라 가기도 한다. 고3의 필수 교과서가 돼 버린 EBS 책을 주로 가져간다. 책이 좋아서가 아니라 EBS 교재를 수능에 반영하니까 꼭 봐야 하기 때문이다. 우리나라 교육은 EBS 책 쓴 몇몇 사람이 담당한다.

 높은 곳에서 떨어뜨리기 때문에 옆으로 많이 퍼지는데도 쌓인 높이가 사람 키만큼 된다. 재활용품을 수거하러 온 업자가 망연자실하고 있다. 가져온 1톤 트럭으로는 어림도 없고, 손으로 싣자니 허리가 부러질 게 뻔하다. "이렇게 많을 줄이야…" 그분이야 난감해하든 말든 책은 계속 버려지고 있었다.

수업 시작 종이 치자 후배들은 교실로 가고 3학년 몇몇이 떨어지는 책을 구경하고 있었다. 동영상을 찍었는데 "와, 멋있다", "나 이미 찍어서 싸이에 올렸다", "작년보다 많은 것 같다"는 소리가 녹음되었다. 구경하고 있는 아이들과 인터뷰를 했다.

나: 책을 버리는 심정이 어때요?

학생1: 시원해요.

학생2: 홀가분해요.

나: 책을 왜 버려요?

학생1: 필요 없으니까요. 입시를 위한 것일 뿐이잖아요.

나: 입시가 끝났으니 책은 쓰레기장으로 간다?

학생1: 휴지로~ 화장실에서 다시 만나!

나: 우리 교육도 이런 모습 아닐까요?

학생1: 맞아요. 찍기.

학생2: 한 방이잖아요.

학생1: 인생이 어떻게 하루에 결정돼? (웃으면서) 내 인생 이제 망했다고!

학생2: 그 시 생각난다.

학생1: 뭐?

학생2: 해우소에서 떨어지는 똥 덩어리같이 느껴질 때… 뭐 그런 시!

김광균의 〈대장간의 유혹〉이 생각난 모양이다.

학생1, 2: 으앙~ (둘이 껴안는다. 카메라에서 한동안 고개를 돌렸다. 장난으로 낸 울음소리가 진짜 울음이 됐다.)

또 다른 학생과 인터뷰.

나: 책을 버리는 모습을 보니까 기분이 어때요?

학생3: 저요? 좋아요. 해방된 느낌! (옆의 학생이 웃으며 박수를 친다.) 이제 진~짜 끝났다는 느낌!

나: 책은 마음의 양식이라는데….

학생3: 저건 마음의 양식이 아니죠.

나: 그럼 저 책은 어떤 책이죠?

학생3: (옆의 학생을 쳐다보며) 저건 어떤 책이야, 애들아?

학생4: 스트레스!

학생3: 맞아, 스트레스! 스트레스를 주는 책이에요.

인터뷰 중에도 책은 간간이 계속 떨어지고 있었다.

건물 안으로 들어가서 책을 버리는 학생과 인터뷰를 했다. 아래에서는 크레인이 굉음을 내며 책을 담고 있었다.

나: 책을 버리는 기분이 어때?

학생5: 허무해요. 하루아침에 다 끝나고 다 버려야 하니까. 재수할 수도 있는데 이렇게 다 빨리 버려도 되나?

나: 재수하면 보던 책을 또 볼 것 같아요? 새로 살 것 같아요?

학생5: 어…, 또 사게 될 것 같아요.

주로 문제집이기 때문에 답이 표시돼 있고 O, X 채점 결과가 표시된 책을 다시 보지는 않을 것이다.

책을 버리는 또 다른 학생과 인터뷰했다.

나: 책을 버리고 나니 기분이 어때요?

학생6: 상쾌해요.

나: 왜 상쾌해요?

학생6: 1년 묵은 때를 벗긴 기분이에요.

나: 아, 그러니까 책이 바로 땐가 보죠?

학생6: 예, 하하!

나: 어떤 책은 집에 잘 보관을 하는데 저 책은 왜 버리죠?

학생6: 입시를 위한 책이니까요. 이제는….

나: 우리나라 교육에 대해 한마디 한다면?

학생6: (고개를 젓다가 몇 번 요청하자 한참 생각하더니) 나쁘지는 않은 것 같아요. 노력한 만큼 결과가 나오니까.

나: 어때, 이번 성적 잘 나올 것 같아요?

학생6: 아니요.

나: 그래요? 노력을 안 했나 보네요?

학생6: (머뭇머뭇)

나: 방금 '한 만큼 나온다' 했잖아요.

학생6: (쑥스럽게 웃으며) 안 했나 봐요.

이때 두 명의 학생이 박스 가득 책을 들고 와서는 버렸다. 내가 그 광경을 찍자 웃으며 "선생님, 이건 초상권 침해예요" 한다. "기분이 어때요?" 하고 물으니 "좀 그렇네요" 하며 저쪽으로 후다닥 달려갔다.

어느 선생님이 말했다. "우리 교육은 쓰레기다."

| **차용택**　경남 진주에서 근무하는 교사, 2012년 2월 |

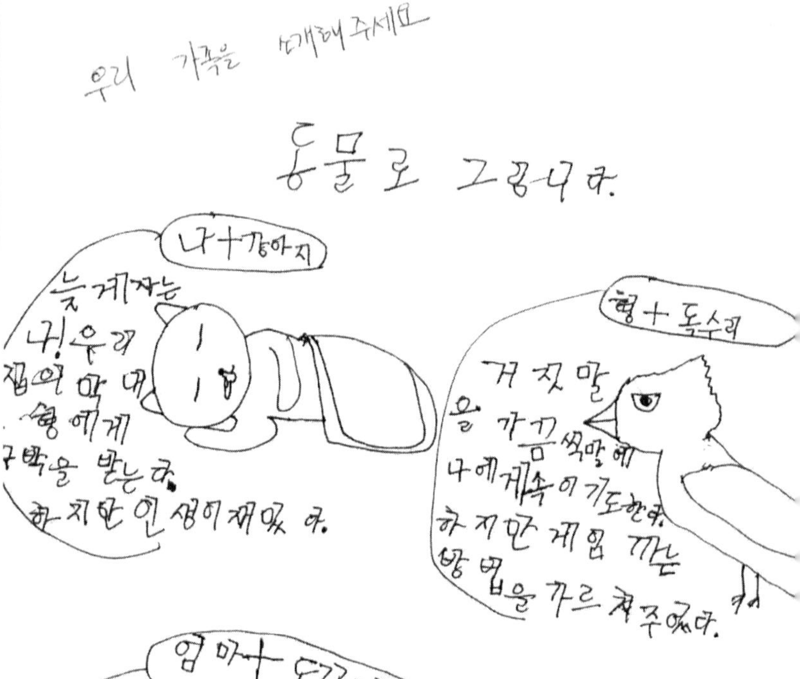

| 박현진 님 조카 2011년 9월 |

엄마의 목소리

수학 문제를 풀다가

모르는 게 있어

엄마에게 물었는데

내가 좋아하는 엄마 목소리로

설명해 주었다

비슷한 문제를 또 몰라

물었는데 이번엔

태권도 사범님 목소리로 바꼈다.

그래도 몰라서

한 번 더 물었더니

천둥소리가 들렸다

무슨 말인지 하나도 모르겠다

내가 엄마가 되면

천둥소리는 절대 내지 않겠다.

| 원소영 일산초등학교 2학년, 2010년 12월 |

스뎅미스도
비혼한다!

"직업이 어떻게 되세요?"

누군가를 대면하면 이름 다음으로 묻는 말 중의 하나다. 적어도 20대를 훌쩍 지나 당연히 어엿한(?) 사회의 구성원이어야 하는 나이에는 말이다. 우리는 하나의 직업군이 그 사람의 생활 패턴과 경제적 능력은 물론, 성격까지도 규정한다. 여기는 자본 치하의 사회이기 때문이다. 그래서 이 질문이 상대방에 대한 무척 중차대한 정보이기 때문에 그것을 알아야 친밀해질 수 있다고 믿는 것이다.

하지만 누군가에게는 이 질문이 가장 대답하기 어려운 것일 수도 있다. 나 또한 특정 직업을 대기가 무척 꺼려지는 사람 중의 한 명이다.

내 주된 수입원은 인터뷰 혹은 잡지 기사를 쓰는 일이지만 다큐멘터리 제작에 관여하거나 상영 기획도 한다. 비영리 단체나 행사의 온라인 홍보를 맡거나 영화 출연, 연극도 한다. 그리고 작은 레스토랑의 파트타이머 차림사(여성 식당 노동자를 부르는 새로운 말. 한국여성민우회에서 공모한 이름이다.)이기도 하다. 몸으로 때우는 일과 머리를 쓰는 일을 고루 하지만 한결같이 '돈이 안 된다'는 공통점을 갖고 있다.

가슴 뛰는 일, 창의적인 활동을 좋아하지만 하나만으로는 먹고살기가 힘들기에 여러 일을 오가는 것이다. 때문에 문제의 질문을 받았을 때 망설임 후에야 대답이 가능하다. 어떤 답을 해야 상대방이 빠른 시간 내에 이해할 수 있을지를 고려하면 답하기 좀 수월하다. 문제는 (상황이 엇비슷한) 주변 예술인이나 활동가, 비정규직 노동자가 아닌 이들을 만났을 때다. 나이가 지긋하신 어른들을 만났을 때가 제일 난감하다. 그래서 그냥 전업 기자나 작가인 양하거나 "이 일 저 일 해요"라고 둘러대곤 한다.

부모님도 딸이 무진장 바쁘긴 한데 대체 무엇을 하며 먹고사는지 늘 궁금해하신다. 사실 수년 전까지는 그냥 "알바 해요" 하고 둘러댔다. 긴말하기도 좀 피곤했고 부모님을 부양하거나 결혼할 능력이 안 된다는 것을 은근한 방식으로 강조하고 싶었던 것 같다.

성장기부터 한 번도 부모님을 실망시키거나 신경 쓰이게 하지 않은 딸에 대한 믿음과 적당한 방치가 내가 원하는 삶을 살 수 있었던 원동력이 된 셈이다. 여성운동 한다고 설치고 다니고, 가끔 가족들에게 입바른 소리 할 때부터 '돈 벌어 오긴 글렀지' 포기하신 것 같다. 그치만 딸이 최소한의 '평범한 행복', 그러니까 결혼하기를 원하는 건 지금도 간절해 보인다. 죄송하기는 해도 '비혼'은 내 삶의 꽤 완강한 선택지이다.

20대 중반에 대학을 졸업하고 1년가량 비정규직으로 일하다가 취업하고 난 뒤에 부모님은 결혼 얘기를 꺼내셨다. 그런데 나는 자칭 '연애 무능력자'로서 결혼을 진지하게 생각해 본 적이 한 번도 없었다.

야근에 찌들리면서 남동생 두 명과 살림을 보살피는 것만으로 삶은 충분히 벅찼다. 화장실 쓰레기통이라도 좀 비우라고 잔소리할라치면 막내는 "난 집에서 화장실 안 간단 말이야" 하고 말 같지도 않은 대꾸를 했다.

그때까지만 해도 싫은 소리에 능숙하지 않아서, 참다 참다 어느 날 용달차를 불러 짐을 싸서 나왔다. 얼마나 걔네 꼴이 보기 싫었는지, 수백만 원의 월세 보증금을 버린 셈 쳤다(물론 나중에 엄청나게 후회했지만). 그렇게 나는 장녀 같은 둘째, 가부장제의 각본대로 사는 착한 딸 노릇을 포기했고 손이 부족한 집안의 아들이라는 이유로 동생들이 당연히 누려 온 권리에 문제를 제기하기 시작했다. 그리고 '엄마처럼 살지 않기 위해서' 결혼도 좀 더 적극적으로 등한시하게 됐다.

　이런 나도 처음이자 마지막으로 선을 볼 뻔한 적이 있다. 직장 그만두고 제멋대로 살던 이십 대 후반 혹은 삼십 대에 접어든 무렵이었는데, 종교가 같은 괜찮은 집안에서 중매가 들어온 것이다. 딸의 직업을 묻는 그쪽 질문에 부모님이 좀 난감해하면서 "아르바이트 어쩌고" 하셨던가 보다.

　신이 예비한 짝이라고 확신하며 당사자들이 직접 만나라고 연락처를 건네준 부모님은 막상 상대에게 연락이 오지 않자 꽤 당황하셨다. "선 보는 건 이번 딱 한 번이에요"라고 미리 다짐을 받은 나는 속으로 쾌재를 불렀다. 은행원이라던 상대방에 대한 속물스러운 기대는 결혼이라는 '등가 조건의 거래' 앞에서 무력해졌다.

　해를 몇 번 넘겨 서른다섯이 된 나는 더 이상 결혼 시장에서 매력 없는, 거칠게 말하면 상품 가치가 전무한 존재가 되었다. 그래서 결혼을 안 한 것인지, 못 한 것인지 하는 구분도 의미가 없어졌다. 그래서 차라리 속이 편하다.

　지난 4년간 비혼 운동이 주된 화두인 '언니네트워크'에서 활동했다. 비혼 여성이자 활동가로, 다른 삶의 방식을 꿈꾸는 사람으로 수없는 비혼을 만났고 그들의 이야기를 담은 책 《언니들, 집을 나가다》(에쎄, 2009)도 펴냈다. 비혼의 사회적 맥락과 언어에 대해 고민하면서 비혼에도 백이면 백, 다른 결이 존재한다는 것도 알게 되었다. 가 보지 않은 삶에 대한 약간의 호기심 외에는 결혼의 모습을 그려 볼 때가 점점 적어지고 있다.

그런데 외롭다는 것은 아주 현실적인 삶의 감각이어서 때때로 사무치게 외로움을 느낀다. '세상에 내 편 하나 없나' 싶을 때는 너무 여지없이 비혼으로 산 것은 아닌가 싶기도 하다. 그러나 해 보지 않았어도 확신할 수 있는 것은 결혼이 외로움을 끝장낼 묘안일 수 없다는 것이다.

불혼과 비혼 사이, 어느 지점에서 헤매고 있는지 모를, 3개월을 넘기지 못한 연애 경력의 소유자인 나는 '무소의 뿔처럼 혼자 가는' 것에 익숙하다. 그렇지만 누군가와 눈을 맞추고, 마음을 나누는 것이 어색하거나 낯설게 되는 것만은 경계하려고 무진 애를 쓴다. '노처녀의 히스테리'가 아닌 '비혼의 허스토리'를 꿈꾸면서, 매일의 일상을 충실히 살아 내는 것, 이렇게나 다양한 일들 사이에서 균형을 잃지 않는 것, 할 일에 치인 나머지 손 놓고 달아나지 않을 정도로 일과 휴식을 조절하는 것이 현재 가장 중대한 관심사이다.

연애다운 연애를 하고자 작정했지만 수없이 마음을 깎아 내야 했던 기억을 거의 떨쳤으니, 연애도 다시 할 작정이다. 관계 맺는 일, 상처가 두렵고 마음먹은 대로 되지 않는다 할지라도, 원하는 만큼 사랑하거나 사랑받지 못한다 할지라도 지레 겁먹거나 물러서지 않을 것이다.

이만치나 멋진 나의 비혼을 살아 내고 있으니까, 비혼하는 내게 아직도 열려 있는 삶의 가능성을 누구보다 사랑하고 즐길 줄 아는 사람이니까. 조금 덜 외로울 가능성과 경제적 안정을 여전히 꿈꾸는 일과 맞바꾸고 다시 한 발짝씩 힘차게 딛는다.

| 이은 프리랜서 예술 노동자, 2012년 3월 |

교실에서 노동의
역사를 가르치기

요즘 학생들에게 꿈이 뭐냐고 물으면 돈을 많이 버는 것이라고 대답한다. 구체적으로 의사, 변호사, 교사, CEO를 꼽는다. 학부모들도 비슷하다.

학부모들 중 "공부하기 싫으면 공장에 가서 공순이나 되어라"는 말을 하시는 분이 아직도 있다. 몇 년 전엔 수업하러 들어간 반의 급훈을 보고 기겁을 했다. "대학 가서 미팅할래? 공장 가서 미싱 돌릴래?"라는 글귀가 교실 앞에 걸려 있었다. "저 급훈, 누가 정한 거야?"라는 질문에 "우리요! 열심히 공부하려고요!"라는 해맑은 답변이 들려왔다.

대부분의 학생들과 학부모, 교사들은 노동의 가치에 대해 별로 관심이 없다. 한국 사회 전체가 부동산, 주식 투자로 불로소

득을 얻는 것을 부러워하지 않는가. 학부모 대부분이 노동자의 삶을 살고 있고 학생들도 거의 88만 원 세대가 되는 현실에서 노동하지 않는 삶을 꿈꾸고 있는 것이다.

내가 노동의 역사를 가르치려고 한 것은 역사 교사로서 부끄러웠기 때문이다. 학교 밖 강연회나 집회에서 만나는 노동자들은 "학교에서 배운 역사는 가진 자들의 역사였고, 노동이 귀하다고 말하는 역사를 배워 본 적이 없다"라고 말했다. 그 말을 듣고 얼굴이 뜨거워졌다.

내가 가르친 학생들이 어른이 되었을 때, 노동자들의 파업에 대해 "시민의 발이 묶여 불편하다", "노조는 노동 귀족"이라는 식으로 말하는 무개념 시민이 아니었으면 한다. 노동자가 된다면 자기 노동으로 정직하게 살면서 당당함을 잃지 않기를 바라며, 공부를 잘해 전문직이 된다면 노동자들에게 따뜻한 말로 연대의 뜻을 보낼 수 있었으면 한다.

인문계 고등학교에서 현대사를 가르칠 때 전태일을 빼놓지 않았다. 수행 평가로 《전태일 평전》 독서 감상문을 받았고, 전태일에 대한 극화 발표도 시켰다.

학생들은 전태일의 어린 시절 가난과 배움에 대한 열정에 놀랐고, 그 시절의 열악한 노동 실태에 분노했다. 하지만 학생들은 전태일을 머나먼 과거의 사람으로 여겼다. 그래서 현재 노동 문제를 수업에 끌어들였다. 두산중공업 배달호 열사, 한진중공업 김주익 열사 등의 이야기.

　학생들은 노동자의 권익이 아직도 제대로 지켜지지 않는 현실에 분노했지만 그것은 자신과는 상관없는 노동자의 일이었다. 아이들은 노동 문제에 대해 분노할 만큼의 정의감을 가지고 있었지만, 노동자의 삶을 자신의 문제로 받아들이지 않았다.

　그러다 신발 특성화 고등학교인 실업계 고등학교로 전근 갔다. 학생들은 수업 시간에 신발 제작 실습을 하였고 그야말로 노동자의 삶을 준비하는 학생들을 가르치게 되었다. 학부모들은 대개 일용직 노동, 자영업, 수산업 등에 종사하셨는데, 아이들은 부모님을 떳떳하다고 생각하지 않았다. 선생님들로부터 "공부도 못하는 공돌이"라는 말을 듣는 아이들이 스스로 일하는 보람을 느끼는 것은 불가능했다.

　우선 학생들의 아버지와 어머니의 삶을 수업 내용으로 선정했다. 학생들의 아버지들 중 알코올 중독자가 꽤 있었다. 그래서 《전태일 평전》에서 전태일의 아버지 전상수 씨와 관련된 부분을 발췌해서 학생들에게 읽혔다.

　전상수 씨의 삶은 옷 만드는 기술을 가진 노동자가 열심히 노동해도 몰락해 가는 과정을 사실적으로 보여 준다. 몸 하나, 기술 하나 가진 노동자에게 성공이 얼마나 어려운지, 또 실패했을 때의 좌절감이 잘 나타나 있다. 평소에 수업 내용에 관심 없던 아이들이었는데 글만 빽빽하게 제시된 그 자료를 열심히 읽었다. 전상수 씨의 이야기는 바로 자신들의 부모 이야기였기 때문이다.

자료를 읽히고 난 뒤 학생들에게 "전태일은 자신의 아버지를 어떻게 생각했을까?"라고 물었다. 학생들은 "아버지가 불쌍하다고 생각했을 거 같다", "아버지를 용서하고 싶었을 거다"라고 했다. 마치 아버지에 대한 자신들의 생각을 드러내듯이 전태일의 마음을 이해하려고 하였다.

그리고 1960~70년대 여공을 수업 주제로 삼았다. 노동 환경, 시간, 임금, 취업 동기, 그리고 놓치지 않았던 꿈에 대해 학생들과 공부했다. 《여공 1970년》,《끝나지 않은 시다의 노래》 두 책을 참고했다. 여공들의 일기도 읽고, 동일방직 노동자들의 '공장의 불빛'에 나오는 노래도 불렀다.

글과 노래를 통해 노동조합을 결성하는 과정의 어려움과 여성 노동자들이 포기하지 않은 꿈을 느끼게 하였다. 이와 함께 1960~70년대 한국 경제 성장에서 경공업이 차지한 비중과 여성 노동자들의 노동이 한국의 수출입, 경제 성장에 기여한 바를 자료로 제시했다.

마지막으로 한국 경제 발전은 누구의 공인가 생각하는 시간을 가졌다. 당시 민주노동당 국회의원이었던 최순영이 쓴 '공순이 최순영이 영애 박근혜에게'라는 글을 같이 읽었다.

한국의 경제 발전은 독재자 박정희 개인이 이룬 것이 아니라 수많은 노동자들이 저임금, 건강과 죽음을 담보로 땀 흘려 이룬 것이라는 글이었다. 학생들은 공장 노동자가 국회의원이 되었다는 게 신기한지 사실이냐고 몇 번이나 물었다.

강원도에서 상경한 소녀였던 최순영이 가발 공장인 YH무역의 노조 위원장이었던 것과 풀뿌리 지역 운동을 하며 살아왔던 삶을 이야기해 주었다. 당시 노동조합에서 활동했던 분들이 하신 말씀, "그때의 노조 경험이 내 삶을 당당하게 바꾸었어요"라는 말도 전해 주었다.

경제 발전의 공을 박정희 개인에게 돌리는 것이 정당하지 않다는 이야기를 하려고 했지만 학생들은 노동자가 국회의원이 되었다는 사실에 놀랐다. 생각해 보면 실업계 학생들은 자신들이 고된 노동을 하며 살아야 한다는 것을 알고 있었다.

노동자를 낙오자처럼 여겼기에 노동자가 국회의원이 되었다는 데 충격을 받은 것은 당연했다. 노동자의 삶을 외면하던 아이들이었지만 그들의 노동과 노동운동이 사회 발전에 기여한 바를 공부하면서 스스로의 삶을 위로한다는 느낌을 받았다.

지금은 인문계로 옮겨 왔다. 학생들에게 수행 평가로 부모님의 첫 직장 이야기를 조사해 오게 한다. 첫 직장의 직종, 임금, 노동 환경, 힘들었던 점, 20대의 꿈을 인터뷰하는 숙제이다.

학생들은 부모님이 현재의 자신들처럼 꿈을 가지고 있었다는 사실에 놀란다. 난 부모님의 직업을 간단한 표로 정리해서 보여 준다. 공업사, 섬유, 신발 등의 공장들이 등장한다. 부산 경제에서 사상공단이 차지했던 비중, 어머니들이 주로 일하신 경공업이 한국 경제에서 차지한 비중을 설명한다.

몇몇 아버지들은 1987년 노동자 대투쟁에 대한 이야기를 해 주셨는데, 그런 인터뷰 자료를 아이들에게 보여 주면 학생들은 노동운동을 남의 이야기가 아니라 친구 아버지의 이야기로 받아들인다.

인문계 학생들은 노동자의 삶을 자신의 미래로 그리지 않는 다. 하지만 부모님의 노동이 없었더라면 자신들의 삶도 없다는 것을 알았으면 하는 마음으로 수업을 한다.

노동사, 노동운동사를 수업할 때 가장 어려운 것은 학생들이 노동자의 삶을 자신의 삶과 연결시키지 않는 것이다. 역사 공부 가 타인의 삶을 이해하는 것이라고 할 때 노동자의 삶을 이해하 고 그들에게 연대하는 마음을 가지는 것이 내가 바라는 최소한 의 교육 목표다. 더 나아가 당당한 노동자로서의 정체성을 가지 는 것도 바라는 바이다.

| 김민수 주례여자고등학교 교사, 2012년 5월 |

애 안 낳기
파업하랴?

2007년 2월.

영하 몇 도이던가. 퇴근하려고 주차장으로 나섰더니 몸이 떨렸다.

"휴가 언제부터지?"

기획팀 ○ 차장이 물었다.

"아. ○○일부터요."

"그럼 3개월? 김 과장은 좋겠어. 1년에 9개월씩만 근무하고."

"네에? 그럼 차장님도 아이 낳으세요. 그 불편함을 느껴 봐야 그런 소릴 못 하지."

회사 직원 일부는 외부 주차장을 이용하기도 하는데 하필 나와 그 차장님은 회사 건물 지하 기계식 주차장에 주차를 해서 마주쳤던 것이다. 주차 관리원이 차 번호를 입력하여 그 차장의 차가 도착하기를 기다리는 그 잠깐 사이의 일이다. 그 차장이 그저 우스갯소리로, 아마 지금은 기억조차 못할 정도의 농담으로 내게 던진 한마디는 몇 년이 지난 지금까지도 아프게 자리 잡혀 있다.

　서른셋, 봄에 결혼한 나는 결혼 전부터 "콩이나 두부 요리 좋아해?"라는 말을 남편에게 가끔 들었다. 나중에 알고 보니 남편과 동갑인 내 나이가 많다고 여기신 시어른과 시누이의 등쌀에 남편이 내게 물었던 것이다. 혹시 나이가 많아 아이가 쉬 생기지 않을까 걱정하신 모양이었다. 다행한 것인지 걱정과는 다르게 결혼한 다음 달 바로 아이가 생겼다. 그래서 이듬해 초봄 아이를 낳고 복직했다. 그리고 연년생으로 이제 둘째 아이 몫의 출산 휴가를 앞두고 있었다.

　서서 일하는 것도 아닌데 저녁이 되면 다리도, 발도 많이 부어 집에 가서 판탈롱 스타킹을 벗으면 무릎 아래에 붉은 자국이 선명했다. 자국만 남은 것이 아니라 그 부위가 가려운 듯 아프기까지 했다. 그 퉁퉁 부은 다리를 손으로 누르면 쑥 들어가 우묵해져 살이 바로 올라오지 않고 한동안 누른 모습 그대로였다. '쥐가 난다'는 게 어떤 것인지 처음 알게 된 것도 임신한 이후였다. 자다가 종아리에 쥐가 나서 소리도 제대로 못 지르고 남편을 겨우 흔들어 도움을 받기도 하고, 이도 저도 안 될 땐 반대

쪽 발로 꾹꾹 눌러 보기도 했다. 그래도 아침이 되면 어제 누른 부분이 어디인지 모르게 부기가 빠져 출근할 수 있었다. 발톱을 깎을 때는 물론, 양말이나 스타킹을 신을 때에도 침대에 앉아 한쪽 무릎 위에 반대쪽 발을 올려야 신기가 수월했다. 아마 산달에 80킬로그램이 넘었기 때문에 남들보다 더 힘겹게 느꼈는지도 모르겠다.

부른 배 때문에 몸을 굽히는 일은 당연히 불편했다지만, 밤에 자다가 한 차례 이상 화장실에 꼭 다녀와야 했던 것은 무척이나 불편했다. 자다가 일어나기 싫은 건 모두가 똑같겠지만, 부른 배 때문에 무거워진 몸을 일으키기도 수월하지 않았기 때문이었다. 이미 많이 자란 아이는 내 장기와 함께 지내기 비좁았는지 가끔 한 번씩 꿈틀꿈틀 움직거렸다. 그러니 한꺼번에 음식을 양껏 먹을 수도 없었고, 화장실도 자주 가서 속을 좀 비워 줘야 했다. 조금 빠르게 걸었다거나 결재를 위해 한 층 정도라도 계단을 좀 빠르게 올랐다 하면 숨이 차 오고 말이다.

그래도 내 경우 입덧은 없는 듯이 지나갔다. 나야 그런가 보다 했지만 재무팀 여직원의 경우 오전 근무에 지장을 줄 정도라 사내에서 뒷말도 있었다. 그래서 업무에 지장을 준 일이 없어 다행이라고 자부하던 내게, 남자 동료의 '9개월 근무' 운운하는 비아냥은 그냥 흘려버리기엔 가슴에 남는 것이 많았다.

어쨌건 그렇게 회사를 다녔고, 열심히 일했다. 첫째 때에는 화장실을 가는 시간까지 아껴 가며 일하다 '신우염'이 의심된다는 진단을 받고 산부인과를 대학 병원으로 옮기기도 했다. 부른 배로 경기도 안성까지 며칠간 내가 직접 운전해서 출퇴근해 가며 일했다. 퇴근 때에는 교통 체증으로 세 시간도 훨씬 넘게 운전해서 말이다. 그런 나였는데….

그러고 보니 큰아이를 갖고서 입던 임부복을 다시 입던 첫날, 엘리베이터에서 마주친 재무 담당 임원의 말도 걸렸다. 안 그래도 임부복을 다시 꺼내 입으며 민망해하는 나였다. 그런데 임원은 내 옷을 위아래로 쳐다보며 "뭐야. 또? 당신은 언제 일하려고?"라고 했다. 그땐 "뭐 일할 건 다 합니다"라고 호기롭게 받아쳤다 생각했다. 하지만 지나고 보니 그래 봐야 남자들의 눈엔 그저 출산 휴가 챙겨 먹는 임신부로만 보였던 것이로구나.

집에 오는 내내 분하고 서글펐다. 결혼 즈음 눈코 뜰 새 없이 바빴던 시절도 생각나고, 출산 휴가 후 복직한 한 달 동안 아무 일도 주지 않은 팀장 때문에 회의 시간에 발칵 뒤엎은 일도 생각이 났다. 물론 그 팀장님과는 지금도 연락을 하고 오히려 내게 다시 일을 해 보자며 손을 내밀어 주시기도 했지만 그 한 달의 기억은 두고두고 많이 쓰렸다.

시간이 지나면서 업무도, 사람들과의 관계도 모두 해결되어 제자리를 찾았고, 나름의 보람도 느끼던 참이었고, 다시 잡은 일이 손에 익을 무렵에 두 번째 임신을 알게 되었다. 확인한 처음엔 사실 속이 많이 상했다. 왜 하필 이때에….

하지만 긍정적으로 생각했다. 어차피 둘은 낳을 생각이기도 했고, 지금 낳아 봐야 서른다섯. 40대에 학부모 되고, 언제 키워 언제 결혼시키랴 싶어 '차라리 잘됐구나' 하며 긍정적으로 생각했다. 출산이 곧 애국하는 길이라고 연일 매체에서 떠들어 대고, 출생률 저하로 국가 장래가 걱정된다는 이 시기에 우리 부부는 "우린 둘이 만나 둘을 낳는 것이니 본전은 하는 거다"라고 애써 기뻐했다. 하지만 그건 그저 집에서 하는 소리이고, 실상은 직장에서는 임신부들은 눈엣가시였던 모양이다.

석 달의 출산 휴가가 남자들에게는 '일 안 하고 집에서 쉬며 공짜로 월급 받는 기간'이며 '1년 중 9개월만 근무해도 되도록 명문화된 여자들의 아니꼬운 특권'쯤으로 인식되나 보다. 지금 생각하면 큰아이와 둘째 아이의 육아 휴직도 사용하고, 조금은 손이 덜 가도록 아이가 조금이라도 더 컸을 때 복직할 것을 잘 못했다는 생각도 들긴 한다.

지금은 집에서 아이를 키우며 살고 있는 수많은 전업 주부들도 예전엔 이 사회 한 부분을 담당하던 훌륭한 사회인이었다는 것을, 그리고 그분들이 이 사회를 유지하는 데 얼마나 큰일을 한 것인지 한 치 앞도 모르는 O 차장과 같은 사람들에게 알리고 싶다.

하지만 그보다는 내가, 여자가 얼마나 중요한 존재인지 모르는 몰지각한 인간들에게 묻고 싶다. "아이를 갖고, 활동하는 게 그렇게 아니꼬웠냐"고. 그럼 우리가 다 함께 "똘똘 뭉쳐 파업하랴?"라고 말이다.

"무슨 파업이냐고? 애 안 낳기 파업이다, 이것들아!"

| 김진영　주부, 2012년 6월 |

마흔세 살
혜원이

나는 눈이 보이지 않고 걸을 수도 없습니다. 어린 시절 다른 형제들이 학교에 갈 때, 나는 집 안에서 멍하니 시간만 보냈습니다. 형제들이 학교에서 배운 것들을 또랑또랑한 목소리로 읽어 내려갈 때는 정말 부러웠습니다. 나도 걸을 수 있으면 얼마나 좋을까? 나도 눈으로 볼 수 있으면 얼마나 좋을까? 눈이나 다리 중 한 가지만이라도 정상이었으면 좋겠다고 날마다 소원했습니다.

학교에도 가 보고 싶었고, 다른 친구들처럼 뛰어놀고 싶었고, 책도 읽고 싶었으니까요. 하지만 그 어떤 소원도 이룰 수 없이 어제도, 오늘도, 또 내일도 희망 없는 날들은 지나쳐 갔습니다.

그런 내 삶에도 2010년부터 활동 보조 서비스를 받게 되면서 변화가 생겼습니다. 활동 보조 선생님께서 눈이 보이지 않아도 글을 읽고 쓸 수 있다면서 컴퓨터 드림 타자를 통해 한글과 컴퓨터를 가르쳐 주고 녹음 도서도 신청해 주었습니다. 일주일이면 네다섯 권의 책이 우편으로 배달되어 오는데 저에게는 그 책들이 선생님이고, 친구이고, 살아가는 기쁨이 되고 있습니다.

우리 가족들은 읽어 주는 책이 있다는 사실을 알았는지 몰랐는지 저에게 기회조차 주지 않았습니다. 그리고 나 자신 또한 내가 무엇을 배울 수 있고 할 수 있다는 생각조차 하지 못한 채 집 안에서 방바닥만 더듬으며 사십삼 년 세월을 허비해 버린 것입니다.

요즘 나는 눈 뜨는 순간부터 잠드는 순간까지 읽어 주는 책 재미에 빠져서 하루가 짧기만 하답니다. 그래서 재미있고 실감나게 읽어 주는 선생님께 감사한 마음을 담아 독후감을 써 보고 싶었습니다. 아직은 동화 수준의 책밖에 이해하지 못하지만 한 권의 책을 듣고 이해하는 그만큼씩 성장해 가고 있답니다.

몇 주 전에 들었던 《대지의 아이들》이란 책은 큰 지진으로 인해 가족을 잃어버린 '엘라'라는 다섯 살 소녀가 주변 사람들의 도움을 받아 성장해서 다른 사람들을 도우면서 살아가는 이야기입니다.

어느 날 엘라가 집 앞 개울에서 헤엄을 치고 놀다 오니 집이 사라지고 없었습니다. 큰 지진이 일어나 엄마와 집을 삼켜 버린 것입니다. 어린 엘라는 엄마를 부르며 울다 지쳐서 쓰러졌는데, 얼마나 시간이 흘렀는지 그곳을 지나가던 납작 머리 부부가 엘라를 발견해 자신들이 살고 있는 부족 마을로 데리고 갔습니다. 마을 사람들과 가족들은 자기 부족의 아이도 아닌데 왜 돌봐 주려고 하느냐며 달갑게 여기지 않습니다.

그러나 납작 머리 부인이 어린 엘라를 불쌍히 여겨 반대를 무릅쓰고 자신이 키우겠다고 고집합니다. 가족 중에는 큰아버지 '크렙'이라는 분이 있습니다. 애꾸눈으로 흉측하게 생긴 외모 때문에 아무도 가까이하려 들지를 않았습니다. 외톨이가 되어 혼자서 생활을 꾸려 가는 모습이 예전 내 모습 같아 마음이 아팠습니다. 어린 엘라는 그렇게 흉측한 외모를 가진 크렙 아저씨에게 거리낌 없이 매달리고 잘 따랐습니다. 그런 엘라를 크렙 아저씨는 사랑스럽게 여기고 잘 돌봐 주었습니다.

엘라는 자신의 처지를 슬퍼하지 않고 오히려 약하고 부족한 사람들을 보살펴 주는 사람으로 성장해 갔습니다. 이렇게 마음이 곱고 착한 엘라를 눈여겨본 납작 머리 부인은 엘라를 '약 어미'로 교육시켰습니다. 산으로 들로 데리고 다니며 약초의 이름과 효능을 알려 주었는데 엘라는 그이가 가르쳐 주는 대로 열심히 배우고 익혔습니다. '약 어미'는 요즘 치면 아마도 의사와 같은 사람이었던가 봅니다. 병든 사람을 고쳐 주고 낫게 합니다.

엘라는 길 잃은 동물들도 거두어 주고 보살펴 줍니다.

그런데 어느 날 부족한 사람들을 도와주면서 착하고 열심히 살아가는 엘라에게 불행한 일이 일어납니다. 남을 괴롭히고 나쁜 짓만 골라 하는 '브라더'라는 청년이 엘라를 성폭행해서 임신을 하게 됩니다. 이런 사실을 뒤늦게 알게 된 납작 머리 부인은 아이를 아무도 모르게 지워 버리자고 했습니다. 하지만 엘라는 배 속에 있는 아이가 무슨 죄가 있느냐며 아이를 낳았습니다. 불행히도 그 아이는 다리를 못 쓰는 장애아로 태어났습니다.

마을 사람들은 엘라가 처녀의 몸으로 아이를 낳자 불결하다고 손가락질해 대며 마을에서 쫓아냈습니다. 마을 밖으로 쫓겨난 엘라는 동굴 안에서 아이와 함께 어렵게 살아갑니다. 나 같으면 아무 죄도 없는데 손가락질하고 마을에서 쫓아낸 마을 사람들을 원망하고 미워했을 것 같습니다. 그런데 엘라는 누구도 원망하지 않고 자신이 할 수 있는 최선을 다해 살아갑니다. 걷지 못하는 어린 아들도 사랑으로 기르면서 언제나 희망을 버리지 않고 살아갑니다.

반면 나쁜 짓만 일삼는 '브라더'는 마을에서 큰소리를 치며 살아갑니다. 아무 죄도 없는 엘라가 벌을 받고 마을에서 쫓겨나고, 죄를 지은 브라더에게는 누구도 그 죄에 대한 책임을 묻지도 않은 것을 볼 때 화가 났습니다. 약한 사람만 당하는 부당한 세상에 대한 분노였습니다.

내 어린 시절을 돌아보면 엘라처럼 부당하게 당하고 말 한마디 못하면서 참고 견뎌야만 했습니다. 눈도 보이지 않고, 걷지도 못하는 병신이라는 이유 때문에 때리고 도망치는 아이들에게 맥없이 당할 수밖에 없었던 것입니다.

부모도, 형제도 없이 고아로 자라야 했던 엘라도 나와 같지 않았을까 싶어 가엽고 측은한 마음이 들었습니다. 사람들은 왜 약하고 불쌍한 사람을 그렇게 괴롭히는지 모르겠습니다.

엘라를 돌봐 주던 양어머니는 죽기 직전에 엘라를 불러 이제 어른이 되었으니 마을을 떠나 더 넓은 세상으로 나가 사랑하는 사람을 찾으라고 합니다. 엘라는 유언대로 마을을 떠나 삼 년을 돌아다닌 끝에 '종달라'라는 짝을 만나게 되었습니다.

세상을 돌아다니는 동안 엘라는 수많은 병자들을 고쳐 주었습니다. 가는 곳마다 사람들은 '약 어미' 엘라를 반기고 환영했습니다. 그렇게 엘라는 사랑하는 사람 종달라를 만나 더 넓은 세상과 더 많은 병자들을 고쳐 주고 더 많은 경험을 쌓은 뒤, 종달라의 고향으로 돌아왔습니다. 마을 사람들과 친척들은 종달라를 껴안고 반갑게 맞아 주었습니다.

그런 모습을 보면서 엘라는 부모 형제, 친척 한 사람 없는 자신을 돌아보며 쓸쓸해합니다. 혼잣말로 "나도 돌아왔어요"라고 중얼거리기도 하지요.

나는 가족들에게 아무 관심조차 받아 보지 못하고 살아왔습니다. 그러다 보니 부모, 형제들이 원망스럽고 섭섭할 때가 많았습니다. 그런데 엘라처럼 고아로 자랐다면 얼마나 외롭고 쓸쓸했을까 생각해 보니 나는 행복한 사람이구나 하고 생각하게 되었습니다.

불행한 처지를 슬퍼하고 좌절하지 않고 '약 어미'로 세상 사람들을 도우면서 살아가는 엘라처럼 나도 그렇게 살아야겠구나 생각했습니다. 녹음 도서로 듣는 것도 좋았지만 이젠 내 손가락으로 점자를 더듬어 읽고 싶어졌습니다. 아직은 서툴지만 엘라처럼 열심히 배우다 보면 내년쯤에는 읽고 쓰는 데 불편함이 없을 것 같아요.

다섯 살 엘라가 어려움을 극복하고 많은 사람을 돕는 훌륭한 어른으로 성장하였듯이 녹음 도서를 통해 마흔세 살 혜원이도 이렇게 자라고 있답니다.

| 양혜원 2012년 9월 |

나의 생리에
관하여

　독서회에서 《포르노 all boys do it》란 책을 읽던 날, 생리대를 옷에 붙이고 오빠와 놀던 어린 시절의 기억을 꺼내 놓은 한 회원의 이야기를 재미있게 들었다. 무엇에 쓰는 물건인지도 모른 채 천연덕스럽게 온갖 놀이를 다 해 봤을 아이들의 모습을 상상하니 웃음이 나왔다. 모임을 마치고 돌아오는 버스 안에서 나는 언제, 어디서 생리대를 처음 만났지? 불현듯 이런저런 기억이 떠오르기 시작했다.

　우리 집은 여자만 일곱 명이었다. 엄마와 언니 넷, 그리고 여동생까지. 그런데 그 누구의 생리 날도 정확히 알 수 없었다. 엄마와 언니들은 혼자서 그렇게 조용하고 깔끔하게 그 기간을 보냈던 듯싶다.

여자만 득실대던 집이라 엄마는 생리대를 박스째 사다 놓고 창고 방에 모셔 뒀다. '니나'와 '후리덤'이라는 이름의 생리대 박스가 배달되는 날이면 나는 왜 언니들은 다 하는 '생리'라는 것을 하지 않는지 속상해했다. 가슴엔 멍울도 잡히는데 대체 언제쯤 저 생리대를 쓸 수 있는지…. 막연한 부러움을 키워 갔다.

그러던 5학년 여름, 내게도 그분이 오셨다! 팬티에 묻은 피를 보고 마구 기뻤다. 나도 이제 언니들처럼 무언가 한 단계 성숙해진 느낌이랄까? 왠지 언니들과 동급으로 놀아도 될 것 같아서 기분이 좋았다. 창고 방으로 가서 기필코, 언젠가 내 너를 써 보고야 말겠다며 흘겨봤던 바로 그 생리대를 꺼내, 화장실로 향했다. 능숙하게 팬티 위 정확한 위치에 생리대를 딱~ 하고 붙였을 때의 희열이란!

무언가 아주 대단한 일을 혼자만 한 것 같은 기분에 엄마에게 이 모든 과정을 이야기했다. "축하한다!"라는 의례적인 말만 전해 들었을 뿐, 생리를 시작하게 된 것이 내게 어떤 의미를 지니는지, 앞으로 내 몸이 어떻게 변하게 될지에 대한 설명은 들을 수 없었다.

여하튼 동경의 대상이었던 언니들처럼 나 또한 비밀 하나를 갖고 있다는 짜릿한 환희의 순간은 참 짧고도 짧았다. 매달 생리를 시작하는 '그날'만 되면 배는 너무 아팠고, 손힘을 최대한 발휘해 팬티를 빨아야 했다. 학교에서 아이들 몰래 책가방에서 생리대를 꺼내 화장실까지 가는 길은 그야말로 대략 난감이었다. 바지에 피가 묻지나 않을까 조심조심, 잠이 들면 이불에 피가 번지지 않을까 노심초사… 아~ 요런 것인지 미처 몰랐다!

동병상련의 각별한 우정을 쌓기도 했다. 6학년 땐 각 반에 생리하는 여자아이들을 기어코 찾아내어 은밀한 이야기들을 서로 주고받기도 했다. 동고동락의 비애? 혹은 수많은 아이들 중 우리만 아주 특별한 경험을 하고 있다는 우월감? 등등… 바지에 피가 번져 어쩔 줄 몰라 하는 아이의 엉덩이를 가려 주며 집까지 데려다주기도 했고, 학교에서 예고도 없이 생리가 "터진 (우리끼리 그렇게 불렀던 것 같다.)" 아이에겐 생리대를 구해 주기도 하면서 말이다. 돌이켜 보니 그 당시 우리는 그 누구도 끼어들지 못하는 우리끼리만의 '피자매 연대'를 쌓아 갔던 것 같다. 우린 이제 성숙한 여인이라고~! 너희 같은 '꼬맹이'들과는 다른 특별한 부류의 아이들이라고~!

그리고 몇 년이 지나 만나게 된 '위스퍼'. 이건 그야말로 '혁명' 이었다. 생리대가 이리 얇을 수도 있다니…. 게다가 '날개'까지 달려 있다! 깔끔한 뒤처리를 위해 분홍색 스티커까지 붙어 있는 포장지는 여성을 위한 세심한 배려 그 자체였다. 물론 그 편안함의 대가로 '환경 파괴'와 '여성 호르몬 이상'이라는 대가를 지불하고 있지만서도 말이다.

여하튼, 위스퍼 이후 수많은 생리대의 진화들을 뒤로하고서라도, 내겐 생리대 뒤처리에 대한 '강박증' 같은 것이 있다. 이건 순전히 중학교 때 엄마에게 전해 들은 말 한마디 때문이다. 학부모 모임이 있어 학교를 방문한 엄마가 화장실에 갔다가 기겁을 한 사건…. 화장실 휴지통에 마구 버려진 피 묻은 생리대를 보고는 "여자아이들이 깔끔하지 못하게시리…"라는 지나가는 말 한마디.

그 말 때문인지 몰라도 생리대는 보여서는 안 될 그 무엇이되었고, 화장실에 가서 피 묻은 생리대를 보면 "으이그~, 이런 칠칠치 못한 년들!"이라고 얼굴도 모르는 그녀의 피를 향해 욕한 바가지 해 줬드랬다. 요건 최근까지도 버리지 못하는 나의사소한 습관이다.

엄마는 기억도 하지 못할 그 말 한마디 때문에 그 이후부터생리하는 날엔 생리대 지갑에 그날 쓸 생리대를 쉬는 시간의 수만큼 채워 넣고, 휴지까지 따로 접어 넣어 두는 습관이 생겼다. 생리하는 날은 총 들고 전쟁터에 나가는 군인이라도 된 듯이 마음을 다잡고 집을 나섰드랬다. 그렇게 나의 중고등학교 시절은생리대 지갑 속 열 맞춰 채워진 생리대처럼 모범생이라는 답답한 틀에 갇혀 지냈던 듯싶다.

대학 입학 후, 처음으로 가 본 농활. 그곳에서 난 아주 특별한 '깨달음'을 얻게 된다. 10일 넘게 한집에서 남녀가 함께 생활해야 하는 농촌 생활…. '혹여나 생리를 하게 되면 어쩌지?', '화장실은 또?(난 고3 때까지 집 이외의 곳에서 '똥'을 싸 본 적이 없다.) 하는 두려움을 갖고 떠난 그곳에서 제일 처음 맞닥뜨린 현실은 역한 냄새를 풍기고 이전에 누군가 싸 놓은 똥을 보며 볼일을 봐야 하는 '푸세식 화장실'이었다!

'아~, 이곳에서 10일 이상 어떻게 살지? 10일 이상 똥을 싸지 않으면 죽을 수도 있나?

밤늦게까지 회의를 하고, 일찍 일어나서 밥을 하고, 밭으로 떠나야 하는 일상 속에서 누구에게나 찾아오는 생리적 현상들. 결국 어느 순간 너나 할 것 없이 이에 대한 고민들을 아주 적나라하게 털어놓기 시작했다. "똥은 쌌냐?"라는 말이 인사말일 정도였으니. 묵혀 두고 묵혀 둬서 더 이상 참을 수 없는 지경에 이르러서 터져 나오는 그 솔직한 말들.

'그래! 자연스러운 생리 현상을 참지 말자. 화장실에서 울려 퍼지는 방귀 소리며 똥 냄새를 애써 감추려고도 하지 말자!'

사고의 방향을 조금 틀고 나니 아주 자연스럽게 집 아닌 곳에서도 '똥을 눌 수' 있었다. 그리고 아주 자랑스럽게 나의 똥에 대한 이야기를 떠벌리기도 했다.

그때 한 남자 선배가 이전 농활에서의 후일담을 들려주었다. 내가 입학하기 전 졸업을 한 여자 선배가 농활에 와서 장 보러 나가는 남자 후배에게 '생리대 심부름'을 시켰다는 것이다. 물론, 그 남자 선배는 내게 "그 선배는 여자도 아니야~. 어떻게 여자가?'라는 뒷담화를 하고 싶었으리라. 하지만 나는 그 말을 듣고 이전까지 내가 품고 있던 생리와 생리대에 대한 막연한 금기가 깨져 나가는 것을 느꼈다. 얼굴도 모르는 그 여자 선배 덕에 속이 다 후련해졌다. 오랜 시간 내 마음 깊숙한 곳에서 맴돌던 묵직한 돌덩이 같은 것들이 쑥~ 빠져나간 듯 통쾌했다!

'그래! 생리하는 게 어때서? 왜 감추어야 한다고 생각했지?

그 누구도 내게 직접 강요하지 않았지만, 왠지 그래야 할 것만 같은 것을 오랫동안 신앙처럼 지키며 살아왔던 것이다. 그때까지의 나는…. 강한 울림의 순간이었다. 그리고 그때부터였던 것 같다. 생리하는 날 화장실에 갈 때 남자 동기나 선배가 있어도 누구의 눈치도 보지 않고 생리대 지갑을 당당히 꺼내 들었던 것이….

30대를 마무리하고 있는 지금, 나에게 있어 생리는 또 다른 의미로 다가왔다. 생리는 하기 며칠 전부터 온몸이 가려워 '아토피안'임을 깨닫게 해 주며 네 몸 관리 좀 잘~해 보라고 한 번씩 일침을 주는 그 무엇이 되었다. 온몸에 스멀스멀 올라오는 작은 돌기들을 보며 '불량 음식 좀 끊고 좋은 음식들 챙겨 먹으며 운동도 좀 하자!'라고 결심을 해 본다. (하지만 언제나 그때뿐이다~. ^^ 어쩜 이리도 몸에 안 좋다는 것들은 맛나기만 한지….)

그리고 또 하나 찾아온 작은 변화는 생리 기간에 느껴지는 예민한 감정들을 솔직하게 털어놓을 수 있는 두 남정네가 생겼다는 것! 나는 '생리 증후군'의 묘한 감정의 기복을 남편과 아들 녀석에게 대놓고 이야기하는 편이다. 아내가, 엄마가 혹 쫌 이상하게 짜증을 부리더라도 이해해 달라고 미리미리 이야기해 둔다. 생리를 하면 몸이 힘들다는 것을 알고, 쉴 수 있게 배려까지 해 주니 참 좋다.

그래서인지 요즘은 생리하는 날을 불편한 그 무엇을 맞이하는 날이 아닌, 5학년 때 처음 팬티에 묻은 핏자국을 만나 기뻐했던 그날처럼 반갑게 맞이하고 있다.

| **박은영** 느티나무도서관 독서회 회원, 2012년 12월 |

날마다 집으로 출근하는 말단 사원

내가 하는 일은 단순하고 반복적이지만 강한 체력을 요구한다. 아침 여섯 시 반에서 일곱 시 사이 출근을 하고 밤 아홉 시에서 열 시 사이 퇴근을 한다. 보통의 직장인들에게 주어지는 꿀맛 같은 점심시간은 건너뛰기 십상이다. 칼퇴근은 이미 물 건너간 지 오래됐고 겨우 퇴근을 해도 언제 잔업 호출을 당할지 몰라 조마조마하다. 수시로 새벽까지 이어지는 야근은 만성 피로를 동반한다. 공휴일과 주말엔 더 많아진 업무로 마음 편히 엉덩이 붙이고 앉아 있을 새도 없다. 1년에 두 번 있는 명절 연휴라도 되면 처리할 업무는 기하급수적으로 늘어나고 스트레스는 극에 달한다. 그나마 한숨 돌리는 여름휴가는 2박 3일로 짧기만 하다.

내 직속 상사는 세 명이고 그 위로 사장님과 회장님이 계신다. 세 명의 상사 중 한 명은 작년에 새로 왔는데, 오자마자 승진해서 내가 모신다. 초고속 승진답게 수시로 새벽까지 야근을 시키는 장본인이다. 게다가 업무 시간 내내 졸졸 쫓아다니며 끊임없이 뭔가를 요구한다. 나머지 두 명의 상사는 초고속 승진 상사보다 유연한 편이다. 내가 갓 입사했을 땐 사장님과 둘뿐이었는데 얼마 지나지 않아 두 상사분이 2년에 걸쳐 한 분씩 왔다. 이분들도 처음엔 만만치 않았다. 업무에 서투른 내게 시간을 주면서 차근차근 일을 가르치는 것이 아니라 하루에도 수십 번씩 예상치 못한 일들을 벌여 놓아서 나는 당황하기 일쑤였다. 이때는 일이 너무 버거워서 몰래몰래 울기도 많이 울었다. 그래도 오히려 뭘 몰라서 잘 버텼던 것 같다.

사장님은 덜 까다로운 편이다. 나에게 호의적이고 친절한 편이라 입사하고 얼마 동안은 재미있게 지낼 수 있었다. 일주일에 한 번씩은 꼭 회식을 하고 칼퇴근을 하고 잔업과 야근도 없어 저절로 애사심을 갖게 만들었다. 그러나 회장님 앞에선 꼼짝도 못 하는 치명적인 단점이 있다. 회장님이 기침만 한 번 해도 안절부절못한다. 회장님 말씀을 금같이 받들고 허리 숙이는 거 보면 세상에 둘도 없는 효자다. 내 업무 처리가 회장님 마음에 들지 않아 자주 한 소리 듣는 편인데 그럴 때마다 회장님 편에서 더 화를 내서 내 속을 긁어 놓는다. 조직의 쓴맛을 느끼게 한다.

나는 8년 전 입사했을 때부터 지금까지 말단 사원이다. 아마 별다른 이변이 생기지 않는 한 승진은 힘들 것이다. 4대 보험도 없다. 퇴직금도 없다. 심지어 월급도 없다.

그런데도 날마다 꿋꿋이 출근하는 나는 우리 집 소속 주부 사원이다. 내가 모시는 상사는 올해 입학하는 여덟 살 큰아이와 일곱 살 작은아이, 막 돌을 지난 막둥이다. 주부 사원의 길로 홀랑 빠뜨린 사장님은 울 남편이지만 내가 내 발등을 찍었으니 누굴 탓하랴. 매서운 찬바람 같은 시댁은 멀리 있어도 회장님 아우라를 내뿜으며 시종일관 내 기를 죽인다.

내가 하는 일은 청소와 빨래, 식사 준비와 육아 같은 집안일이다. 가사 도우미라는 직업이 엄연히 존재하지만 집안일로 묶어 가사 노동의 강도와 전문성은 인정받기 힘들다. 오히려 엄마라는 이름 아래 하루 종일 종종거리며 치워도 치워도 표 나지 않는 집안일은 사람들에게 쉽게 무시당하고 당연시된다.

나는 1년 전부터 아침마다 옷을 갈아입고 출근하기 시작했다. 아침마다 전쟁같이 아이들과 남편 챙겨 보내고 나면 남은 것은 무릎 나온 빛바랜 트레이닝 바지에 눈곱 달린 칙칙한 얼굴의 나였다. 이쪽저쪽 방에 아무렇게나 널브러진 가족들의 옷과 이불을 개고 있으면 왠지 모를 허전함이 찾아왔다. 나도 아침마다 어딘가로 나가고 싶어졌다. 말끔하게 차려입고 모닝커피로 상쾌하게 아침을 맞이하는 저 사람들처럼 나도 회사 다니고 싶어졌다. 결혼 전의 김지영 모습으로 돌아가고 싶었다.

그러나 현실은 껌딱지처럼 달라붙어 떨어지지 않는 젖먹이와 산처럼 쌓이는 빨래 무더기였다. '피할 수 없다면 즐겨라'라는 말이 있듯 어떻게 하면 집안일을 즐겁게 할 수 있을까 생각하기 시작했다. 결혼 7년 만의 일이다.

지금껏 나 역시도 집안일을 무시하고 당연시하며 살아왔기에 집안일을 무조건 재미없고 의미 없는 일로 치부해 왔다. 집안일만을 하기엔 내 능력이 아깝다며 한껏 허세 부려야 내가 중요한 사람같이 느껴졌었다.

그래서 이런 생각들을 고쳐먹기 시작했다. 나만큼 우리 집안일을 속속들이 잘 알고 잘 처리하는 사람은 없다. 아이들과 남편의 사소한 버릇과 식습관에 맞춰 제때 해결할 수 있는 사람도 나뿐이다. 우리 집안일에 있어서만큼은 나는 최고의 전문가다.

그래서 나는 출근하기 시작했다. 이제 무릎 나온 바지와 목늘어난 옷은 입지 않는다. 멋진 치마 정장에 핸드백을 들진 않지만 최소한 내가 가진 가장 물 좋은 청바지와 때깔 좋은 티셔츠 차림으로 옷을 갈아입는다. 매일 아침마다 거울을 보고 머리드라이를 하며 내 모습을 본다. 이 별것 아닌 사소한 행동 변화로 내 아침은 그 어느 때보다 더 분주하지만 상쾌하다. 신기하게도 외출하지 않고 집 안에만 있어도 더는 무능하게 느껴지지 않았다.

처음에 아이들은 "엄마, 오늘 어디 가?"라고 했고 남편은 "무슨 일 있어?"라며 내 변화를 의아하게 받아들였다. 1년이 지난 지금은 남편이 먼저 "퇴근 언제 해?" 하며 말을 건넨다.

| **김지영** 전주 고산 글쓰기 모임 회원, 2014년 4월 |

낙엽은 어디로 흩어졌을까

명품에는
짝퉁이 있기 마련

지난 3월 12일 '국가정상화추진위원회(위원장 고영주)'라는 단체가 이른바 '친북·반국가 행위자'라면서 각계 인사 100명의 명단을 발표했다. "친북·반국가 행위 대상자 5,000명 가운데 현재 활동 중이고 사회적 영향력이 큰 인사 100명을 우선 선정했다"는 것이다.

이들이 언론의 주목을 받기 시작한 때는 《친일인명사전》을 발간한 지난해 말부터다. 지난해 11월 26일 국가정상화추진위원회 주최로 '친북·반국가 행위자 인명사전 편찬 관련 기자 회견'이 열렸는데, 일부 참석자들이 '고인이 된 김대중, 노무현 전 대통령은 명단에 들어가지 않는다' 하는 발언을 듣고 분개하여 연단 앞으로 나와 거세게 항의하며 주최 측과 몸싸움을 벌여 기자 회견장이 난장판이 된 적이 있다. 서로가 서로를 빨갱이라고 비난하는 행태를 두고 언론에서는 기자 회견장이 '우익 싸움장'이 됐다고 조롱한 바 있다.

그 일이 있고 난 뒤, 좀 잠잠한가 싶더니 기어이 국가정상화추진위원회가 일을 내고 말았다. 이 단체가 밝힌 명단에는 강기갑 민주노동당 대표, 권영길 민주노동당 의원, 최규식 민주당 의원 등 정·관계 인사 14명, 백낙청 서울대 명예교수, 소설가 조정래 등 문화·언론계 인사 13명, 박원순 희망제작소 상임이사(변호사) 등 법조계 인사 3명, 강정구 동국대 교수, 김세균 서울대 교수 등 학계 인사 14명이 포함돼 있다. 그리고 한상범, 임헌영 전·현직 민족문제연구소장, 백기완 통일문제연구소장, 오종렬 한국진보연대 상임고문, 이규재 조국통일범민족연합 남측본부 의장 등 진보 개혁 진영 인사들도 대거 포함됐다.

아무런 설명 없이 이 명단만 놓고 본다면 그저 이름 있는 민주화 운동 인사들 명단을 나열한 것과 별반 다르지 않다. 이 단체 누리집에 들어가 보면 '친북인명사전'에 대한 별도의 코너가 있는데, 아주 낯익은 표현들을 만날 수 있다. 편찬 취지, 경과, 편찬 절차, 선정 기준, 향후 편찬 일정, 명단 발표, 이의 신청 등. 《친일인명사전》 편찬 자료집을 상당 부분 빌려 온 흔적이 뚜렷하다. 그러나 국가정상화추진위원회의 작업이 그리 빛을 볼 것 같지는 않다. 우선 자신들의 우군이라 할 수 있는 〈세계일보〉와 〈동아일보〉조차 곱지 않은 시선을 보내고 있기 때문이다.

"보수와 진보 간에 불신감만 조장하는 행동은 자제해야 한다. 낙인찍기와 편 가르기로 이념 논쟁의 불을 지펴선 안 된다. 그렇지 않아도 우리 사회에는 갈등 요소가 너무나 많다."

〈세계일보〉 3월 15일자 사설 '친북·반국가 행위자 명단 발표 문제 있다'

"5,000명의 조사 대상자 중 100명이 선정된 경위도 모호하다. 추진위는 기존 인터뷰나 논문 등 '증거 자료'를 토대로 선정했다고 하지만 50여 명의 지도위원과 집필위원이 어떤 과정을 거쳐 대상자를 공개했는지 설명하지 않았다. 제대로 조사한 뒤 한꺼번에 발표해도 될 일을 서둘러 발표한 배경과 선정 기준을 놓고도 의문이 많다. 편집위원인 양동안 한국학중앙연구원 명예교수는 기자 회견에서 "친북·반국가 성향이 덜해도 사회적 지명도가 높은 사람을 첫 발표에 실었다"고 말했다. 단체 스스로 '선정 기준'을 부정한 셈이다."

〈동아일보〉 3월 15일자 기사 '친북 인사 공개, 설득력 얻으려면…'

사실 국가정상화추진위원회 구성원의 면면을 살펴보면 과거

공안 정국 때 활약한 인사들 이름이 전면에 등장한다. 위원장을 맡고 있는 고영주 변호사는 20년 넘게 검사 생활을 하면서 '출세 루트'라는 공안 검사(1995~1998년 대검찰청 공안기획관으로 재직)로 이름을 날리다가 김대중 정부 출범 후 공안 검사들이 과거와 같은 대우를 받지 못하자 이에 불만을 품고 사표를 낸 사람이다. 그이가 사표를 내기 직전에 지휘한 사건 중 하나가 바로 이장희 외국어대 교수의 저서 이름을 딴 '《나는야 통일 1세대》 사건'이다. 이장희 교수의 말을 직접 들어 보자.

"1995년 3월, 당시 천재교육 발행인이 생각이 깨인 사람이라 독일 통일 이후 한반도 통일에 대한 어린이용 통일 교육서가 필요하다며 경실련으로 협조 공문을 보냈다.(당시 이장희 교수는 경실련 통일협회 이사였음_글쓴이 주) 그래서 내가 집필한 《나는야 통일 1세대》가 그해 9월에 발간됐는데, 통일부 추천 도서로 지정되는 등 처음에는 아무 문제가 없었다. 하지만 대통령 선거철이 되면서 '색깔론' 시비에 휘말려 이적 도서로 규정됐고 수사를 받게 된 것이다."

이장희 교수는 이와 관련해서 당시 황당한 경험을 했다. 1997년 국제 학술 대회를 다녀오던 이장희 교수는 공항에 내리자마자, 기다리고 있던 경찰에 강제 연행당했다. 《나는야 통일 1세대》가 국가보안법에 저촉된다는 이유였다. '통일부 권장 도서'로 선정됐던 책이 출판된 지 2년이 지나 국가 안보를 위협하는 이적 표현물로 변한 것이다. 결국 6년간의 법정 투쟁 끝에 2003년 대법원은 이장희 교수에게 무죄를 선고했다. 하지만 6년 동안 그이가 겪은 고초는 아무도 보상해 주지 않았다.

고영주 변호사 외에도 국가정상화추진위원회의 주축을 이루고 있는 양동안 한국학중앙연구원 명예교수는 과거 독재 정권 시절 민주화 세력들을 친북으로 매도하는 이데올로그 구실을 충실히 수행한 인물이며 이동복 전 자민련 의원은 박정희 정권 시절 남북문제를 담당한 반통일의 대표적 인물이기도 하다.

《친일인명사전》이 세상에 나온 지 넉 달이 지났지만, 사실 관계가 틀리다거나 내용이 잘못됐다고 반박을 해 온 기관이나 단체는 단 한 곳도 없다. 발간 당시 핏대를 세워 가며 반대 목소리를 내던 조중동 또한 침묵으로 일관할 뿐이다. 넉 달 동안《친일인명사전》의 허점을 찾으려고 무던히도 노력했을 텐데 말이다.

반민 특위를 반대했던 이승만 정권 때나 지금이나 친일 청산을 반대하는 논리는 크게 세 가지다. '색깔론', '시기상조론', '국론분열론'. 입만 열고 글만 쓰면 놀라운 논리를 만들어 내는 조갑제는 "친북이 친일보다 더 나쁘다" 하고 외쳐 댔지만, 이에 호응하는 사람들은 별로 없어 보인다. 특히 최근 기존 언론이 모르쇠로 일관하는 가운데 MB의 '독도 발언' 기사에 댓글을 7만 개나 달면서 분개하는 우리 젊은이들에게는 조갑제 식의 또는 고영주 식의 한물간 색깔론은 더 이상 통하지 않는다. 오히려 '친북인명사전' 소동이 《친일인명사전》의 가치만 더욱 높여 줄 따름이다. '명품에는 짝퉁이 있기 마련'인 모양이다.

＊덧붙임 : 진보 개혁 진영 일부에서는 '친북인명사전'에 이름이 없는 사람들은 더욱 분발하여 활동해야 한다는 우스갯소리가 나왔다. 나도 더욱 분발해야겠다.

| **방학진** 민족문제연구소 사무국장, 2010년 4월 |

밤에는
잠 좀 자자

사람은 선사 이래로 낮에 일하고 밤에 쉬는 생활을 지속해 왔다. 밤에 자지 않고 일을 하게 된 것은 전기의 발명으로 밤에도 환하게 일을 할 수 있게 된 이후다. 아니, 더 정확하게는 밤에도 일을 시켜 노동자의 노동력을 착취해야만 하는 시스템인 자본주의 탄생 이후다. 여하간 1만 년 이상 되는 인류 역사상 밤에 깨어 일을 하게 된 시간은 최근 150여 년밖에 안 되는 것이다.

이렇게 오랜 생활 패턴은 사람 몸에 그 흔적을 남겼다. 사람은 24시간 주기로 일정한 생체 리듬을 가지게 된 것이다. 이 생체 리듬은 햇빛에 따라 작동된다. 해가 뜨면 특정 호르몬이 나오고 다른 호르몬은 안 나와서 깨어 활동하게 한다. 해가 지면 반대로 호르몬들이 나오면서 몸이 비활동 상태로 접어들게 된다. 이는 신비하게도 매우 규칙적으로 작동된다. 흡사 우리 몸에 시계라도 있는 듯 말이다. 식물만 해가 필요한 게 아니다. 사람도 햇볕을 쬐어야 몸이 정상적으로 작동하고 건강을 유지한다. 야간 노동은 바로 이 리듬을 깨면서 문제를 일으킨다. 1만 년 이상 사람 몸에서 작동되던 시스템이 파괴되기 때문이다.

야간 노동과 관련된 건강 문제에 대한 논란은 100여 년의 역사를 가진다. 새로운 문제는 아닌 것이다. 야간 노동이 처음 시작될 때부터 이러한 노동 형태는 노동자에게 해롭다는 주장이 많았다. 그런데 최근 들어 이를 뒷받침하는 연구와 증거들이 더 많아지고 있다.

대표적으로 야간 노동을 일정 기간 이상 한 여성이 유방암에 잘 걸린다는 사실이 밝혀졌다. 그래서 국제적으로 권위 있는 국제암연구소에서 야간 노동을 2급 발암 환경으로 지정하기에 이르렀다. 밤에 일을 하면 밤에는 나오지 말아야 할 여성 호르몬이 빛 때문에 많이 나오게 되는데, 이렇게 잘못 분비된 여성 호르몬이 여성 유방암의 위험을 높인다는 것이다.

실제로 덴마크에서는 항공기 승무원으로 20년 이상 일한 여성이 유방암에 걸려 산재 신청을 하자 이를 직업병으로 인정하기도 했다. 잦은 야간 비행이, 이 승무원이 유방암에 걸린 원인이 되었다고 판단한 것이다.

야간 노동을 하는 사람들은 하지 않는 사람들에 비해 심장병이나 중풍에 걸릴 위험도 높아진다. 미국의 병원 간호사를 대상으로 한 연구에서 야간 노동을 20년 이상 한 간호사들은 야간 노동을 하지 않은 간호사에 비해 1.5배 정도 더 심장병에 잘 걸리는 것으로 확인되었다.

이유는 복합적이다. 첫째, 밤에 일을 오랫동안 하면 혈압, 콜레스테롤, 혈당 등이 높아진다. 그런데 이것은 모두 심장병의 위험 인자다. 야간 노동을 오래 하면 고혈압, 고지혈증, 당뇨병 등이 생기면서 심장병, 중풍에 걸리게 되는 것이다.

둘째, 야간 노동을 하게 되면 흡연, 음주 등 건강에 해가 되는 습관을 가지게 되는 경우가 많고, 신체 활동량이 줄어들어 심장병에 잘 걸린다. 야간 노동을 하게 되면 잠을 설치게 되고 스트레스가 많아져서 담배도 더 많이 피우게 되고 술도 더 많이 마시게 된다. 그리고 밤에 일하고 낮에는 자게 되면서 운동할 시간도 줄어들어 신체 활동량 자체가 많이 줄게 된다. 이는 모두 심장병에 취약한 몸을 만든다.

야간 노동을 오래 하게 되면 신체 리듬이 깨져 잠을 설치는 것도 큰 문제다. 사람에게 잠자는 시간은 매우 소중한 시간이다. 사람은 잠을 자면서 신체의 피로를 풀게 되고 정신적 스트레스도 해소한다. 자는 동안 몸에서 일어나는 여러 반응들에 의해 낮 동안 경직되었던 근육도 풀리고 몸에 나쁜 노폐물도 없어진다. 잠을 설치게 되면 이 모든 게 흐트러진다. 잠을 잘 못 자게 되면 식욕이 오히려 증가하여 비만이 될 위험도 높아진다. 이렇게 오랫동안 잠을 잘 못 자게 되면 집중력이 떨어져 기억력도 감퇴되고 심한 경우 우울감에 빠지기도 한다. 잠이 보약인데 몸은 피곤하지만 잠을 못 자 힘들어지는 것이다.

이와 같이 잠을 설치면 사고 위험도 높아진다. 잠을 잘 못 잔 사람은 흡사 술 취한 사람과 같아진다. 야간 노동을 하는 작업장에서 산재도 많이 발생하고 업무 실수도 많다는 것은 이미 잘 알려져 있다. 인류 역사상 끔찍한 사고 중의 하나인 미국 스리마일 섬의 핵발전소 사고도 수면 부족에 시달린 노동자의 잘못된 판단으로 일어났다는 조사 결과도 있다.

야간 노동 하는 노동자들은 사회적으로 고립되고 가족과 함께할 시간도 줄어들어 외톨이가 될 가능성이 많다는 것도 문제다. 다른 사람들은 모두 낮에 일하고 저녁에 친구를 만나고 가족과 함께하며 사회 활동을 한다. 그런데 이게 반대로 되면 낮에 만날 사람이 없게 된다.

특히 불규칙적으로 낮밤이 바뀌는 교대 노동에 종사하는 병원 간호사 같은 경우는 예측 가능한 삶 자체가 거의 불가능하게 된다. 친구와 약속을 잡거나 모임에 참석하는 것도 힘들어진다. 가족과 대화하고 즐거운 시간을 가지는 것도 어렵게 된다.

이와 같은 고립이 건강에 미치는 영향은 크다. 사람은 육체와 정신이 따로 놀지 않기에 이와 같이 혼자 되고 함께하지 못하면 그게 병이 된다. 여성의 경우 야간 노동을 오래 하면 생리 불순이 생기거나 생리 주기가 길어지기도 한다. 최근에는 조산 위험도 높아진다는 보고도 있다.

사실 밤에 쉬지 못하고 일을 하게 되면 건강에 해롭다는 것은 많은 연구와 증거가 필요한 것이 아니다. 거의 대부분의 사람들이 야간 노동이 건강에 해롭다는 것을 직관적으로 안다. 그런데도 아직 한국에서는 많은 노동자들이 야간 노동을 하고 있다.

통계별로 차이가 있지만 전체 임금 노동자의 10~20퍼센트 정도가 밤에도 일을 할 수밖에 없는 상황이다. 자동차, 자동차 부품업체 등 제조업뿐 아니라, 병원, 마트, 음식업, 숙박업 등 서비스업에 종사하는 노동자도 야간 노동에 시달리는 이들이 많아지고 있다. 24시간 불야성을 이루는 한국의 밤 문화는 참 비정상적이다. 세계 어느 나라도 밤에 이와 같이 많은 사람들이 깨어 있지 않다. 한국 노동자들은 밤과 잠도 자본에 저당 잡혀 건강과 삶의 질을 해치고 있는 것이다.

야간 노동이 이와 같이 노동자의 생명을 앗아 가고 건강을 파괴한다는 게 잘 밝혀져 있는데 '위험 수당' 형태로 야간 수당을 주어 노동자를 일하게 하는 게 정당화되는 것일까? 역사는 노동자 생명을 앗아 가는 물질과 그러한 노동을 없애는 쪽으로 발전해 왔다.

이제는 1급 발암 물질로 잘 알려진 석면은 점차 제조, 유통,

사용이 금지되고 있다. 2급 발암 환경으로 밝혀진 야간 노동도 이제는 이러한 수순을 밟아야 하는 게 아닐까?

| 이상윤 노동건강연대 정책국장, 2012년 9월 |

낙엽은
어디로 흩어졌을까

하얀 눈으로 덮인 가로. 미끄럽다. 장갑 낀 손을 호주머니에 넣고 조심조심 걷는 바로 그 길은 얼마 전에 낙엽이 뒹굴었다. 그 낙엽은 모두 어디로 갔을까. 바람만 불면 우수수 떨어져 뒹굴며 쌓이던 낙엽이 가로에서 말끔히 사라진 건, 구청 '환경미화원'의 노고 덕분이겠지. 그들에게 이 겨울은 휴식 시간인가. 쌓인 눈을 치우는 환경미화원은 눈에 띄지 않는다.

도시의 가로를 덮은 낙엽은 종류가 많지 않아도 제법 다양하다. 잎이 넓은 플라타너스 낙엽은 운치를 자아내지만 쓸어 담는 게 무거울 거 같고, 시도 때도 없이 떨어지는 벚나무와 느티나무 낙엽은 지겨울 것 같다. 역시 잠깐 고되긴 해도 한꺼번에 떨어지는 은행나무의 노란 낙엽이 치우기 편하지 않을까? 가장 귀찮은 건 아파트 단지에서 가로로 떨어진 일본잎갈나무의 낙엽일지 모른다. 양도 많지만 쓸어 담기 어렵게 작고 뾰족하다. 가로의 낙엽 한 장 치우지 않은 처지에 괜한 지청구인가.

새벽에 쌓인 눈은 인파에 밟혀 반질반질하다. 삼한사온을 몰아낸 한파는 가로를 얼어붙게 해 직립 보행을 위협하는데, 연탄재가 사라진 거리에 낙엽이 남았다면 어땠을까. 지나친 육식과 가공식품이 악화시키는 골다공증은 직립 보행의 치명적 단점을 부추긴다. 손을 짚고 미끄러지다 골절상을 입는 건데, 노인은 더욱 위험하다. 고관절이라도 끊어지면 치명상으로 이어질 수 있다고 의사가 경고하는데, 낙엽 위에 눈이 쌓였다면 완충 효과가 있을까. 가로의 낙엽을 그대로 둘걸 그랬다는 뜻은 아니다. 낙엽들이 모두 어디로 갔는지 궁금할 따름이다.

커다란 마대에 담긴 낙엽의 일부는 남이섬으로 갔다. 낙엽 풀장에 담겨 관광객들이 가을의 운치를 만끽하는 데 도움을 주었다는데, 서울시 가로 낙엽의 극히 일부일 뿐이다. 나머지는 구청 환경미화원의 손을 거쳐 어디론가 사라졌다. 인천시는 대부분 시립 양묘장으로 보낸다고 들었다. 양묘장? 묘목을 키우는 곳? 장차 가로수가 될 나무를 키워 내는 기관에서 퇴비를 만든다는 건데, 가로수 낙엽이 썩어 가로수의 양분이 된다니 다행이긴 하다. 그나마 자연스러운 일인데, 잘 썩을까.

갈무리 계절을 이은 겨울은 마냥 쉬는 계절이 아니다. 잎을 잃고 앙상해진 가지마다 잎눈과 꽃눈을 성숙시키고 낙엽은 썩는다. 혹한이 몰아쳐도 바싹 마른 낙엽이 모여 썩으며 열기를 내뿜는다면 나무뿌리는 냉해를 입지 않겠지만 낙엽을 잃은 가로수는 이 겨울, 오들오들 떨어야 한다. 지난가을 책갈피로 거듭난 극히 일부를 제외한 낙엽은 이 시간 양묘장에서 퇴비로 변하고 있을 텐데, 미생물이 제대로 번성하려는지 궁금하다. 날씨가 추워서가 아니다. 구청에서 뿌린 살충제가 여전히 묻어 있다면 미생물이 낙엽에 접근하지 못할 수 있다.

밥이 똥이 되고 똥이 또 밥이 되던 시절, 가족이 먹은 농작물에 식구의 똥오줌을 거름으로 주었을 때, 하늘은 맑았고 땅은 기름졌다. 그뿐인가. 이웃은 따뜻했다. 하지만 양변기가 똥오줌을 빼앗아 가면서 땅과 하늘은 화학 물질로 오염되고 말았다. 거름 대신 화학 비료와 제초제와 살충제 세례를 받은 땅은 많은 수확을 내놓지만 땅을 황폐하게 했다. 이웃과 나누던 농작물이 상품으로 전락하면서 먹는 이는 건강을 잃었다. 화학 물질로 오염된 농산물은 첨가물로 맛을 내며 가공했고, 그런 음식을 먹은 사람의 똥오줌에 파리는 달라붙지 않는다.

양묘장에서 썩은 퇴비가 가로수 거름이 되면 좋겠지만 양이 충분하지 않다. 자동차 매연과 살충제에 찌든 낙엽으로 모자라므로 가로수를 관리하는 구청은 다른 거름을 보탠다. 음식 쓰레기를 발효시킨 유기질 퇴비를 섞는데, 진한 소금기와 식품 첨가물이 뒤섞인 음식 쓰레기도 발효가 어렵다. 그래서 그런가, 봄철 가로수와 그 주변의 녹지에 뿌리는 검은색 유기질 비료는 가까이 가기 꺼리게 만드는 냄새가 난다. 충분히 썩으며 발효되었다면 그런 냄새는 나지 않을 것 같다.

음식 쓰레기 대신 축산 분뇨를 유기질 비료로 만들어 뿌리기도 하는데, 대부분의 축산 분뇨는 유기질 비료의 원료로 마땅치 않다. 유전자를 조작한 농산물을 먹인 축사와 양계장에서 나오지 않았던가. 오랜 세월 유기 농산물 보급 운동에 나선 한 농부는 요즘 대형 축사에서 나온 비료는 유기질이 아니라고 단정한다. 화학 비료와 제초제와 살충제를 뿌린 농작물은 미생물에서 사람까지 온갖 생물들이 유기적으로 연결되던 흐름을 차단했기 때문이다. 그렇다면 살충제가 묻은 낙엽도 유기질 비료로 변할 수 없다. 나뭇잎을 갉아 먹는 애벌레가 있어야 새가 날아들지 않는가. 애벌레를 먹은 새똥은 훌륭한 거름이지만, 요즘 가로에 새와 애벌레는 아주 드물다.

낙엽을 걷어 가지 않고 가로수 아래 모아 두면 어떻게 될까. 바람에 흩어져 가로를 지저분하게 만들까? 가로수에 살충제를 뿌리지 않으면 애벌레가 생겨 민원이 쏟아질까? 살충제를 뿌리면 애벌레는 금방 내성을 갖추게 되고, 시간이 지나면서 구청은 더 강력한 살충제로 바꿔야 한다. 독성을 강화한 살충제는 애벌레만 죽이고 새들의 접근을 차단하는 게 아니다. 끈적끈적한 액체에 섞어서 뿌리는 살충제는 지나가는 사람들의 피부에 떨어지거나 호흡기로 파고든다. 아장아장 걷는 아기 때부터 아토피에 고통받는 이유는 가로와 그리 멀지 않다.

미관을 생각해야 하는 도시에서 낙엽을 치우지 않을 수 없을 것이다. 애벌레가 사람을 더 싫어할 게 틀림없어도 애벌레에 놀라는 사람들이 아우성치는 민원은 가로수에 살충제를 뿌리게 만들 것이다. 그렇더라도 살충제는 삼가는 게 바람직하다. 애벌레가 생기면 새들이 찾아온다. 가로와 가로에 이어진 근린공원에 새들이 모이면 몸과 마음이 건강해지는 시민들의 정서는 너그러워지며 자연에 대한 배려를 배운다. 새들이 애벌레를 줄이면서 가로수는 건강해지고 양묘장으로 모이는 낙엽은 훌륭한 유기질 비료로 활용될 수 있다.

한 어린이는 "어둠이 비키면 내일이 온다"고 했는데, 봄은 눈이 녹으면 틀림없이 온다. 편안한 휴식이 건강한 내일을 이어주듯, 겨울이 아무리 추워도 내일을 제대로 준비할 수 있다면 봄은 건강하게 출발할 것이다. 반질반질 쌓인 눈이 행인의 발걸음을 조심스럽게 만들지만 눈이 질척질척 녹으면서 봄은 다시 찾아올 것이다. 가을철 낙엽이 겨우내 썩어 봄에 뿌려지듯, 그물코처럼 이어진 삼라만상은 건강하게 연결되어야 한다.

| **박병상** 인천 도시생태·환경연구소 소장, 2013년 2월 |